W9-CHP-140

PROPERTY OF
ANAHEIM PUBLIC LIBRARY
500 WEST BROADWAY
ANAHEIM, CALIFORNIA 92805
EUCLID

PROPERTY OF
ANAHEIM PUBLIC LIBRARY
500 WEST BROADWAY
ANAHEIM, CALIFORNIA 92805
EUCLID

BESTSELLER

Guillaume Musso (Antibes, 1974) es uno de los autores franceses de más éxito de principios del siglo XXI. A los diez años descubrió la biblioteca municipal que dirigía su madre y se convirtió en un gran aficionado a la lectura. Desde entonces supo que algún día escribiría historias. Ha trabajado como vendedor de helados en New Jersey, donde vivió varios meses, y como profesor de secundaria, después de licenciarse en economía. Tras sobrevivir a un accidente de coche que le hizo reflexionar sobre la vida y la muerte, escribió *Y después...* (2004), que se convirtió en su primer gran éxito: vendió más de tres millones de ejemplares en todo el mundo, se tradujo a veinticuatro idiomas y en 2009 fue llevada a la gran pantalla con una película protagonizada por John Malkovich y Evangeline Lilly. Desde entonces ha publicado numerosas novelas, entre las que cabe destacar *La llamada del ángel*, que tuvo una gran proyección internacional, y *Central Park*. Sus libros han vendido más de veintidós millones de ejemplares en todo el mundo y han sido traducidos a treinta y ocho idiomas.

Biblioteca

GUILLAUME MUSSO

Central Park

Traducción de
Teresa Clavel

DEBOLS!LLO

El papel utilizado para la impresión de este libro ha sido fabricado a partir de madera procedente de bosques y plantaciones gestionadas con los más altos estándares ambientales, garantizando una explotación de los recursos sostenible con el medio ambiente y beneficiosa para las personas. Por este motivo, Greenpeace acredita que este libro cumple los requisitos ambientales y sociales necesarios para ser considerado un libro «amigo de los bosques». El proyecto «Libros amigos de los bosques» promueve la conservación y el uso sostenible de los bosques, en especial de los Bosques Primarios, los últimos bosques vírgenes del planeta.

Papel certificado por el Forest Stewardship Council®

Título original: *Central Park*
Primera edición en Debolsillo: septiembre, 2015

© 2014, XO Éditions
© 2015, Penguin Random House Grupo Editorial, S. A. U.
Travessera de Gràcia, 47-49. 08021 Barcelona
© 2015, Teresa Clavel Lledó, por la traducción

Penguin Random House Grupo Editorial apoya la protección del *copyright*.
El *copyright* estimula la creatividad, defiende la diversidad en el ámbito de las ideas
y el conocimiento, promueve la libre expresión y favorece una cultura viva.
Gracias por comprar una edición autorizada de este libro y por respetar las leyes del *copyright*
al no reproducir, escanear ni distribuir ninguna parte de esta obra por ningún medio sin permiso.
Al hacerlo está respaldando a los autores y permitiendo que PRHGE continúe publicando libros
para todos los lectores. Diríjase a CEDRO (Centro Español de Derechos Reprográficos,
http://www.cedro.org) si necesita fotocopiar o escanear algún fragmento de esta obra.

Printed in Spain – Impreso en España

ISBN: 978-84-9062-811-9 (vol. 1066/3)
Depósito legal: B-14035-2015

Compuesto en gama, sl
Impreso en Liberdúplex
Sant Llorenç d'Hortons (Barcelona)

P 628119

Penguin
Random House
Grupo Editorial

Las cosas inaccesibles son más importantes
que las cosas que poseemos.

Somerset Maugham

PRIMERA PARTE

Los encadenados

1

ALICE

Creo que en todo hombre hay otro hombre. Un desconocido, un Conspirador, un Zorro.

STEPHEN KING

Primero el soplo vivo y cortante del viento que azota un rostro.

El rumor ligero de las hojas. El murmullo distante de un riachuelo. El piar discreto de los pájaros. Los primeros rayos del sol que se adivinan a través del velo de párpados todavía cerrados.

Luego el crujido de las ramas. El olor de la tierra mojada. El de las hojas en descomposición. Las notas amaderadas y potentes del liquen gris.

Más lejos, un zumbido indefinido, onírico, disonante.

Alice Schäfer abrió los ojos con dificultad. La luz del amanecer la cegaba, el rocío de la mañana impregnaba su ropa. Empapada de sudor helado, tiritaba. Tenía la garganta seca y un fuerte sabor de ceniza en la boca. Sus articulaciones estaban doloridas; sus miembros, anquilosados; su mente, embotada.

Cuando se incorporó, tomó conciencia de que estaba tumbada en un banco rústico de madera sin pulir. Estupefacta, descubrió de pronto que el cuerpo macizo y robusto de un hombre estaba encogido contra su costado, descargando todo su peso sobre ella.

Alice reprimió un grito y su ritmo cardíaco se aceleró de golpe. Al intentar apartarse, cayó al suelo y se levantó de inmediato. Fue entonces cuando se percató de que su mano derecha estaba esposada a la muñeca izquierda del desconocido. Retrocedió instintivamente, pero el hombre permaneció inmóvil.

«¡Mierda!»

El corazón le dio un vuelco. Una mirada al reloj: el cristal de su viejo Patek estaba rayado, pero el mecanismo seguía funcionando y el calendario perpetuo indicaba: martes 8 de octubre, ocho de la mañana.

«Pero ¿dónde diablos estoy?», se preguntó, secándose con la manga el sudor de la cara.

Miró a su alrededor para situarse. Se encontraba en el corazón de un bosque otoñal, un sotobosque fresco y denso de vegetación variada. Un claro agreste y silencioso rodeado de robles, matorrales espesos y salientes rocosos. Nadie en las inmediaciones, lo cual, en vista de las circunstancias, sin duda era preferible.

Alice levantó los ojos. La luz era hermosa, suave, casi irreal. Unos copos brillaban a través de las ramas de un olmo inmenso y resplandeciente cuyas raíces perforaban una alfombra de hojas húmedas.

«¿El bosque de Rambouillet? ¿El de Fontainebleau? ¿El de Vincennes?», aventuró mentalmente.

Un cuadro impresionista de tarjeta postal cuya serenidad contrastaba con la violencia de ese despertar surrealista al lado de un absoluto desconocido.

Con prudencia, se inclinó hacia delante para verle mejor la cara. Era la de un hombre entre treinta y cinco y cuarenta años, de cabello castaño revuelto y barba incipiente.

«¿Un cadáver?»

Se arrodilló y le puso tres dedos sobre el cuello, a la derecha de la nuez. El pulso que notó presionando la arteria carótida la tranquilizó. El tipo estaba inconsciente, pero no muerto. Lo observó con calma. ¿Lo conocía? ¿Podía ser un granuja al que había metido entre rejas? ¿Un amigo de la infancia al que no reconocía? No, esas facciones no le decían absolutamente nada.

Alice se apartó unos mechones rubios que le caían por delante de los ojos y miró las manillas que la unían a aquel individuo. Eran un modelo estándar de doble seguridad utilizado por numerosos cuerpos de policía y servicios de seguridad privada de todo el mundo. Era incluso muy probable que se tratara de las suyas. Alice buscó en el bolsillo de los vaqueros confiando en encontrar allí la llave.

No estaba. En cambio, notó la forma de un revólver metido en el bolsillo interior de la cazadora de piel. Creyendo que era su arma reglamentaria, cerró los dedos con alivio en torno a la culata. Pero no era el Sig Sauer que utilizaban los policías de la Brigada Criminal. Se trataba de una Glock 22 de polímero cuya procedencia ignoraba. Quiso comprobar el cargador, pero no era nada fácil con una mano trabada. Aun así, lo consiguió a costa de algunas contorsiones, procurando no despertar al desconocido. Estaba claro que faltaba una bala. Mientras manejaba la pistola, se dio cuenta de que la culata estaba manchada de sangre seca. Se abrió del todo la cazadora y descubrió también unas manchas de hemoglobina coagulada en la blusa.

«¡Joder! Pero ¿qué he hecho?»

Alice se frotó los párpados con la mano libre. Una migraña lacerante irradiaba ahora en sus sienes, como si una tenaza invisible le comprimiera el cráneo. Respiró hondo para dar salida al miedo y trató de agrupar sus recuerdos.

La noche anterior se había ido de marcha con tres amigas por los Campos Elíseos. Había bebido mucho, encadenando una copa tras otra en diferentes coctelerías: el Moonlight, el Treizième Étage, el Londonderry... Las cuatro chicas se habían despedido hacia las doce. Ella había ido sola hasta su coche, estacionado en el aparcamiento subterráneo de la avenue Franklin-Roosevelt, luego...

Un agujero negro. Un velo de algodón envolvía su mente. Su cerebro daba vueltas en el vacío. Su memoria estaba paralizada, congelada, bloqueada en esa última imagen.

«¡Vamos, haz un esfuerzo, joder! ¿Qué pasó después?»

Se veía claramente pagando en uno de los cajeros automáticos y bajando la escalera hacia el tercer sótano. Había pimplado demasiado, eso era indudable. A trancas y barrancas, había llegado hasta su pequeño Audi, había abierto la puerta, se había sentado al volante y...

Nada más.

Por más que intentaba concentrarse, un muro de ladrillos blancos le impedía acceder a sus recuerdos. El Muro de Adriano se alzaba ante su reflexión, toda la Gran Muralla China, frente a unas tentativas vanas.

Tragó saliva. Su nivel de pánico aumentó. Ese bosque, la sangre en su blusa, esa arma que no era la suya... No se trataba de una simple resaca al día siguiente de una juerga. Si no se acordaba de cómo había ido a parar allí, seguro que era porque la habían drogado. ¡Quizá un tarado le había echado éxtasis líquido en la copa! Era muy posible: como policía, en los últimos años se había enfrentado a varios casos relacionados con la droga de la violación. Guardó esa idea en un rincón de su cabeza y empezó a vaciar sus bolsillos: su cartera y su carnet de policía habían desaparecido. Tampoco llevaba encima ningún otro documento de identidad, ni dinero, ni teléfono móvil.

La angustia se sumó al miedo.

Una rama crujió e hizo salir volando a una bandada de currucas. Algunas hojas rojizas se arremolinaron en el aire y le rozaron la cara a Alice. Con la mano izquierda, la chica se subió la cremallera de la cazadora mientras sujetaba la parte de arriba con la barbilla. Fue entonces cuando vio en la palma de su mano algo escrito con bolígrafo, una serie de números anotados deprisa y corriendo, como una chuleta de colegial que estuviera a punto de borrarse:

2125558900

¿A qué correspondían esas cifras? ¿Era ella quien las había escrito? «Es posible, pero no seguro...», consideró, mirando la letra.

Cerró los ojos un breve instante, desamparada y asustada.

Se negó a perder la entereza. Era más que evidente que esa noche había tenido lugar un suceso grave. Pero, si no guardaba ningún recuerdo de ese episodio, el hombre al que estaba encadenada iba a refrescarle rápidamente la memoria. Al menos eso era lo que esperaba.

¿Amigo o enemigo?

Puesto que lo ignoraba, colocó de nuevo el cargador en la Glock y armó la semiautomática. Con la mano libre, apuntó el cañón en dirección a su compañero antes de zarandearlo sin miramientos.

—¡Eh! ¡Venga! ¡Es hora de despertarse!

El hombre tenía dificultades para emerger del sueño.

—¡Muévete, tío! —insistió Alice, sacudiéndolo por un hombro.

Él pestañeó y reprimió un bostezo antes de incorporarse con dificultad. Cuando abrió los ojos, hizo un brusco movimiento provocado por el estupor al ver el cañón del arma a unos centímetros de su sien.

Miró a Alice con los ojos como platos y volvió la cabeza a uno y otro lado para descubrir, desconcertado, el paisaje agreste que lo rodeaba.

Tras unos segundos de perplejidad, tragó saliva y abrió la boca para preguntar en inglés:

—Pero, bueno, ¿quién es usted? ¿Qué hacemos aquí?

2

GABRIEL

Cada uno de nosotros lleva dentro a un inquietante extraño.

Los hermanos Grimm

El desconocido había hablado con un fuerte acento estadounidense, escamoteando casi totalmente las erres.

—¿Dónde coño estamos? —insistió mientras fruncía el entrecejo.

Alice apretó los dedos en torno a la culata de la pistola.

—¡Me parece que es usted quien tiene que decírmelo! —le contestó en inglés, acercándole el cañón de la Glock a la sien.

—Eh, vamos a tranquilizarnos, ¿de acuerdo? —dijo él, y levantó las manos—. Y baje el arma, esos trastos son peligrosos... —Todavía no del todo despierto, señaló con la barbilla la mano aprisionada por el anillo de acero—. ¿Por qué me ha puesto esto? ¿Qué he hecho esta vez? ¿Alguna pelea? ¿Embriaguez en la vía pública?

—No he sido yo quien lo ha esposado —contestó ella.

Alice lo observó detenidamente: llevaba unos vaqueros oscuros, unas Converse, una camisa azul arrugada y una americana de traje entallada; sus ojos, claros y seductores, estaban hundidos por el cansancio y marcados por profundas ojeras.

—No hace lo que se dice calor —se quejó el tipo, metiendo

el cuello entre los hombros. Bajó los ojos hacia su muñeca para consultar el reloj, pero no estaba allí—. Mierda... ¿Qué hora es?

—Las ocho de la mañana.

Como buenamente pudo, volvió del revés sus bolsillos antes de protestar:

—Pero ¡si me lo ha soplado todo! La pasta, la cartera, el teléfono...

—Yo no le he robado nada —afirmó Alice—. A mí también me han desvalijado.

—Y tengo un buen chichón —constató, frotándose la parte de atrás de la cabeza con la mano libre—. De esto tampoco es usted responsable, claro —se lamentó, sin esperar realmente respuesta.

La miró con el rabillo del ojo: Alice, vestida con unos vaqueros ceñidos y una cazadora de piel de la que sobresalían los faldones de una blusa manchada de sangre, con el pelo recogido en un moño que estaba a punto de deshacerse, era una rubia esbelta de unos treinta años. Sus facciones eran duras, pero armoniosas —pómulos altos, nariz fina, tez diáfana—, y sus ojos, salpicados por los reflejos cobrizos de las hojas otoñales, brillaban intensamente.

Un dolor lo sacó de su contemplación: una sensación de quemazón corría por el interior de su antebrazo.

—¿Qué pasa ahora? —preguntó Alice.

—Me duele —dijo él haciendo una mueca—. Es como si tuviera una herida...

Gabriel no pudo quitarse la chaqueta ni subirse las mangas de la camisa por culpa de las esposas, pero, a fuerza de hacer contorsiones, consiguió ver una especie de venda alrededor del brazo. Un vendaje recién puesto del que escapaba un fino hilo de sangre que llegaba hasta la muñeca.

—¡Bueno, ya está bien de gilipolleces! —exclamó, perdiendo la calma—. ¿Dónde estamos? ¿En Wicklow?

La chica negó con la cabeza.

—¿Wicklow? ¿Dónde está eso?

—Es un bosque que está al sur.

—¿Al sur de qué? —preguntó Alice.

—¿Se está quedando conmigo? ¡Al sur de Dublín!

Ella lo miró con ojos de pasmo.

—¿De verdad cree que estamos en Irlanda?

Gabriel suspiró.

—¿Y dónde vamos a estar, si no?

—Pues en Francia, supongo. Cerca de París. Yo diría que en el bosque de Rambouillet o...

—¡Ya vale! —la cortó—. ¿Usted delira o qué? Además, ¿quién demonios es?

—Una chica con un pistolón, así que soy quien hace las preguntas.

Él la desafió con la mirada, pero comprendió que no controlaba la situación y se quedó callado.

—Me llamo Alice Schäfer y soy oficial de policía en la Brigada Criminal de París. Anoche salí con unas amigas por los Campos Elíseos. No sé dónde estamos ni cómo hemos llegado a encontrarnos aquí, encadenados uno a otro. Y no tengo ni idea de cuál es su identidad. Ahora le toca a usted.

Tras unos segundos de titubeo, el desconocido se decidió a identificarse.

—Soy estadounidense. Me llamo Gabriel Keyne y soy pianista de jazz. Vivo en Los Ángeles, pero viajo con frecuencia para dar conciertos.

—¿Qué es lo último que recuerda? —lo presionó ella.

Gabriel frunció el entrecejo y cerró los ojos para concentrarse mejor.

—Pues... anoche actué con mi bajista y mi saxofonista en el Brown Sugar, un club de jazz del barrio de Temple Bar, en Dublín.

«En Dublín... ¡Este tío está como una chota!»

—Después del concierto, me senté en el bar y puede que me pasara con los cubalibres —continuó Gabriel abriendo los ojos.

—¿Y luego?

—Luego...

Su rostro se contrajo y se mordió el labio. Saltaba a la vista

que le costaba tanto como a ella acordarse de cómo había acabado la noche.

—Mire, no tengo ni idea. Creo que me peleé con un tipo al
que no le gustaba mi música, después ligué con unas chavalas,
pero estaba demasiado colocado para llevarme a alguna al catre.

—¡Qué dechado de clase! Muy elegante, sí señor.

Él restó importancia al reproche con un gesto de la mano y
se levantó del banco, obligando a Alice a hacer lo mismo. Con
un gesto brusco del antebrazo, esta última lo obligó a sentarse
de nuevo.

—Me fui del club hacia las doce —afirmó él—. A duras penas me tenía en pie. Llamé a un taxi desde Aston Quay. Al cabo
de unos minutos, un coche se detuvo y...

—¿Y qué?

—No lo sé —reconoció—. Supongo que di la dirección del
hotel y me desplomé en el asiento.

—¿Y luego?

—¡Le digo que nada!

Alice bajó el arma y dejó pasar unos segundos, el tiempo de
digerir aquellas malas noticias. Desde luego no era ese tipo quien
iba a ayudarla a aclarar su situación. Al contrario.

—¿Es usted consciente de que todo lo que acaba de contarme es un cuento chino? —dijo, suspirando.

—¿Y se puede saber por qué?

—¡Pues porque estamos en Francia! ¡Por eso!

Gabriel recorrió con la mirada el bosque que se extendía a su
alrededor: la vegetación silvestre, los espesos arbustos, las paredes rocosas cubiertas de hiedra, la cúpula dorada que formaban
las hojas de otoño. Su mirada subió por el tronco descortezado
de un olmo gigantesco y se topó con dos ardillas que corretea-
ban, trepaban dando saltos rápidos y pasaban de una rama a otra
persiguiendo a un roquero solitario.

—Me apuesto la camisa a que no estamos en Francia —dijo
mientras se rascaba la cabeza.

—En cualquier caso, solo hay una manera de saberlo —replicó Alice al límite de su paciencia, guardándose la pistola e incitándolo a levantarse del banco.

Dejaron el claro para adentrarse en la vegetación, formada por espesas arboledas y arbustos frondosos. Sujetos el uno a la otra, cruzaron una zona de sotobosque ondulada, siguieron un camino empinado y luego bajaron una pendiente apoyándose en los salientes rocosos. Tardaron diez minutos largos en salir de aquel laberinto vegetal, salvando los pequeños cursos de agua y recorriendo a buen paso numerosos senderos sinuosos. Finalmente desembocaron en una estrecha alameda asfaltada y bordeada de árboles que formaban una bóveda vegetal por encima de su cabeza. Cuanto más avanzaban por ella, más presentes se hacían los ruidos de la civilización.

Un murmullo familiar: el rumor procedente de la ciudad...

Asaltada por un extraño presentimiento, Alice arrastró a Gabriel hacia un punto por donde el sol penetraba entre las ramas. Atraídos por la claridad, se abrieron paso hasta lo que parecía ser la orilla cubierta de césped de una extensión de agua.

Fue entonces cuando lo vieron.

Un puente de hierro cuya amplia curvatura cruzaba con gracia uno de los brazos del lago.

Un largo puente de color crema, ornamentado con arabescos y elegantemente decorado con centros florales.

Una pasarela familiar, vista en cientos de películas.

Bow Bridge.

No estaban en París. Ni tampoco en Dublín.

Estaban en Nueva York.

En Central Park.

3

CENTRAL PARK WEST

Deseamos la verdad, y no hallamos en nosotros sino incertidumbre.

BLAISE PASCAL

—¡No puede ser! —susurró Gabriel mientras en el rostro de Alice se pintaba el estupor.

Aunque la realidad era difícil de admitir, ahora ya no cabía ninguna duda. Se habían despertado en el corazón del Ramble, el lugar más agreste de Central Park. Un auténtico bosque de quince hectáreas que se extendía al norte del lago.

Sus corazones palpitaban al unísono, golpeándoles con fuerza el pecho. Andando en dirección a la orilla, llegaron a una alameda animada, típica de la efervescencia del parque a primera hora de la mañana. Los adictos al footing convivían armoniosamente con los ciclistas, los adeptos del taichi y los simples paseantes que habían salido con su perro. El universo sonoro tan característico de la ciudad parecía explotarles de pronto en los oídos: el ruido de la circulación, los bocinazos, las sirenas de los bomberos y de la policía.

—Esto es demencial —murmuró Alice.

Descolocada, la joven intentó reflexionar. Estaba dispuesta a admitir que la noche anterior Gabriel y ella habían empinado el codo hasta el punto de olvidar lo que habían hecho. Pero era inimaginable que hubieran podido embarcarlos en un avión contra su voluntad. Había ido bastantes veces de vacaciones a Nueva York con Seymour, su colega y mejor amigo. Sabía que un vuelo París-Nueva York duraba algo más de ocho horas, pero que, con el desfase horario, la diferencia se quedaba en dos horas. Cuando iban juntos, Seymour casi siempre compraba los billetes para el vuelo que salía a las 8.30 del aeropuerto Charles-de-Gaulle y llegaba a Nueva York a las 10.30. También se había fijado en que el último avión que cubría ese trayecto salía de París un poco antes de las ocho de la tarde. Ahora bien, el día anterior a las ocho de la tarde estaba todavía en París. Por lo tanto, Gabriel y ella habían tenido que viajar en un avión privado. Suponiendo que la hubieran metido en el aparato, en París, a las dos de la mañana, habría llegado a Nueva York a las cuatro, hora local. Lo suficiente para despertarse en Central Park a las ocho. Sobre el papel, no era imposible. En la realidad, era otro cantar. Incluso a bordo de un jet privado, las formalidades administrativas para entrar en Estados Unidos seguían siendo largas y complicadas. Decididamente, todo aquello no encajaba.

—*Oops, sorry!*

Un joven patinador acababa de empujarlos. Mientras se disculpaba, lanzó una mirada de estupor y recelo en dirección a las esposas.

Una señal de alarma se encendió en la cabeza de Alice.

—No podemos quedarnos aquí parados delante de todo el mundo —dijo, preocupada—. La policía no va a tardar ni un minuto en echársenos encima.

—¿Y qué propone?

—¡Cójame de la mano, deprisa!

—¿Eh?

—¡Cójame de la mano como si fuéramos una pareja de enamorados y crucemos el puente! —le ordenó con brusquedad.

Él obedeció y se adentraron en el Bow Bridge. El aire era seco y penetrante. En un cielo puro se recortaban, como telón de fondo, las siluetas de los suntuosos inmuebles de Central

Park West: las dos torres gemelas del San Remo, la fachada mítica del Dakota y los apartamentos art-déco del Majestic.

—De todas formas, tenemos que presentarnos ante las autoridades —dijo Gabriel sin parar de andar.

—¡Sí, eso, métase en la boca del lobo!

—Escuche la voz de la razón, hija mía... —contraatacó él.

—¡Llámeme otra vez así y lo estrangularé con las esposas! Le estrujaré el cuello hasta que suelte el último suspiro. Muerto se dicen menos gilipolleces, ya lo verá.

—¡Pues entonces, si es francesa, vaya al menos a pedir consejo a su embajada! —repuso Gabriel, sin hacer caso de la amenaza.

—Primero tengo que entender lo que pasó realmente anoche.

—En cualquier caso, no cuente conmigo para ir de fugitivos. En cuanto salgamos del parque, entraré en la primera comisaría que vea para explicar lo que nos pasa.

—¿Es usted idiota o se lo hace? ¡Por si no se ha dado cuenta, estamos esposados, amigo! ¡Somos inseparables, indisociables! ¡Estamos unidos por la fuerza de las cosas! Así que, mientras no encontremos una manera de romper nuestras cadenas, haga lo que yo haga.

Bow Bridge garantizaba una transición suave entre la vegetación agreste del Ramble y los jardines ordenadamente dispuestos al sur del lago. Al llegar al otro lado del puente, tomaron el camino que bordeaba la extensión de agua hasta la bóveda de granito de la fuente de Cherry Hill.

—¿Por qué se niega a acompañarme a la policía? —insistió Gabriel.

—¿A usted qué le parece? Porque conozco a la policía, por eso.

—Pero ¿con qué derecho me mete a mí en este berenjenal? —se rebeló el músico.

—¿Que yo le meto? Sí, puede que yo esté hundida en la mierda hasta el cuello, pero usted está igual que yo.

—¡No, porque yo no tengo nada que reprocharme!

—¿Ah, no? ¿Y qué le permite ser tan tajante? Creía que había olvidado por completo la noche pasada...

La réplica pareció descolocar a Gabriel.

—¿Qué pasa? ¿No confía en mí?

—Ni por asomo. Su historia en el bar de Dublín no se sostiene, Keyne.

—¡Ni la suya de la noche de marcha por los Campos Elíseos, no te fastidia! Además, es usted quien tiene las manos manchadas de sangre. Es usted quien lleva una pistola en el bolsillo y...

—En eso tiene razón —lo cortó ella—. Soy yo quien lleva la pistola, así que va a cerrar el pico y a hacer exactamente lo que yo le diga, ¿ok?

Él se encogió de hombros y dejó escapar un largo suspiro de cabreo.

Al tragar saliva, Alice experimentó una sensación de quemazón detrás del esternón, como si un chorro de ácido le recorriera el esófago. El estrés. El cansancio. El miedo.

¿Cómo salir de ese atolladero?

Intentó ordenar sus ideas. En Francia era primera hora de la tarde. Al no verla en la oficina esa mañana, los de su grupo de investigación debían de haberse preocupado. Seguro que Seymour había intentado localizarla en su móvil. Era con él con quien debía ponerse en contacto de inmediato, a él a quien tenía que pedirle que investigara. En su cabeza empezaba a aparecer una lista de cosas que habría que hacer: 1) pedir las grabaciones de las cámaras de vigilancia del aparcamiento de Franklin-Roosevelt; 2) comprobar qué aviones privados habían despegado de París después de medianoche en dirección a Estados Unidos; 3) encontrar el lugar donde su Audi había sido abandonado; 4) verificar la existencia de ese tal Gabriel Keyne, así como la solidez de sus declaraciones...

La perspectiva de ese trabajo de investigación la tranquilizó un poco. Desde hacía tiempo, la adrenalina que le producía su oficio era su principal carburante. Una verdadera droga que en el pasado había devastado su vida, pero que en la actualidad le ofrecía la única razón válida para levantarse todas las mañanas.

Respiró a pleno pulmón el aire fresco de Central Park.

Aliviada al ver que su faceta de poli se imponía, empezó a preparar un método de investigación: bajo su mando, Seymour realizaría las indagaciones en Francia, mientras que ella investigaría allí.

Sin soltarse de la mano, Alice y Gabriel se dirigieron presurosos al jardín triangular de Strawberry Fields, que permitía salir del parque por el oeste. La policía lanzaba miradas a hurtadillas en dirección al músico. Tenía que averiguar a toda costa quién era realmente ese hombre. ¿Le había puesto ella las manillas? Y en caso afirmativo, ¿por qué razón?

Él la miró también con un aire bravucón.

—Bueno, ¿qué propone que hagamos ahora?

Ella le contestó con otra pregunta:

—¿Tiene conocidos en esta ciudad?

—Sí, incluso tengo un muy buen amigo, el saxofonista Kenny Forrest, pero no es el momento más indicado para ir a verlo: está de gira y ahora mismo se encuentra en Tokio.

Alice formuló la pregunta de otro modo:

—¿Y no sabe de algún lugar donde pudiéramos encontrar herramientas para librarnos de las esposas, cambiarnos y darnos una ducha?

—No —reconoció—. ¿Y usted?

—¡Yo vivo en París, se lo recuerdo!

—«¡Yo vivo en París, se lo recuerdo!» —la imitó él, adoptando un tono de marisabidilla—. Oiga, no se me ocurre cómo vamos a poder pasar de ir a la policía: no tenemos pasta, ni nada para cambiarnos, ni ningún modo de demostrar nuestra identidad...

—Deje de lloriquear. Empecemos por agenciarnos un teléfono móvil, ¿de acuerdo?

—¡Le digo que no tenemos un céntimo! ¿Cómo quiere conseguirlo?

—Eso no tiene mucha complicación: con robarlo, asunto arreglado.

4

LOS ENCADENADOS

> Justo en el corazón de toda dificultad se esconde una
> posibilidad.
>
> ALBERT EINSTEIN

Desde el jardín público, Alice y Gabriel salieron a Central Park West, la avenida que bordeaba el parque. Dieron unos pasos por la acera y se sintieron inmediatamente aspirados por el flujo urbano: los bocinazos de los taxis amarillos que circulaban a toda velocidad hacia Midtown, las voces de los vendedores de perritos calientes, el ruido de los martillos mecánicos de los trabajadores que reparaban la red de tuberías...

«No hay ni un minuto que perder.»

Alice frunció los ojos para examinar mejor los alrededores. Al otro lado de la avenida se alzaba la imponente fachada de color arena del Dakota, el inmueble ante el que John Lennon había sido asesinado hacía treinta y tres años. El edificio desentonaba: con sus tejados, sus gabletes, sus claraboyas y sus balconcillos, proyectaba una silueta gótica en el cielo de Manhattan.

«La Edad Media en pleno siglo XXI.»

En la acera, un vendedor ilegal había expuesto su material y les colocaba a los turistas camisetas y carteles con la efigie del antiguo Beatle.

La chica vio a un grupo de adolescentes unos diez metros delante de ella: unos españoles ruidosos que se hacían fotos delante del edificio. Treinta años después, el mito seguía funcionando...

Tras unos segundos de observación, identificó su «blanco» y elaboró un sucinto plan de ataque. Con la barbilla, le señaló el grupo a Gabriel.

—¿Ve al chaval que está hablando por teléfono?

Él se rascó la nuca.

—¿Cuál? La mitad de ellos lleva un móvil pegado a la oreja.

—El gordito con gafas, corte de tazón y camiseta del Barça.

—No me parece que sea para presumir de valiente agredir a un niño...

Alice explotó:

—¡No le veo muy consciente de que estamos en un lío de no te menees, Keyne! Ese tipo tiene por lo menos dieciséis años y no se trata de agredirlo, solo de tomarle prestado el teléfono.

—Me muero de hambre —se quejó el pianista—. ¿No prefiere que manguemos un perrito caliente?

Ella lo fulminó con la mirada.

—Deje de hacerse el listillo y escúcheme bien. Va a andar bien pegado a mí. Cuando lleguemos a su altura, me empuja hacia él, y en cuanto haya cogido el aparato, tendremos que largarnos pitando.

Gabriel asintió con la cabeza.

—Eso parece fácil.

—¿Fácil? Ya verá lo fácil que es correr esposado...

Los acontecimientos se desarrollaron tal como Alice había previsto: aprovechó la sorpresa del adolescente para apoderarse de su teléfono.

—¡Corra! —le dijo a Gabriel.

WALK: el semáforo para los peatones parpadeaba. Aprovecharon para cruzar la avenida y se adentraron en la primera calle perpendicular. Correr estando encadenados resultó ser peor de lo que Alice había temido. A la dificultad de acompasar su ritmo de avance se añadían su diferencia de altura y el dolor causado por los anillos de acero, que a cada zancada les lastimaba la carne de las muñecas.

—¡Nos persiguen! —gritó Gabriel, echando un vistazo hacia atrás.

Alice se volvió también, para ver al grupo de adolescentes españoles que habían echado a correr tras ellos.

«Mala suerte...»

Un ademán con la cabeza fue la señal para acelerar todavía más. La calle Setenta y uno era una arteria tranquila, típica del Upper West Side, bordeada de elegantes *brownstones* de gres rojizo. Las aceras, vacías de turistas, eran anchas, lo que permitió a la pareja recorrer rápidamente la manzana de casas que separaba las dos avenidas. Pisándoles todavía los talones, los adolescentes los apremiaban más, mientras gritaban para sublevar a los transeúntes y adherirlos a su causa.

Columbus Avenue.

Vuelta de la animación: las tiendas que abrían sus escaparates, los bares que se llenaban, los estudiantes que salían de la cercana estación de metro.

—¡A la izquierda! —gritó Gabriel, y torció de golpe.

El cambio de dirección pilló a Alice por sorpresa. Le costó mantener el equilibrio y profirió un grito al notar que las esposas se le clavaban en la carne. Bajaron por la avenida hacia el sur, empujando a los peatones y derribando algunos expositores. Hasta estuvieron a punto de aplastar a un yorkshire enano.

«Demasiada gente.»

Sensación de vértigo. Aturdimiento. Punzada en los costados. Para evitar el gentío, intentaron desviarse unos metros por la calzada.

«Mala idea...»

Un taxi estuvo a punto de atropellarlos. Pisando el freno, el conductor los obsequió con un largo bocinazo y una andanada de insultos. Al intentar volver a la acera, Alice tropezó con el bordillo. La anilla de las esposas se le clavó de nuevo en la muñeca. Llevada por su propio impulso, mordió el polvo, al tiempo que arrastraba a Gabriel en su caída y soltaba el móvil por el que estaban haciendo tantos esfuerzos.

«¡Mierda!»

Con un gesto rápido, Gabriel se apoderó del teléfono.

«¡Levántate!»

Se pusieron de pie y echaron otro vistazo a sus perseguidores. Si bien el grupo se había disuelto, dos adolescentes seguían pisándoles los talones, dándose el gustazo de una persecución en Manhattan de la que esperaban salir vencedores y que no dejaría de despertar la admiración de sus amigas a su regreso.

—¡Esos capullos corren que se las pelan! —dijo Gabriel, rabioso—. ¡Yo ya estoy demasiado viejo para estas gilipolleces!

—¡Un esfuerzo más! —reclamó Alice, y lo obligó a reanudar la carrera.

Cada nueva zancada era una tortura, pero siguieron en sus trece. Cogidos de la mano. Diez metros, cincuenta, cien. Imágenes entrecortadas saltaban ante sus ojos: las humeantes bocas de alcantarilla proyectando su vapor hacia el cielo, las escaleras de hierro subiendo por las fachadas de ladrillo, las muecas de los niños a través de las ventanillas de los autobuses escolares. Y siempre esa sucesión de edificios de cristal y hormigón, esa abundancia de rótulos y paneles publicitarios.

Calle Sesenta y siete, calle Sesenta y seis.

Tenían las muñecas ensangrentadas, se les salían los pulmones por la boca, pero iban de nuevo lanzados. Llevados por la adrenalina, y a diferencia de los chavales que los perseguían, habían recuperado una respiración acompasada. Pisaban más firme, corrían con más fluidez. Llegaron a la altura donde Broadway cruzaba Columbus. La avenida se transformaba ahí en una encrucijada gigantesca, punto de confluencia de tres arterias de cuatro carriles. Una mirada les bastó para entenderse.

—¡Ahora!

Arriesgándose a que los arrollaran, cruzaron en diagonal bajo un concierto de chirridos de neumáticos y advertencias sonoras.

Entre la Sesenta y cinco y la Sesenta y dos, toda la parte oeste de Broadway estaba ocupada por el complejo cultural del Lincoln Center, construido alrededor de la Metropolitan Opera.

Alice levantó los ojos para orientarse. Con una altura de varias plantas, un gigantesco barco de cristal y entramado de acero extendía su proa puntiaguda hasta el centro de la avenida.

Reconoció el auditorio de la Juilliard School, ante la que ya había pasado con Seymour. Detrás de la fachada transparente, se podían ver los pasos de danza de las bailarinas, así como el interior de los estudios donde ensayaban los músicos.

—¡El aparcamiento subterráneo de la ópera! —dijo, señalando una rampa asfaltada que se internaba en el suelo.

Gabriel asintió. Se colaron en las entrañas alquitranadas, esquivando los coches que subían hacia la salida. Cuando llegaron al primer sótano, aprovecharon sus últimas fuerzas para atravesar la zona de estacionamiento en toda su longitud y tomaron una de las escaleras de salida que desembocaba tres edificios más allá, en el pequeño enclave de Damrosch Park.

Cuando estuvieron por fin al aire libre, constataron con alivio que sus perseguidores habían desaparecido.

Apoyados contra el murete que rodeaba la explanada, Alice y Gabriel no acababan de recuperar el aliento. Estaban los dos sudando y les dolía todo.

—Páseme el teléfono —dijo ella.

—¡Ahí va! ¡Lo... lo he perdido! —exclamó el músico, metiéndose la mano en el bolsillo.

—No puede ser...

—Es broma —la tranquilizó él, y le tendió el móvil.

Alice le lanzó una mirada asesina y se disponía a increparlo cuando un sabor metálico le invadió de pronto la boca. La cabeza empezó a darle vueltas. Una arcada le revolvió el estómago y se inclinó por encima de una jardinera para arrojar un hilo de bilis.

—Necesita agua.

—Lo que necesito es comer.

—¡Ya le dije yo que era mejor mangar un perrito caliente!

Avanzaron prudentemente hasta la fuente pública para beber. Bordeado por el New York City Ballet y por los arcos de cristal de la inmensa Metropolitan Opera, el Damrosch Park estaba lo bastante animado para que no se fijaran en ellos. En la entrada, unos obreros montaban tiendas y podios para un desfile.

Después de tomar varios tragos de agua, Alice cogió el teléfono, comprobó que no estaba protegido por un código y marcó el número de móvil de Seymour.

Mientras esperaba que se estableciera la comunicación, sujetó el aparato con el hombro y se masajeó la nuca. El corazón seguía martilleándole el pecho.

«Contesta, Seymour...»

Seymour Lombart era el adjunto del grupo de investigación que dirigía Alice. Compuesto por otros cinco polis, el «grupo Schäfer» compartía cuatro pequeños despachos en el tercer piso del 36 del Quai des Orfèvres.

Alice miró el reloj para tener en cuenta el desfase horario. En París eran las 14.20.

El policía respondió después de tres señales, pero el guirigay de las conversaciones de fondo dificultaba el diálogo. Al parecer, Seymour todavía estaba comiendo.

—¿Seymour?

—¿Alice? Pero ¿dónde demonios te has metido? Te he dejado varios mensajes.

—Estoy en Manhattan.

—¿Me tomas el pelo?

—Tienes que ayudarme, Seymour.

—Te oigo muy mal.

Lo mismo le pasaba a ella. La recepción era horrible. Entrecortada. La voz de su adjunto le llegaba distorsionada, sonaba como metálica.

—¿Dónde estás, Seymour?

—En Le Caveau du Palais, en la place Dauphine. Oye, voy a la oficina y te llamo dentro de cinco minutos, ¿vale?

—De acuerdo. ¿Ha salido el número?

—Sí.

—Genial. Y date prisa. Tengo curro para ti.

Alice, frustrada, colgó y le tendió el móvil al músico.

—Si quiere hacer una llamada, hágala ahora. Le doy cinco minutos. Espabile.

Gabriel la miró con una expresión divertida. Pese a la urgencia y el peligro, no pudo evitar que una tenue sonrisa se dibujara en su semblante.

—¿Siempre le habla a la gente en ese tono autoritario?

—No empiece a jorobarme —lo abroncó ella—. ¿Quiere el teléfono, sí o no?

Gabriel cogió el aparato y se quedó pensando unos segundos.

—Voy a llamar a mi amigo, a Kenny Forrest.

—¿El saxofonista? Me dijo que estaba en Tokio.

—Con un poco de suerte, le habrá dejado las llaves de su apartamento a un vecino o a la portera. ¿Sabe qué hora es en Japón? —preguntó, marcando el número.

Alice contó con los dedos.

—Yo diría que las diez de la noche.

—¡Vaya, hombre! Estará en pleno concierto.

En efecto, Gabriel se encontró con un contestador y dejó un mensaje en el que explicaba que estaba en Nueva York y prometía volver a llamar más tarde.

Le devolvió el aparato a Alice. Esta miró el reloj suspirando.

«¡Muévete, Seymour!», suplicó mentalmente, apretando entre los dedos el smartphone. Ya había decidido volver a llamar ella a su adjunto, cuando vio la serie de cifras escritas con bolígrafo en la palma de su mano. Con el sudor, estaban borrándose.

—¿Le dice esto algo? —preguntó, abriendo la mano delante de los ojos de Gabriel.

2125558900

»He visto estas cifras al despertarme esta mañana, pero no recuerdo haberlas escrito.

—Probablemente es un número de teléfono, ¿no? Déjeme ver... ¡Premio! —exclamó Gabriel—. El 212 es el indicativo de Manhattan. Oiga, ¿está segura de que es usted poli?

«¿Cómo se me ha podido pasar por alto?»

Alice hizo como si no hubiera oído el comentario sarcástico y marcó rápidamente el número. Le contestaron tras la primera señal.

—Greenwich Hotel, buenos días. Le habla Candice. ¿Qué desea?

«¿Un hotel?»

Alice pensó a toda velocidad. ¿A qué correspondía esa dirección? ¿Acaso se había alojado brevemente ahí? No tenía sentido, pero probó suerte.

—¿Podría ponerme con la habitación de la señorita Alice Schäfer, por favor?

En el otro extremo de la línea, la recepcionista guardó silencio un momento y luego dijo:

—Me parece que ninguno de nuestros clientes responde a ese nombre.

Alice insistió:

—¿Le parece o está segura?

—Absolutamente segura, señora. Lo siento.

Antes de que Alice tuviera tiempo de colgar, el número de Seymour apareció en la pantalla como llamada en espera. Le respondió a su adjunto sin tomarse la molestia de darle las gracias a su interlocutora.

—¿Estás en la oficina, Seymour?

—Estoy llegando —contestó él, jadeando—. Oye, eso de Nueva York es una broma, ¿no?

—Desgraciadamente, no. Tengo poco tiempo y es imprescindible que me ayudes.

En menos de tres minutos, le contó todo lo que le había pasado desde la noche anterior: la salida con sus amigas por los bares de los Campos Elíseos, la pérdida de memoria desde que había entrado en el aparcamiento, el despertar en Central Park encadenada a un desconocido y, por último, el robo del móvil para llamarlo.

—Me estás tomando el pelo. ¿A qué juegas, Alice? Estamos

desbordados de trabajo. El juez quiere verte; ha denegado nuestra solicitud de escuchas en el caso Sicard. En cuanto a Taillandier...

—¡Maldita sea, escúchame! —gritó Alice. Se le saltaban las lágrimas de los ojos y estaba a punto de perder los nervios. Aun estando en la otra orilla del Atlántico, su adjunto tuvo que percibir la fragilidad de su voz—. ¡No es una broma, joder! ¡Estoy en peligro y solo puedo contar contigo!

—Vale, vale, cálmate. ¿Por qué no vas a la policía?

—¿Por qué? Pues porque llevo una pistola que no es mía en el bolsillo de la cazadora, Seymour. Porque llevo toda la blusa manchada de sangre. ¡Porque no llevo ningún documento encima! ¡Por eso! Me meterán en el trullo sin tratar de averiguar nada.

—Si no hay un cadáver, no —objetó el policía.

—Ya, pero precisamente de eso no estoy segura. Tengo que averiguar primero qué me ha sucedido. ¡Y encuéntrame una manera de deshacerme de estas esposas!

—¿Cómo quieres que lo haga?

—Tu madre es estadounidense. Tienes familia aquí, conoces gente.

—Mi madre vive en Seattle, lo sabes de sobra. En Nueva York, mi familia se reduce a una de mis tías abuelas. Una viejecita tímida del Upper East Side. Le hicimos una visita la primera vez que fuimos juntos a Manhattan, ¿te acuerdas? Tiene noventa y cinco años, no creo que tenga una sierra de metal a mano. No cuentes con su ayuda.

—¿Con la de quién, entonces?

—Déjame pensar. Se me está ocurriendo una cosa, pero tengo que hacer una llamada, no vaya a ser que te envíe a una dirección que no es.

—Ok, vuelve a llamarme, pero date prisa, por favor.

Colgó y apretó los puños. Gabriel la miró a los ojos. Podía sentir en la vibración del cuerpo de su «pareja» la mezcla de cólera y frustración que la habitaba.

—¿Quién es exactamente ese Seymour?

—Mi adjunto en la Brigada Criminal, y mi mejor amigo.

—¿Está segura de que podemos confiar en él?

—Totalmente.

—No entiendo muy bien el francés, pero no me ha parecido que estuviera deseando ayudarla... —Alice no contestó y Gabriel prosiguió—: ¿Y lo del hotel? ¿No le ha dado ninguna pista?

—No, ya lo ha oído usted mismo, puesto que se dedica a escuchar las conversaciones ajenas.

—¡A esta distancia resulta difícil no hacerlo! La señora tendrá la bondad de perdonar mi indiscreción, dadas las circunstancias —se defendió el músico en un tono burlón—. ¡Además, como ha tenido a bien recordarme, no es usted la única que se encuentra en un aprieto!

Exasperada, Alice volvió la cabeza para evitar la mirada de Keyne.

—¡Joder, deje de mirarme así! ¿No tiene más llamadas que hacer? Alguien a quien avisar, una mujer, una novia...

—No. Un amor en cada puerto, esa es mi divisa. Soy libre como el viento. Libre como las notas de música que salen de mi piano.

—Ya: libre y solo. Conozco a los hombres de su clase.

—¿Y usted? ¿No tiene marido o novio?

Ella eludió la pregunta con un movimiento de cabeza, pero él intuyó que había metido el dedo en la llaga.

—No, Alice, en serio, ¿está casada?

—Váyase a tomar por saco, Keyne.

—Vale, entendido, está casada —concluyó Gabriel. En vista de que ella no lo negaba, insistió en ese sentido—: ¿Por qué no llama a su marido?

Alice apretó de nuevo los puños.

—Su matrimonio no va viento en popa, ¿eh? No me extraña, con su mal carácter...

Ella lo miró como si acabara de clavarle un puñal en el vientre. Pero el estupor enseguida dejó paso a la ira:

—¡No lo llamo porque está muerto, imbécil!

Contrariado por su torpeza, Gabriel puso cara de circunstancias. Antes incluso de que hubiera podido disculparse, el teléfono emitió una horrible melodía, una mezcla increíble de salsa y música electrónica.

—¿Sí, Seymour?

—Tengo la solución para tu problema, Alice. ¿Te acuerdas de Nikki Nikovski?

—Refréscame la memoria.

—Cuando fuimos a Nueva York la pasada Navidad, visitamos a un colectivo de artistas contemporáneos...

—En un gran edificio cerca de los muelles, ¿verdad?

—Sí, en el barrio de Red Hook. Hablamos un buen rato con una artista que hacía serigrafías en chapas de acero y aluminio.

—Y acabaste comprándole dos obras para tu colección —recordó la chica.

—Exacto, pues ella es Nikki Nikovski. Hemos seguido en contacto y acabo de hablar con ella por teléfono. Su estudio está en una antigua fábrica. Tiene las herramientas apropiadas para quitarte las esposas y está de acuerdo en ayudarte.

Alice suspiró aliviada.

Se aferró a esta noticia tranquilizadora y le presentó a su adjunto su plan de batalla:

—Tienes que investigar ahí, Seymour. Empieza por conseguir las grabaciones de las cámaras de vigilancia del aparcamiento subterráneo de la avenue Franklin-Roosevelt. Infórmate sobre si mi coche sigue allí.

El policía se puso las pilas:

—Me has dicho que te han robado todas tus cosas, así que puedo intentar seguir la pista de tu móvil y los movimientos de tu cuenta corriente.

—De acuerdo. E infórmate sobre todos los aviones privados que salieron anoche de París con destino a Estados Unidos. Empieza por Le Bourget y amplía la lista a todos los aeropuertos dedicados a aviación general de la región parisina. Intenta encontrar información también sobre un tal Gabriel Keyne, un pianista de jazz estadounidense. Comprueba si tocó anoche en un club de Dublín, el Brown Sugar.

—¿Información sobre mí? —trató de interrumpirla Gabriel—. Pero ¡tendrá cara la tía!

Alice le hizo un gesto para que se callara y continuó trazando la hoja de ruta para su adjunto:

—Interroga también a mis amigas, nunca se sabe: Karine Payet, Malika Haddad y Samia Chouaki. Íbamos juntas a la facultad de Derecho. Encontrarás sus señas en el ordenador de mi despacho.

—Ok.

De pronto tuvo una idea.

—Por si acaso, intenta averiguar la procedencia de un arma. Una Glock 22. Te doy el número de serie.

Leyó la sucesión de letras y cifras grabadas en el arma.

—Apuntado. Voy a hacer todo lo posible por ayudarte, Alice, pero tengo que informar a Taillandier.

Alice cerró los ojos. La imagen de Mathilde Taillandier, la directora de la Brigada Criminal, apareció en su mente. A Taillandier no le caía bien, y el sentimiento era recíproco. Desde el «caso Erik Vaughn», había intentado varias veces alejarla del 36 del Quai des Orfèvres. Hasta el momento, sus propios superiores se habían opuesto, esencialmente por razones políticas. Pero Alice sabía que su posición seguía siendo frágil en la casa.

—Ni hablar —dijo, tajante—. Deja a los demás fuera de esto y apáñatelas para actuar en solitario. Te he salvado la cara suficientes veces para que corras un mínimo de riesgos por mí, Seymour.

—Vale —aceptó este—. Te llamo en cuanto tenga alguna novedad.

—Te llamaré yo. No voy a poder conservar este teléfono mucho tiempo, pero envíame las señas de Nikki Nikovski por SMS.

Alice colgó y, al cabo de unos segundos, la dirección del estudio de la pintora apareció en la pantalla del smartphone. Clicando sobre el vínculo de hipertexto, entró en la aplicación de geolocalización.

—Red Hook no está a la vuelta de la esquina —señaló Gabriel inclinándose sobre el plano.

Alice escrutó la pantalla y, con el índice, barrió la superficie táctil para ver mejor los alrededores. El estudio estaba situado al sudoeste de Brooklyn. Había que olvidarse de ir a pie. Y en transporte público también.

—Y no tenemos dinero ni para pagar un billete de bus o metro —añadió Gabriel, como si le hubiera leído el pensamiento.

—¿Qué propone, entonces? —le preguntó ella como una provocación.

—Muy fácil: vamos a robar un coche —afirmó el músico—. Pero esta vez me deja hacer a mí, ¿de acuerdo?

En la esquina de Amsterdam Avenue con la calle Sesenta y uno, un pequeño callejón entre dos bloques de pisos.

Gabriel rompió la ventanilla del viejo Mini de un violento codazo. Alice y él habían tardado más de un cuarto de hora en encontrar un coche aparcado en un sitio poco a la vista y de edad suficientemente avanzada para poder arrancarlo a la antigua usanza.

Era un Austin Cooper S bicolor con la carrocería marrón claro y el techo blanco. Un modelo mítico de finales de los años sesenta que un coleccionista parecía haber restaurado con precisión.

—¿Está seguro de que sabe lo que hace?

Gabriel se salió por la tangente:

—¿De qué puede uno estar seguro en la vida?

Pasó los brazos a través de la ventanilla y abrió la puerta. Contrariamente a lo que las películas permiten creer, robar un coche frotando los cables de encendido no es un asunto fácil. Y esposado a alguien es todavía más complicado.

Gabriel se acomodó en el asiento del conductor y se agachó bajo el volante de aluminio y madera barnizada, mientras que Alice hacía como si hablara con él con los codos apoyados en la ventanilla.

Instintivamente, se habían repartido los papeles: ella vigilaba y él se ocupaba de la mecánica.

De un golpe seco, Gabriel rompió las placas de plástico encajadas entre sí que ocultaban la columna de dirección. Con la mano libre, las retiró para acceder al cableado. De un cilindro de plástico gastado, salían tres pares de hilos de diferentes colores.

—¿Dónde ha aprendido a hacer eso?

—En la escuela de la calle. Barrio de Englewood, al sur de Chicago.

Gabriel observó atentamente el haz de hilos para identificar el par que accionaba la batería.

—Este es el cable que alimenta todo el circuito eléctrico del coche —explicó, señalando los dos hilos marrones.

—¡No me lo puedo creer! ¡No irá a darme una clase de mecánica ahora!

Ofendido, él desprendió los cables del cilindro, peló los extremos y los retorció juntos para accionar el conmutador de encendido. Inmediatamente, el salpicadero se iluminó.

—¡Que es para hoy, joder! Una mujer nos ha visto desde el balcón.

—¡Si cree que es fácil con una sola mano! ¡Me gustaría verla a usted!

—Si no hubiera presumido con su «escuela de la calle»...

Acuciado por la presión y desdeñando toda prudencia, Gabriel peló con los dientes los cables del arranque.

—¡Écheme una mano en vez de quejarse! Coja ese hilo..., ese, sí. Frótelo con suavidad contra el mío. Eso es..., así...

La maniobra produjo un chispazo y oyeron encenderse el motor. Cruzaron una breve mirada de complicidad para confirmar esa pequeña victoria.

—Deprisa —ordenó Alice, empujándolo hacia el interior del habitáculo—. Conduzco yo.

—De eso na...

—Es una orden —lo cortó ella—. ¡De todas formas, no tenemos elección! Yo manejaré el volante y usted meterá las marchas.

5

RED HOOK

Algunas cosas se aprenden mejor durante la calma, y
otras, durante la tormenta.

WILLA CATHER

Un Ford Taurus con los colores del NYPD, el Departamento de
Policía de Nueva York, estaba estacionado en la esquina de
Broadway con la Sesenta y seis.

«¡Date prisa, Mike!»

En el interior del coche, Jodie Costello, de veinticuatro años,
se impacientaba tamborileando con los dedos sobre el volante.

La chica había ingresado en la policía neoyorquina a principios de mes y su trabajo distaba mucho de ser tan excitante
como había imaginado. Esa mañana, no hacía ni tres cuartos de
hora que había empezado su turno de servicio y ya sentía un
hormigueo en las piernas. Su sector de patrulla, al oeste de Central Park, cubría un barrio acomodado, excesivamente tranquilo
para su gusto. En quince días, su actividad se había reducido a informar a los turistas, correr detrás de tironeros, denunciar a auto-
movilistas con demasiada prisa y llevarse a los borrachos que
vomitaban en la vía pública.

Para acabarlo de arreglar, le habían asignado de compañero a
una auténtica caricatura: a seis meses de la jubilación, Mike Hernandez era una verdadera bola. Partidario del mínimo esfuerzo,

solo pensaba en la comida y trabajaba con aplicación en hacer lo menos posible, encadenando descansos para un dónut, paradas para una hamburguesa y altos para una Coca-Cola, o pegando la hebra a la menor ocasión con los comerciantes y los visitantes. Una visión muy personal de la policía de proximidad...

«¡Bueno, ya está bien! —pensó Jodie perdiendo la paciencia—. ¡No hacen falta dos horas para comprar unos bollos, digo yo!»

Encendió las luces de emergencia, salió del coche y lo cerró de un portazo. Iba a entrar en la tienda para reprender a su compañero cuando vio al grupo de seis adolescentes que corrían en su dirección.

—¡Al ladrón! ¡Al ladrón!

En un tono firme, les ordenó que se calmaran antes de aceptar escuchar a aquellos turistas españoles que chapurreaban un inglés horrendo. Al principio creyó que se trataba de un robo de móvil normal y corriente y se disponía a enviarlos a presentar una denuncia en el distrito 20, pero un detalle le llamó la atención.

—¿Estás seguro de que los ladrones iban esposados? —le preguntó al que parecía a la vez el menos tonto y el más feo: un chaval que llevaba puesta una camiseta de futbolista, con la cara redonda, gafas de miope y un corte de tazón desigual.

—Totalmente —respondió el español, ruidosamente apoyado por sus amigos.

Jodie se mordisqueó el labio inferior.

«¿Unos fugitivos?»

Costaba creerlo. Como todas las mañanas, se había informado de los avisos de búsqueda que les enviaban sus colegas del Patrol Services Bureau, y ninguna descripción correspondía con la de los dos maleantes.

Haciendo caso a su intuición, sacó del maletero del coche su tableta personal.

—¿De qué marca es tu teléfono?

Escuchó la respuesta y se conectó al servicio de *cloud computing* del fabricante. Después le pidió al adolescente que le diera su dirección de correo electrónico, así como la contraseña correspondiente.

Una vez activada, la aplicación permitía acceder a los correos del usuario, a su lista de contactos y a la localización del aparato. Jodie conocía bien esa operación porque la había utilizado hacía seis meses en su propia vida amorosa. Una simple manipulación le había permitido rastrear los trayectos de su ex novio a casa de su amante y, de ese modo, tener la prueba de su infidelidad. Tocó la pantalla táctil para poner en marcha el proceso. Un punto azul parpadeó en el plano. ¡Si el sitio funcionaba, el teléfono del chaval se encontraba ahora justo en medio del puente de Brooklyn!

Era evidente que los dos ladrones no se habían conformado con robar un teléfono. ¡Debían de haber mangado también un coche e intentaban salir de Manhattan!

En su mente, pensamientos optimistas habían ahuyentado su aburrimiento: la esperanza de trabajar por fin en una verdadera investigación y la posibilidad de un ascenso que le abriría las puertas de un servicio más prestigioso.

En teoría, debería haber pasado la información por la frecuencia de radio del NYPD para que una patrulla de Brooklyn detuviera a los sospechosos. Pero no tenía ningunas ganas de dejar que ese asunto se le escapara de las manos.

Echó un vistazo al Dunkin' Donuts. Mike Hernandez seguía sin estar a la vista.

«Él se lo pierde...»

Se sentó al volante, encendió el girofaro, conectó la sirena y puso rumbo a Brooklyn.

Rodeado de agua, el antiguo barrio de los estibadores se extendía en un trozo de península al oeste de Brooklyn.

El Mini llegó al final de Van Brunt Street, la arteria principal, que atravesaba Red Hook de norte a sur y no tenía salida. Más allá, la calle dejaba paso a unas instalaciones industriales abandonadas, rodeadas de vallas de alambre, que desembocaban directamente en los muelles.

Alice y Gabriel aparcaron junto a una acera hundida. Todavía entorpecidos por las esposas, salieron del vehículo por la misma puerta. Pese al sol deslumbrante, al lugar lo azotaba un viento glacial.

—¡Aquí hace un frío que pela! —se quejó el músico, subiéndose el cuello de la americana.

Poco a poco, Alice fue reconociendo la zona. La belleza rugosa del paisaje industrial, los almacenes abandonados, la danza de las grúas, la mezcla de cargueros y gabarras.

Una impresión de fin del mundo apenas turbada por las sirenas de los transbordadores.

La última vez que había ido allí con Seymour, el barrio a duras penas empezaba a recuperarse del paso del huracán Sandy. La marea había inundado los sótanos y las plantas bajas de los locales situados demasiado cerca del mar. En la actualidad, la mayoría de los desperfectos parecían reparados.

—El estudio de Nikki Nikovski se encuentra en ese edificio —indicó Alice, señalando una imponente construcción de ladrillo, que, a juzgar por los silos y la chimenea, debía de haber sido una importante manufactura en la época del esplendor industrial de Brooklyn.

Avanzaron hacia el edificio, que daba directamente al mar. Los muelles estaban casi desiertos. Ni rastro de turistas o paseantes. Unos cuantos bares y tiendas de segunda mano se alineaban en Van Brunt Street, pero aún no habían levantado las persianas.

—¿Quién es exactamente esa mujer? —preguntó Gabriel, pasando por encima de una tubería.

—Una supermodelo que tuvo su momento de gloria en los años noventa.

Una llamita se encendió en los ojos del músico.

—¿Una auténtica maniquí?

—No necesita mucho para ponerse a babear, ¿eh? —le dijo ella en tono de reproche.

—No, lo que pasa es que me asombra esa reconversión —contestó él, un poco mosqueado.

—En todo caso, sus pinturas y esculturas empiezan a cotizarse entre los galeristas.

—¿Su amigo Seymour es aficionado al arte contemporáneo?

—Sí. De hecho, es un auténtico coleccionista. Su padre le transmitió esa pasión, así como una considerable herencia que le permite satisfacerla...

—¿Y usted?

Ella se encogió de hombros.

—Yo no entiendo ni jota de arte. Pero a cada uno le da por una cosa; yo tengo mi propia colección de piezas.

—¿Y qué tipo de piezas son? —preguntó Gabriel frunciendo el entrecejo.

—Criminales, homicidas, asesinos...

Al llegar a la antigua fábrica, se quedaron un momento desconcertados antes de darse cuenta de que la puerta de hierro que cerraba el acceso a la planta baja no estaba cerrada con llave. Tomaron un ascensor enrejado que parecía más bien un montacargas y pulsaron el botón del último piso. Cuando la cabina se abrió, se encontraron ante una plataforma asfaltada que conducía a una puerta metálica cortafuego. Tuvieron que llamar varias veces antes de que Nikki acudiera a abrirles.

Gran delantal de cuero, guantes gruesos, casco antirruido, protector de cara y gafas oscuras. La atractiva figura de la ex modelo desaparecía detrás de la vestimenta del perfecto herrero.

—Buenos días, soy Alice Schäfer. Mi amigo Seymour ha debido de...

—¡Entren, rápido! —la cortó Nikki, quitándose la mascarilla y las gafas ahumadas—. Se lo advierto, me traen al fresco sus historias y no quiero verme involucrada en ellas. Les quito las esposas y se largan inmediatamente, ¿entendido?

Ellos asintieron con la cabeza y cerraron la puerta a su espalda.

El lugar parecía más una herrería que el estudio de un artista. Iluminada únicamente por la luz del día, era una habitación inmensa, con las paredes cubiertas de las más variadas herramientas: martillos de todos los tamaños, soldadores, sopletes... Las rojizas brasas ardientes del hogar de la forja dibujaban contornos anaranjados alrededor de un yunque y un atizador.

Siguiendo a Nikki, avanzaron por el tosco entarimado y se abrieron paso como pudieron entre las composiciones metálicas que habitaban el espacio: monotipos serigrafiados con reflejos púrpura y ocre que brillaban sobre el acero y esculturas de hierro oxidado cuyas líneas aceradas amenazaban con romper el techo.

—Siéntense ahí —ordenó la escultora señalando dos sillas hundidas que había puesto antes de que llegaran.

Impacientes por acabar con aquello, Alice y Gabriel tomaron asiento a uno y otro lado de un banco. Mientras enroscaba un disco de corte en una sierra angular, Nikki les pidió que metieran la cadena de las esposas entre las quijadas de un tornillo de banco. A continuación hizo vibrar la máquina con un ruido infernal y se acercó a los fugitivos.

El disco cortó el eslabón en menos de tres segundos y la atadura se rompió súbitamente. Unos golpes asestados con un cortafrío afilado acabaron de hacer que los cierres de las anillas de acero cedieran.

«¡Por fin!», pensó Alice masajeándose la muñeca, en carne viva y ensangrentada. Balbució unas palabras de agradecimiento, pero Nikovski la interrumpió con sequedad:

—¡Ahora, aire! —dijo, señalando la puerta.

Aliviada por haber recuperado la libertad, la pareja obedeció.

Salieron a los muelles con una sonrisa en los labios. Aquella liberación no respondía a ninguna de sus preguntas, pero marcaba una etapa: la reconquista de su autonomía, primer peldaño para acercarse a la verdad.

Como liberados de un lastre, echaron a andar. El viento era ahora más cálido. El cielo, que seguía igual de azul, contrastaba con la aspereza del decorado postindustrial: terrenos abandonados, una sucesión de diques y almacenes. La vista, sobre todo, era arrebatadora. Abarcaba toda la bahía de Nueva York, desde la Estatua de la Libertad hasta New Jersey.

—¡Venga, la invito a un capuchino! —dijo Gabriel en un tono jovial, señalando un minúsculo bar instalado en un antiguo vagón de tranvía cubierto de grafitos.

Alice enfrió su entusiasmo.

—¿Y con qué va a pagar ese café? ¿Piensa robarlo también?

Él hizo una mueca, molesto por verse obligado a volver a la realidad. Se acercó una mano al brazo. El dolor que había sentido al despertarse se hacía ahora más vivo.

Se quitó la americana. La manga de la camisa estaba manchada de sangre. Subió la tela y vio un apósito en el antebrazo: una ancha compresa de tela empapada de sangre coagulada. Al retirarla, descubrió una fea herida que se puso inmediatamente a sangrar. Tenía todo el antebrazo acribillado de cortes hechos con cúter, aunque, por suerte, eran poco profundos. Cortes que dibujaban como...

—¡Una serie de cifras! —exclamó Alice, ayudándolo a enjugar la sangre.

Grabado en su piel a base de incisiones sangrientas, destacaba el número 141197.

La expresión de Gabriel había cambiado. En unos segundos, el alivio fruto de la libertad recuperada había sido sustituido por una máscara de inquietud.

—¿Qué es este otro número? ¡Esta historia demencial empieza a ponerme de los nervios!

—En cualquier caso, no es un número de teléfono —dijo Alice.

—Puede que sea una fecha, ¿no? —sugirió él de mal humor, poniéndose la chaqueta.

—El 14 de noviembre de 1997... Es posible.

—Oiga, no podemos seguir vagando así, sin papeles ni dinero.

—¿Y qué propone? ¿Ir a la policía cuando acaba de robar un coche?

—Pero ¡ha sido por su culpa!

—¡Vaya, mira qué valiente! ¡Es usted un auténtico caballero! Con usted la cosa es fácil: la culpa siempre la tienen los demás. Empiezo a calarlo.

Él intentó no acalorarse y renunció a discutir.

—Conozco una casa de empeños en Chinatown. Los músicos se pasan su dirección porque a veces se ven obligados a dejar allí su instrumento.

Alice se olió la trampa.

—¿Y qué quiere que empeñemos? ¿Su piano?

Gabriel esbozó una sonrisa crispada y miró la muñeca de la parisina.

—Lo único que tenemos es su reloj...

Ella retrocedió unos pasos.

—Ni lo sueñe.

—Vamos, es un Patek Philippe, ¿verdad? Podríamos sacar por lo menos...

—¡Le he dicho que no! —gritó la policía—. ¡Era el reloj de mi marido!

—Pues entonces, ¿qué? No tenemos nada, aparte del móvil.

Al verlo enseñar el teléfono que había sacado del bolsillo, Alice estuvo a punto de estrangularlo.

—¿Ha conservado el teléfono? ¡Le dije que lo tirara!

—¡Ni hablar! ¡Nos ha costado demasiado robarlo! Y de momento es todo lo que tenemos. Todavía puede servirnos.

—Pero ¡pueden rastrearnos y localizarnos en tres minutos! ¿No lee nunca novelas policíacas? ¿No va nunca al cine?

—Vamos, relájese. No estamos en una película.

Ya había abierto la boca para insultarlo, pero se interrumpió. Transportado por el viento, el aullido de un «dos tonos» le hizo volver la cabeza. Se quedó unos segundos inmóvil ante los destellos de luz roja que barrían la calzada. Un coche de policía con la sirena puesta y el girofaro encendido se acercaba rápidamente.

—¡Venga! —gritó, agarrando a Gabriel de un brazo.

Se precipitaron hacia el Mini. Alice subió y arrancó. Van Brunt Street no tenía salida y la aparición de la policía no les dejaba ninguna posibilidad de huir por donde habían llegado.

«Ni por ahí ni por ningún sitio, ninguna posibilidad, sin más.»

Única escapatoria: la valla a través de la cual se accedía a los muelles. Por desgracia, estaba cerrada con una cadena.

«No hay otra opción.»

—Abróchese el cinturón —ordenó, al tiempo que hacía chirriar los neumáticos.

Apretando el volante con las manos, Alice recorrió treinta metros mientras pisaba a fondo el acelerador y lanzó el Mini contra la valla. La cadena cedió con un ruido de chatarra y el coche tomó velocidad sobre los adoquines de la antigua vía de tranvía que rodeaba la fábrica cerrada.

Gabriel, avergonzado, bajó la ventanilla y tiró el móvil.

—¡Ahora es un poco tarde! —dijo Alice lanzándole una mirada asesina.

Sentada a unos centímetros del suelo, la joven tenía la impresión de conducir un juguete. El Mini, con su reducido habitáculo y sus ruedas minúsculas, daba tumbos sobre el suelo desigual y deformado.

Mirada al retrovisor. Como era de esperar, el coche de la policía los perseguía. Alice recorrió unos cien metros por los muelles y vio una calle a la derecha. Se metió por ahí. El asfalto recuperado y una larga línea recta le permitieron pisar el acelerador para subir a toda velocidad hacia el norte. A esas horas del día, la circulación empezaba a ser densa en aquella parte de Brooklyn. Alice se saltó en rojo dos semáforos consecutivos y poco le faltó para provocar un accidente, aunque sin lograr, pese a ello, dejar atrás el Interceptor de la policía, que acababa de acelerar más.

El Mini no era una referencia en cuestión de comodidad,

pero no le faltaba estabilidad. El cacharro, lanzado, giró a toda pastilla con un chirrido de neumáticos para regresar a la arteria principal del barrio.

Alice vio por el retrovisor la calandra amenazadora del Taurus acercándose.

—¡Están justo detrás de nosotros! —advirtió Gabriel tras volver la cabeza.

Alice se disponía a adentrarse en el túnel que llevaba a la vía rápida. Era muy tentador perderse en la circulación, pero en la autopista el Mini Morris no daría la talla para luchar contra el V8 del Interceptor.

Confiando en su instinto, Alice frenó y dio un brusco volantazo que desvió el coche hasta la rampa peatonal que permitía a los trabajadores de mantenimiento acceder al tejado del paso subterráneo.

—¡Vamos a matarnos! —gritó Gabriel, mientras apretaba con todas sus fuerzas el cierre del cinturón.

Agarrando con una mano la dirección y con la otra la palanca del cambio de marchas, Alice avanzó unos veinte metros sobre la grava. El coche empezaba a patinar cuando consiguió sacarlo al desplazarse hacia el empalme asfaltado que salía en dirección a Cobb Hill.

«Por poco...»

Volantazo a la izquierda, volantazo a la derecha, cambio de marcha.

El coche desembocó en una calle comercial bordeada de tiendas de colores vivos: carnicería, tienda de comestibles italiana, pastelería, ¡y hasta un barbero en plena actividad!

«Hay demasiada gente aquí.»

Su perseguidor continuaba tras ellos, pero Alice aprovechaba el tamaño del Cooper para zigzaguear entre los coches a fin de salir cuanto antes de aquella calle demasiado transitada y llegar a la zona residencial.

Ahora, el paisaje había cambiado. Los decorados industriales de Red Hook habían dejado paso a un extrarradio apacible: una pequeña iglesia, un pequeño colegio y unos pequeños jardines frente a hileras de casas de gres rojo, todas idénticas.

Pese a la estrechez de las calles, Alice no había reducido el ritmo, seguía conduciendo con el pie tocando el suelo y la cara pegada al parabrisas, al acecho de una idea. Al otro lado del cristal, el paisaje desfilaba a todo trapo. La caja de cambios del Mini era bastante rústica. A esa velocidad, cada vez que Alice cambiaba de marcha, se oía un crujido que hacía pensar que la caja iba a fallar.

Frenó en seco cuando acababan de pasar una calleja. Dio bruscamente marcha atrás y se metió por allí a buena marcha.

—¡Por aquí no! ¡Es dirección prohibida!

Para acabarlo de arreglar, una furgoneta de reparto cerraba el paso a partir de la mitad de la calle.

—¡Más despacio! ¡Vamos a estamparnos contra el camión de UPS!

Sorda a la advertencia, Alice aceleró para subirse con el Mini a la acera. Los amortiguadores, cansados ya, se rindieron. Alice apretó a fondo el claxon y forzó el paso echando un vistazo por el retrovisor exterior. Incapaz de seguirlos, el coche de policía se encontró de morros con la furgoneta.

«¡Unos segundos de tregua!»

Todavía por la acera, el pequeño automóvil llegó hasta la esquina y volvió al asfalto girando a la derecha a toda pastilla.

Se dirigieron hacia un jardín de estilo inglés rodeado por una verja de hierro: Cobble Hill Park.

—¿Sabe dónde estamos? —preguntó Alice, conduciendo al ralentí junto a la verja.

Gabriel leía los indicadores de dirección.

—Gire a la derecha, llegaremos a Atlantic Avenue.

Ella hizo lo que le decía y fueron a parar a una calle de cuatro carriles: la arteria que atravesaba Nueva York de este a oeste desde las inmediaciones del JFK hasta las orillas del East River.

Alice reconoció la calle enseguida. Por ahí era por donde pasaban a veces los taxis para ir al aeropuerto.

—Estamos cerca del puente de Manhattan, ¿no?

—Está a nuestra espalda.

Dio media vuelta y se metió en la Interestatal. No tardó en ver el nudo de autopistas que llevaba a Manhattan. Los pilares grisáceos del puente colgante se perfilaban a lo lejos. Dos torres de acero unidas por una maraña de cables de grosores diversos.

—¡Detrás de nosotros!

El coche de la policía volvía a la carga.

«Demasiado tarde para cambiar de dirección.»

Llegados a ese punto, solo tenían dos soluciones: dirigirse hacia Long Island o volver a Manhattan. Tomaron la salida 29A para ir al puente. Siete carriles de circulación, cuatro vías de metro y una pista para bicicletas: el puente de Manhattan era un ogro que devoraba a viajeros y vehículos en Brooklyn para escupirlos a orillas del East River.

De pronto, la calzada se estrechó. Antes de llegar a la entrada del puente, había que tomar una pasarela de hormigón que dibujaba un largo bucle.

Había un atasco tremendo, lo que obligaba a los coches a circular pegados unos a otros. Atrapada en el tráfico, Alice encendió las luces de emergencia, como hacían los demás vehículos. La policía estaba unos cien metros detrás de ellos. Por más sirena que tuviera, en aquel tramo de la carretera el paso era demasiado estrecho para que los coches pudieran apartarse y dejarla pasar. Pero la pareja de fugitivos no tenía más posibilidades que ella de salir de allí.

—Lo tenemos crudo —dijo Gabriel.

—No, podemos cruzar el puente.

—Párese un minuto a pensar: ya tienen nuestra descripción y ahora saben en qué vehículo nos movemos. ¡Aunque consigamos pasar, habrá otros coches patrulla esperándonos a la salida del puente!

—Baje el tono, ¿ok? ¡Le recuerdo que nos han encontrado por su culpa! Le había dicho que tirara ese maldito teléfono.

—De acuerdo, la he cagado —reconoció él.

Alice cerró los ojos unos segundos. No creía que la policía hubiera averiguado ya su identidad, pero, después de todo, daba igual. En cambio, lo que decía Keyne era verdad: el problema era el vehículo.

—Tiene razón. —Al ver que la circulación se hacía más fluida un poco más adelante, se desabrochó el cinturón y abrió la puerta—. Coja el volante —le ordenó a Gabriel.

—¿Qué?... ¿Qué pasa? ¿Tengo razón?

—Nuestro coche no es lo bastante discreto. Voy a intentar una cosa.

Sorprendido, Gabriel se contorsionó para cambiar de asiento. En el tramo de carretera que llevaba al puente, los coches continuaban circulando despacio. Frunció los ojos para no perder de vista a Alice. Los recursos de esa chica no dejaban de sorprenderlo. Escurridiza, se colaba entre los vehículos atascados. De repente, el músico fue presa del pánico al verla sacar la pistola de la cazadora. Estaba a la altura de un viejo Honda Accord de color beis.

«Un coche normal y corriente», comprendió de pronto.

Empuñando el arma, apuntó en dirección a la ventanilla. La pasajera salió sin rechistar. Huyó saltando la barrera y bajando por el talud cubierto de césped que descendía a lo largo de más de veinte metros.

Gabriel no pudo contener un silbido de admiración. Se volvió. El coche de la policía estaba en el lado opuesto de la carretera. A esa distancia era imposible que hubieran podido ver nada.

Bajó del Mini y se reunió con Alice en el Honda en el momento en que los coches empezaban a avanzar.

Gabriel le guiñó un ojo y fingió quejarse para distender el ambiente:

—¡Ahora que empezaba a tomarle cariño al cochecito inglés! Tenía más estilo que esta cafetera.

Bajo el efecto del estrés, las facciones de Alice se habían endurecido.

—En vez de hacer el payaso, eche un vistazo a la guantera.

Él obedeció y encontró lo que más había echado en falta desde que se había despertado: un paquete de tabaco y un encendedor.

—¡Alabado sea Dios! —dijo, encendiendo un pitillo.

Dio dos largas caladas y se lo pasó a Alice. Sin soltar el volante, ella se puso a fumar. El sabor acre del tabaco le subió a la cabeza. Tenía que comer urgentemente algo o se desmayaría.

Abrió la ventanilla para respirar un poco de aire fresco. A la derecha, los rascacielos de Midtown resplandecían, mientras que a su izquierda los bloques de pisos del Lower East Side le hacían pensar en los escenarios de las viejas novelas policíacas que devoraba Paul, su marido.

«Paul...»

Ahuyentó sus recuerdos y miró el reloj. Ya hacía más de una hora que se habían despertado en el parque. Desde entonces, sus indagaciones no habían avanzado ni un milímetro. No solo el misterio seguía siendo total, sino que otras cuestiones se habían añadido para hacer la situación todavía más opaca. Y más peligrosa.

La investigación debía pasar a la velocidad superior, y en ese punto Gabriel no se equivocaba: no podían hacer gran cosa sin dinero.

—Deme la dirección de esa casa de empeños —dijo mientras el coche llegaba a Manhattan.

6

CHINATOWN

En el fondo, envejecer no es otra cosa que dejar de
tener miedo de tu pasado.

STEFAN ZWEIG

El coche dejó atrás el Bowery y giró en Mott Street. Alice encontró aparcamiento delante de una herboristería china. No era
muy grande, pero consiguió meterse entre una furgoneta de reparto y un camión de comida callejera donde vendían *dim sum*.

—Si no recuerdo mal, la casa de empeños está un poco más
abajo —precisó Gabriel, cerrando la puerta del Honda.

Alice lo siguió después de haber cerrado el coche con llave.
Sin entretenerse, avanzaron por la arteria principal del barrio.

Mott Street era una calle estrecha, rebosante de gente y de
animación: un corredor de edificios de ladrillo oscuro, provis-
tos de escaleras de hierro, que atravesaba Chinatown de norte
a sur.

En las aceras había una hilera de comercios de lo más diversos, con los escaparates llenos de ideogramas: salones de tatuaje
y de acupuntura, joyerías, tiendas de falsificaciones de objetos
de lujo, de comestibles y de comidas preparadas donde expo-
nían tortugas despanzurradas, sobre las que pendía un ejército
de patos laqueados colgados de ganchos.

No tardaron en llegar ante una fachada gris con una gigantesca luz de neón en forma de dragón. El rótulo PAWN SHOP - BUY - SELL - LOAN parpadeaba a la luz de la mañana.

Gabriel empujó la puerta de la casa de empeños. Alice lo siguió por un pasillo lúgubre que desembocó en una gran sala sin ventanas y con una iluminación mortecina. Flotaban efluvios de sudor rancio.

En las baldas de unas estanterías metálicas estaban apilados cientos de objetos de todo tipo: televisores de pantalla plana, bolsos de mano de marcas prestigiosas, instrumentos musicales, animales disecados, cuadros abstractos...

—Su reloj —dijo Gabriel alargando la mano.

Alice, acorralada, titubeó. Tras la muerte de su marido se había deshecho, indudablemente demasiado deprisa, de todos los efectos —ropa, libros, muebles— que le recordaban al hombre que tanto había querido. Ahora solo le quedaba su reloj: un Patek Philippe de oro rosa con calendario perpetuo y fases de la luna que Paul había heredado de su abuelo.

Con el paso de los meses, el medidor de tiempo se había convertido en una especie de talismán, un vínculo invisible que la unía al recuerdo de Paul. Alice se ponía el reloj todos los días, repitiendo una mañana tras otra los gestos que antes hacía su marido: abrochar la hebilla de la pulsera de piel alrededor de su muñeca, darle cuerda y limpiar el cristal. El objeto la tranquilizaba, le daba la sensación —un poco artificial, desde luego, pero muy estabilizadora— de que, en alguna parte, Paul seguía estando con ella.

—Por favor —insistió Gabriel.

Se dirigieron a un mostrador protegido por un cristal blindado tras el cual estaba un joven asiático de aspecto andrógino y apariencia cuidada: corte de pelo estructurado, vaqueros *slim*, gafas *geek*, americana ceñida abierta encima de una camiseta fluorescente con personajes de Keith Haring.

—¿Qué desean? —preguntó el chino alisándose un mechón de pelo detrás de la oreja.

Su aire afectado contrastaba con el ambiente mugriento que

despedía el local. Alice se quitó el reloj a regañadientes y lo puso sobre el mostrador.

—¿Cuánto?

El chico cogió la joya y la examinó a conciencia.

—¿Tiene un documento que demuestre la autenticidad del objeto? ¿Un certificado de origen, por ejemplo?

—No lo llevo encima —masculló la joven fulminándolo con la mirada.

El empleado manipuló el reloj con cierta brusquedad, jugando con las agujas y tirando de la corona.

—Es muy frágil —gruñó ella.

—Estoy ajustando la fecha y la hora —se justificó él sin levantar la cabeza.

—¡Está en hora! ¡Bueno, ya está bien! ¿Se lo queda o no?

—Le ofrezco quinientos dólares —dijo el asiático.

—¡Usted está mal de la cabeza! —explotó Alice quitándole el reloj de las manos—. ¡Es una pieza de coleccionista! ¡Vale cien veces más!

Se disponía a salir de la tienda cuando Gabriel la retuvo asiéndola de un brazo.

—¡Cálmese! —ordenó, haciéndose a un lado con ella—. No se trata de vender el reloj de su marido, ¿de acuerdo? Simplemente lo dejamos en depósito. Vendremos a recuperarlo en cuanto hayamos resuelto nuestro asunto.

Ella negó con la cabeza.

—Ni hablar. Buscaremos otra solución.

—¡No hay otra solución y usted lo sabe! —recalcó él levantando la voz—. Mire, el tiempo apremia. Tenemos que comer algo para reponer fuerzas y no podremos hacer nada sin dinero. Espéreme fuera y déjeme negociar con ese tipo.

Con amargura, Alice le tendió el reloj de pulsera y salió de la tienda.

Nada más llegar a la calle, se le agarró a la garganta un olor de especias, pescado ahumado y setas fermentadas que no había notado unos minutos antes. Esos efluvios le provocaron unas repentinas náuseas. Una convulsión la dobló por la cintura, obligándola a inclinarse hacia delante para vomitar un hilo de bilis amarilla y ácida rechazada por su estómago vacío. Sintiendo un ligero mareo, se incorporó apoyándose en la pared.

Gabriel tenía razón. Tenía que comer algo sin falta.

Se frotó los ojos y tomó conciencia de que le rodaban unas lágrimas por las mejillas. Sentía que estaba perdiendo pie. Aquel barrio la oprimía, su cuerpo amenazaba con dejar de resistir. Estaba pagando los esfuerzos realizados poco antes. La muñeca magullada le ardía, tenía los abductores terriblemente doloridos.

Y, sobre todo, se sentía muy sola, invadida por la pena y el desasosiego.

Unos fogonazos cegadores crepitaron en su mente. El episodio del reloj estaba haciendo resurgir un pasado doloroso. Se acordó de Paul. De su primer encuentro. Del deslumbramiento que le había producido en aquella ocasión. De esa violencia que el amor lleva aparejada: una fuerza capaz de aniquilar todos los miedos.

Los recuerdos afloraban a la superficie, brotando en su mente con la potencia de un géiser.

Los recuerdos de los días felices que no volverían.

Recuerdo...

TRES AÑOS ANTES

París
Noviembre de 2010

Trombas de agua, chuzos de punta.

—Gira a la derecha, Seymour, es ahí: rue Saint-Thomas-d'Aquin.

El vaivén continuo de los limpiaparabrisas no consigue barrer los torrentes de lluvia que caen sobre París. Pese a los escobillazos de las hojas de goma, la cortina traslúcida vuelve a formarse casi de inmediato sobre el cristal frontal.

Nuestro coche sin distintivos sale del boulevard Saint-Germain para adentrarse en la estrecha arteria que desemboca en la plaza de la iglesia.

El cielo está negro. Desde la noche anterior, la tormenta lo anega todo. Delante de nosotros, el paisaje parece licuarse. El frontón de la iglesia ha desaparecido entre las nubes. La bruma borra los ornamentos y bajorrelieves. Tan solo los ángeles de piedra refugiados en las enjutas se distinguen todavía bajo el diluvio.

Seymour da la vuelta a la placita y aparca en una zona de carga y descarga, justo enfrente del consultorio ginecológico.

—¿Crees que tendrás para mucho rato?

—No más de veinte minutos —prometo yo—. La ginecóloga me ha confirmado la hora por correo electrónico y yo le he dicho que tenía prisa.

Él comprueba los mensajes en la pantalla de su teléfono.

—Oye, hay un bar un poco más allá. Voy a comprarme un bocadillo mientras te espero y aprovecharé para llamar a Savignon y Cruchy y saber cómo les va en el interrogatorio.

—Ok, mándame un SMS si tienes novedades. Hasta ahora. Y gracias por haberme traído —digo, cerrando la puerta a mi espalda.

La lluvia me azota la cara. Levanto la cazadora por encima de mi cabeza para protegerme del agua y hago corriendo los diez metros que separan el coche de la consulta médica. La secretaria tarda casi un minuto en abrirme. Cuando por fin entro en el vestíbulo, veo que está hablando por teléfono. Me hace un pequeño gesto para disculparse y me indica la sala de espera. Empujo la puerta de la habitación y me dejo caer en uno de los sillones de piel.

Desde esta mañana, estoy desesperada por culpa de una virulenta y súbita infección de orina. Un auténtico calvario: dolores en el bajo vientre, ganas de mear cada cinco minutos, quemazón insoportable durante la micción e incluso una asombrosa presencia de sangre en la orina.

Para acabarlo de arreglar, podríamos decir que ha sucedido justo en el peor momento. En las últimas veinticuatro horas, mi grupo ha estado en todos los frentes. Nos las vemos y nos las deseamos para obtener la confesión de un criminal contra el que no tenemos pruebas sólidas y acaba de sobrecogernos un nuevo caso: el asesinato de una mujer cuyo cuerpo ha sido encontrado en su casa, en un inmueble burgués de la rue de la Faisanderie, en el distrito 16. Una joven profesora, salvajemente estrangulada con unas medias. Son las tres de la tarde. Seymour y yo estamos en el escenario del crimen desde las siete de la mañana. Nos hemos chupado nosotros el interrogatorio del vecindario. No he comido nada, tengo náuseas y la sensación de orinar es como cuchillas de afeitar.

Saco la polvera que llevo siempre en el bolso y, mirándome en el espejo, intento poner un poco de orden en mi peinado. Tengo cara de zombi, llevo la ropa empapada y tengo la impresión de oler a perro mojado.

Respiro hondo para calmarme. No es la primera vez que padezco estos dolores. Aunque es terriblemente molesto, sé que esto se cura fácilmente: una dosis de antibiótico y, un día después, todos los síntomas habrán desaparecido. He ido a la farmacia de enfrente de mi casa, pero, por más que he insistido, no han querido darme nada sin una receta.

—¿Señorita Schäfer?

Una voz de hombre me hace levantar la cabeza de la polvera hacia una bata blanca. En lugar de ver a mi ginecóloga, veo a un tipo guapo de piel mate, pelo rubio ondulado y unos ojos risueños que le iluminan la cara.

—Soy el doctor Paul Malaury —se presenta, ajustándose las gafas con montura de carey.

—Pero yo tengo visita con la doctora Poncelet...

—Mi colega está de vacaciones. Ha debido de avisarla de que yo la sustituía.

Me pongo de los nervios.

—No, todo lo contrario: me ha confirmado la visita por correo electrónico.

Saco el teléfono y busco el correo en la pantalla como prueba de lo que digo. Al hacerlo, me doy cuenta de que el tipo tiene razón: había leído el mensaje en diagonal y solo me había fijado en la confirmación de la visita, no en el anuncio de sus vacaciones.

«Mierda.»

—Pase, por favor —me invita él con una voz melodiosa.

Desconcertada, titubeo. Conozco demasiado a los hombres para haber querido tener nunca a uno como ginecólogo. Siempre me ha parecido evidente que una mujer era más capaz de comprender a otra mujer. Una cuestión de psicología, de sensibilidad, de intimidad. Aunque sin bajar la guardia, lo sigo hasta la consulta, firmemente decidida a no alargar la visita.

—Bien, doctor —digo—, voy a ser directa: solo necesito un antibiótico para tratar una cistitis. Por lo general, la doctora Poncelet me da un antibacteriano monodosis, el...

Él me mira frunciendo el entrecejo e interrumpe mi parrafada:

—Perdone, pero supongo que no querrá extender la receta por mí, ¿verdad? Como comprenderá, no puedo prescribirle un antibiótico sin examinarla.

Intento contener mi cólera, pero he comprendido que las cosas serán más complicadas de lo previsto.

—Le digo que tengo una cistitis crónica. Haga lo que haga, el diagnóstico es ese.

—No lo pongo en duda, pero aquí el médico soy yo.

—En efecto, yo no soy médico. ¡Soy policía y estoy hasta el cuello de trabajo! ¡Así que no me haga perder el tiempo con una prueba ridícula que tardará siglos!

—Pues eso es justo lo que va a pasar —dice él, tendiéndome una tira reactiva de orina—. Y voy a prescribirle también un análisis citobacteriológico para hacer en un laboratorio.

—Pero ¡qué terco, madre mía! ¡Deme esos antibióticos y acabemos de una vez!

—¡Oiga, sea razonable y deje de comportarse como una toxicómana! Hay algo más que antibióticos en la vida.

De repente me siento a la vez cansada e idiota. Una nueva punzada me retuerce el bajo vientre. El cansancio acumulado desde que ingresé en la Brigada Criminal sube por mi interior como la lava de un volcán. Demasiadas noches sin dormir, demasiada violencia y horror, demasiados fantasmas imposibles de ahuyentar.

Me siento en las últimas, vacía. Necesito sol, un baño caliente, un corte de pelo, un guardarropa más femenino y dos semanas de vacaciones lejos de París. Lejos de mí.

Miro a ese tipo, elegante, impecable, sereno. Su atractivo rostro está fresco; su sonrisa es plácida; su expresión, encantadora. Su increíble cabello rubio y ondulado me exaspera. Hasta las arruguitas de alrededor de los ojos son seductoras. Y yo me siento fea y estúpida. Una gilipollas ridícula hablándole de mis problemas de vejiga.

—Además, ¿se hidrata lo suficiente? —continúa él—. ¿Sabe que la mitad de las cistitis se pueden curar simplemente bebiendo dos litros de agua al día?

He dejado de escucharlo. Esa es mi fuerza: mi desaliento nunca dura mucho. Como fogonazos, unas imágenes aparecen en mi cabeza. El cadáver de esa mujer en el escenario del crimen esta mañana: Clara Maturin, salvajemente estrangulada con una media de nailon. Sus ojos en blanco, su rostro congelado en el espanto. No tengo derecho a perder el tiempo. A dejarme distraer. Debo pillar al asesino antes de que tenga ocasión de matar de nuevo.

—¿Y la fitoterapia? —pregunta el rubio guapo—. ¿Sabe que las plantas, y en especial el zumo de arándanos, pueden ser muy útiles?

Con un movimiento tan brusco como repentino, paso al otro lado de la mesa y arranco una receta en blanco de su bloc.

—¡Tiene razón, extenderé la receta yo misma!

Está tan perplejo que no puede hacer nada para impedírmelo. Giro sobre mis talones y salgo dando un portazo.

París, distrito 10
Un mes más tarde,
diciembre de 2010
7.00 horas

El Audi circula por la noche y desemboca en la place del Colonel-Fabien. Las luces de la ciudad se reflejan en la imponente ola de hormigón y cristal de la sede del Partido Comunista. Hace un frío polar. Pongo la calefacción al máximo y entro en la rotonda para tomar la rue Louis-Blanc. Enciendo la radio mientras cruzo el canal Saint-Martin.

«France Info, son las siete de la mañana, a continuación las noticias con Bernard Thomasson.»

«Buenos días, Florence, buenos días a todos. Hoy, día de Nochebuena, las inclemencias amenazan con seguir monopolizando la actualidad. El Servicio Nacional de Meteorología acaba de declarar la alerta naranja porque se teme una importante nevada que al parecer afectará a París a última hora de la mañana. La llegada de la nieve tendrá una considerable incidencia en la circulación en Île-de-France...»

Menudo coñazo la Nochebuena. Menudo coñazo las obligaciones familiares. Menos mal que Navidad solo es una vez al año. Aunque, para mí, esto sigue siendo demasiado.

A esas horas de la mañana, París está a salvo de la tormenta que se anuncia, pero la tregua no durará mucho. Aprovecho la fluidez del tráfico para pasar a toda velocidad por delante de la estación del Este y me meto en el boulevard Magenta para cruzar a toda prisa el distrito 10 de norte a sur.

No soporto a mi madre, no soporto a mi hermana, no soporto a mi hermano. Y odio esos encuentros anuales, que siempre se transforman en una pesadilla. Bérénice, mi hermana pequeña, vive en Londres, donde dirige una galería de arte situada en New Bond Street. Fabrice, el mayor, trabaja en el mundo de las finanzas en Singapur. Todos los años, con cónyuges e hijos, hacen un alto de dos días en casa de mi madre, cerca de Burdeos, para pasar allí la Navidad antes de despegar hacia destinos exóticos y soleados: las Maldivas, la isla Mauricio o el Caribe.

«... De modo que se recomienda encarecidamente no circular en coche por la región parisina, así como por los departamentos limítrofes del oeste. Una precaución que parece difícil tomar el día de Nochebuena. La prefectura se muestra también muy alarmista, pues teme que la nieve deje paso al hielo al caer la noche, cuando las temperaturas se sitúen por debajo de cero grados.»

Rue Réaumur, después rue Beaubourg: cruzo el Marais por el oeste y desemboco frente a la place de l'Hôtel-de-Ville, repleta de luces. A lo lejos, la silueta de las dos torres macizas y la aguja de Notre-Dame se recortan en la oscuridad.

Todos los años, con ligeras variaciones, se representa la misma obra de teatro durante esos dos días: mi madre hará un panegírico de Bérénice y Fabrice, de su trayectoria, de su carrera, de su éxito. Se extasiará ante sus críos, ensalzará su buena educación y su éxito escolar. Las conversaciones girarán en torno a los mismos temas de siempre: la inmigración, el hartazgo fiscal y el *french bashing*, el sentimiento antifrancés en Estados Unidos.

Para ella, para ellos, yo no existo. No soy de los suyos. Soy una especie de chico frustrado, sin elegancia ni distinción. Una funcionaria fracasada. Soy la hija de mi padre.

«Las dificultades circulatorias pueden extenderse a algunas líneas de metro y de cercanías. El mismo panorama en el aire. Aeropuertos de París ve perfilarse un día negro, con miles de pasajeros que con toda probabilidad se quedarán en tierra.

»Estas fuertes nevadas, en cambio, dejarán aparentemente al margen el valle del Ródano y la franja mediterránea. En Burdeos, Toulouse y Marsella, las temperaturas oscilarán entre los 15 y los 18 °C, mientras que en Niza y en Antibes la gente podrá comer en la terraza, ya que el mercurio coqueteará con los 20 °C.»

Estoy hasta el gorro de que esos gilipollas me juzguen. Estoy hasta el gorro de sus comentarios tan previsibles como repetitivos: «¿Todavía no tienes pareja?», «Desde luego, no corres peligro de quedarte embarazada...», «¿Por qué te vistes como un hombre?», «¿Por qué sigues viviendo como una adolescente?». Estoy hasta el gorro de sus comidas vegetarianas para mantener la línea y estar sanos: su alpiste para pájaros, su asquerosa quinoa, sus crepes de tofu, su puré de coliflor.

Me adentro en la rue de la Coutellerie para cruzar los muelles por el puente de Notre-Dame. Es un lugar mágico: a la izquierda, los edificios históricos del Hôtel-Dieu; a la derecha, la fachada de la Conciergerie y el tejado de la torre del Reloj.

Cada uno de estos regresos a la casa familiar me da la impresión de volver atrás treinta años, despierta las heridas de la infancia y las fracturas de la adolescencia, hace resurgir conflictos fratricidas, reaviva una soledad absoluta.

Todos los años me digo que es la última vez, y todos los años vuelvo a caer. Sin saber realmente por qué. Una parte de mí me empuja a quemar las naves definitivamente, pero la otra pagaría lo que fuera solo para ver su cara el día que me presente vestida de princesa, acompañada de un tío como Dios manda desde todos los puntos de vista.

Orilla izquierda. Recorro los muelles y giro a la izquierda en la rue Saints-Pères. Aminoro la marcha, enciendo las luces de emergencia y me paro en la esquina de la rue de Lille. Cierro la puerta del coche, me pongo el brazalete de identificación naranja y llamo al interfono de un bonito inmueble cuyas paredes se han revocado recientemente.

Dejo el pulgar apretando el timbre unos treinta segundos. La idea se me ocurrió a principios de semana y me exigió algunas averiguaciones. Sé que estoy haciendo una locura, pero tener conciencia de ello no es suficiente para disuadirme.

—¿Sí?... ¿Qué pasa? —pregunta una voz medio dormida.

—¿Paul Malaury? Policía Judicial, haga el favor de abrir.

—Pero...

—¡Es la policía! ¡Abra!

Uno de los pesados batientes de la entrada se desbloquea con un clic. Renuncio a utilizar el ascensor y subo los escalones de cuatro en cuatro hasta el tercer piso, donde golpeo la puerta con los nudillos.

—¡Ya va, ya va!

El hombre que me abre es, efectivamente, mi atractivo ginecólogo, pero esta mañana no le llega la camisa al cuerpo: en calzoncillos y camiseta, con los rizos rubios rebeldes y el semblante marcado por la sorpresa, el cansancio y la inquietud.

—Oiga, pero yo a usted la conozco, es...

—Capitán Schäfer, de la Brigada Criminal. Señor Malaury, le informo de que a partir de este momento, las 7.16 de la mañana del jueves 24 de diciembre, está en situación de custodia policial. Tiene derecho a...

—¡Perdón, pero tiene que tratarse de un error! ¿Cuál es el motivo?

—Falsificación y uso de documentos falsos. Haga el favor de acompañarme.

—¿Es una broma?

—No me obligue a hacer subir a mis compañeros, señor Malaury.

—¿Puedo ponerme por lo menos unos pantalones y una camisa?

—Sí, pero dese prisa. Y coja también una chaqueta de abrigo, tenemos la calefacción estropeada.

Mientras se viste, echo un vistazo al interior. El piso haussmanniano ha sido transformado en una especie de estudio con una decoración minimalista. Han tirado algunos tabiques y acuchillado el parquet de punto de Hungría, pero han conservado las dos chimeneas de mármol y las molduras.

Detrás de una puerta, envuelta en una sábana, veo a una chica pelirroja de unos veinte años que me mira con ojos de pasmo. La espera se eterniza.

—¡Espabile, Malaury! —grito, aporreando la puerta—. ¡No hacen falta diez minutos para ponerse unos pantalones!

El médico sale del cuarto de baño de punta en blanco. Es innegable que ha recuperado su orgullo y luce una americana de tweed, unos pantalones de príncipe de Gales, una gabardina y unos botines relucientes. Dice unas palabras para tranquilizar a su pelirroja y me sigue por la escalera.

—¿Dónde están sus compañeros? —pregunta, una vez en la calle.

—Estoy sola. Como comprenderá, no iba a movilizar a la unidad antiterrorista para sacarlo de la cama...

—Pero esto no es un coche de la policía.

—Es un coche sin distintivos. Deje de poner pegas y suba delante.

Él duda, pero al final se sienta a mi lado.

Arranco y circulamos en silencio mientras empieza a hacerse de día. Atravesamos el distrito 6 y Montparnasse antes de que Paul se decida a preguntar:

—Bueno, en serio, ¿a qué viene este número? ¡Sabe que el mes pasado podría haberla denunciado por robo de receta médica! Dele las gracias a mi colega, fue ella quien me disuadió alegando un montón de circunstancias atenuantes. Puestos a decirlo todo, incluso utilizó la expresión «como un cencerro».

—Yo también me he informado sobre usted, Malaury —digo, sacando del bolsillo unos documentos fotocopiados.

Él desdobla los papeles y empieza a leer frunciendo el entrecejo.

—¿Qué es esto exactamente?

—Pruebas de que ha firmado unas declaraciones de alojamiento falsas en beneficio de dos mujeres malíes sin papeles para que puedan presentar una solicitud de permiso de residencia.

Él no intenta negarlo.

—¿Y qué? ¿Acaso la solidaridad y la humanidad son crímenes?

—En derecho, a eso se le llama «falsificación y uso de documentos falsos». Está castigado con tres años de prisión y cuarenta y cinco mil euros de multa.

—Yo creía que no había sitio en las cárceles. Y, por cierto, ¿desde cuándo la Brigada Criminal se ocupa de este tipo de asuntos?

No estamos muy lejos de Montrouge. Cruzo los boulevards de los Mariscales, entro en el Periférico y, después de recorrer un tramo, tomo la A6 para llegar a L'Aquitaine, la autopista que une París con Burdeos.

Cuando ve el nudo de Wissous, Paul empieza a preocuparse de verdad.

—Pero ¿adónde me lleva exactamente?

—A Burdeos. Estoy segura de que le gusta el vi...

—¡No! ¡No habla en serio!

—Vamos a pasar la Nochebuena en casa de mi madre. Lo recibirán con los brazos abiertos, ya verá.

Él se vuelve, mira si nos siguen e intenta bromear para tranquilizarse.

—Ya lo tengo: hay una cámara dentro del coche. La policía tiene un programa de cámara oculta, ¿es eso?

Mientras sigo conduciendo, me tomo unos minutos para explicarle resueltamente el trato que tengo en mente: yo paso por alto su asunto de certificados de alojamiento falsos y, a cambio, él acepta fingir que es mi novio durante la celebración de la Nochebuena.

Durante largos minutos, permanece en silencio y no me quita los ojos de encima. Al principio su incredulidad es total, hasta que se da cuenta:

—Dios mío, lo peor es que no habla en broma, ¿verdad? Ha montado todo este tinglado porque no tiene valor para asumir ante su familia el tipo de vida que ha elegido. ¡Increíble! Lo que usted necesita no es un ginecólogo, es un psicoanalista.

Aguanto el ataque y, al cabo de unos minutos de silencio, bajo a la tierra. Tiene razón, por supuesto. Soy una cobarde. Además, ¿qué esperaba exactamente? ¿Que le divirtiera participar en mi jueguecito de rol? De pronto me siento la reina de las cenutrias. Es a la vez mi fuerza y mi debilidad: hacer lo que me dice el instinto más que lo que me dicta la razón. A eso debo el haber resuelto algunos casos difíciles que me han permitido ingresar en la Brigada Criminal a los treinta y cuatro años. Pero a veces la intuición me falla y me lleva a cometer desatinos. La idea de presentar este tipo a mi familia me parece ahora tan ridícula como inadecuada.

Avergonzada, me rindo:

—Tiene razón. Lo... lo siento mucho. Daré media vuelta y lo llevaré a casa.

—Pare primero en la próxima estación de servicio. Está a punto de quedarse sin gasolina.

Lleno el depósito de súper. Tengo los dedos pegajosos y el olor de gasolina me marea. Cuando vuelvo hacia el coche, descubro que Paul Malaury ya no está sentado dentro. Levanto la cabeza y lo veo, a través del cristal, en la zona de restauración haciéndome señas para que vaya.

—Tome, este té es para usted —me dice, ofreciéndome asiento.

—Mala suerte, solo bebo café.

—Habría sido demasiado fácil —dice él sonriendo mientras se levanta para ir a buscar mi bebida a la máquina.

Hay algo en este tipo que me desarma: un lado flemático, caballeroso, un modo de mantener cierta clase en cualquier circunstancia.

Vuelve al cabo de diez minutos y me pone delante un vaso de cartón de café y un cruasán envuelto en una servilleta de papel.

—No tienen comparación con los de Pierre Hermé, pero están mejor de lo que su aspecto hace suponer —asegura para distender el ambiente. Como para respaldar sus palabras, muerde la pasta que tiene en la mano y se tapa la boca mientras da un discreto bostezo—. ¡Y pensar que me ha sacado de la cama a las siete! ¡Para una vez que podía dormir hasta tarde!

—Le he dicho que voy a llevarlo a casa. Todavía estará a tiempo de meterse otra vez en la cama con su dulcinea.

Él bebe un sorbo de té y pregunta:

—Confieso que no la entiendo: ¿por qué quiere pasar la Navidad con unas personas que manifiestamente no le hacen ningún bien?

—Déjelo, Malaury. Como usted mismo ha dicho, no es psicoanalista.

—¿Y su padre qué piensa de todo esto?

—Mi padre murió hace mucho —respondo para zanjar la cuestión.

—¡Deje de contarme cuentos chinos! —exclama, tendiéndome su smartphone.

Miro la pantalla sabiendo por anticipado lo que voy a encontrar. Mientras yo ponía gasolina, Malaury se ha conectado a internet. Como era de esperar, su búsqueda lo ha llevado a una noticia de hace unos meses en la que se habla de las desgracias de mi padre.

El ex superpolicía Alain Schäfer condenado a dos años de prisión

Hace tres años, su detención causó el efecto de un seísmo en el seno de la policía de Lille. La madrugada del 2 de septiembre de 2007, miembros de la Inspección General de la Policía arrestaron al comisario principal Alain Schäfer en su casa, adonde habían ido para pedirle cuentas sobre sus prácticas y sus relaciones.

Tras una investigación de varios meses, la policía de los policías había descubierto la existencia de un sistema de corrupción a gran escala y malversación de fondos establecido por este alto oficial de la Policía Judicial del Norte.

Policía a la antigua usanza, respetado, incluso admirado por sus iguales, Alain Schäfer había reconocido mientras estaba en situación de custodia policial haber pasado «al lado malo de la barrera» al mantener relaciones amistosas con varias figuras conocidas del crimen organizado. Una deriva que supuestamente lo había llevado a apartar, antes de precintar los alijos, cierta cantidad de cocaína y cannabis para remunerar a sus informadores.

Ayer, el tribunal correccional de Lille declaró al antiguo policía culpable de corrupción pasiva, asociación ilícita, tráfico de estupefacientes y violación del secreto profesional...

Se me empañan los ojos y los aparto rápidamente de la pantalla. Me sé de memoria las bajezas de mi padre.

—¡Al final resulta que es un simple fisgón!

—¡Quién fue a hablar! Perdone, pero... «¡Quítate de ahí que me tiznas!», dijo la sartén al cazo.

—Vale, mi padre está en chirona, ¿y qué?

—Pues que quizá es a él a quien debería ir a ver por Navidad, ¿no?

—¡Métase en sus asuntos!

Él insiste:

—¿Puedo preguntarle en qué cárcel está?

—¿Y a usted qué más le da?

—¿En Lille?

—No, en Luynes, cerca de Aix-en-Provence. Donde vive su tercera mujer.

—¿Por qué no va a verlo?

Suspiro y levanto el tono:

—Porque no me hablo con él. Fue el responsable de que

quisiera dedicarme a este oficio. Era mi modelo, la única persona en la que tenía confianza y la ha traicionado. Le ha mentido a todo el mundo. Nunca se lo perdonaré.

—Su padre no ha matado a nadie.

—Usted no puede entenderlo.

Cabreada, me levanto de golpe, totalmente decidida a salir de la trampa en la que yo misma me he metido. Él me retiene asiéndome de un brazo.

—¿Quiere que la acompañe?

—Oiga, Paul, es usted muy amable, muy educado y, por lo visto, discípulo del dalái lama, pero no nos conocemos. La he cagado con usted y me he disculpado. Pero el día que tenga ganas de volver a ver a mi padre pasaré de su presencia, ¿ok?

—Como quiera. De todas formas, Navidad, el período de fiestas... quizá sea el momento idóneo, ¿no?

—Me está jorobando. Esto no es una película de Disney. —Él esboza una tenue sonrisa. Aun en contra de mi voluntad, me oigo a mí misma explicarle—: Y aunque quisiera, no podría. Uno no se presenta por las buenas en el locutorio de una prisión. Hace falta una autorización, hace falta...

Él se mete en la grieta que acabo de abrir.

—Es usted policía. A lo mejor puede arreglar eso por teléfono.

Acabo por entrar en su juego y decido ponerlo a prueba.

—Seamos serios: Aix-en-Provence está a siete horas en coche. Con la nevada que amenaza con caer en París, no podremos volver a la capital.

—¡Venga, vamos a intentarlo! —dice—. Yo conduzco.

Una llama se enciende en mi pecho. Descolocada, vacilo unos segundos. Tengo ganas de ceder a esa idea descabellada, pero no estoy segura de mis motivaciones. ¿Me estimula de verdad el deseo de ver a mi padre, o la perspectiva de pasar unas horas con este desconocido que no me juzgará, es evidente, diga lo que diga y haga lo que haga?

Busco sus ojos y me gusta lo que veo en ellos.

Él coge al vuelo el llavero que le lanzo.

Évry, Auxerre, Beaune, Lyon, Valence, Aviñón...

Proseguimos nuestro periplo surrealista por la autopista del Sol. Por primera vez desde hace mucho, bajo la guardia con un hombre. Le dejo hacer; me dejo llevar. Escuchamos canciones en la radio comiendo galletas de mantequilla y Lu con chocolate. Hay migas y sol por todas partes. Como un anticipo de vacaciones, de Provenza, de Mediterráneo. De libertad.

Todo lo que necesitaba.

Son las 13.30 cuando Paul me deja ante la entrada de la prisión de Luynes. Durante todo el trayecto he rechazado la idea de esta confrontación con mi padre. Inmóvil delante de la austera fachada, recorrida por cámaras de vigilancia, ya no puedo dar marcha atrás.

Salgo media hora más tarde, llorando pero aliviada. Por haber visto a mi padre. Por haber hablado con él. Por haber plantado la semilla de una reconciliación que ya no me parece imposible. Este primer paso ha sido, sin duda alguna, lo mejor que he hecho en los últimos años. Y se lo debo a un hombre al que apenas conozco. Alguien que ha sabido ver en mí algo que no era lo que yo quería mostrarle.

«No sé qué esconde, señor Malaury, si es usted tan retorcido como yo o simplemente un tío distinto de los demás, pero gracias.»

Liberada de un peso, me duermo en el coche.

Paul me sonríe.

—¿Te he dicho que mi abuela tenía una casa en la costa Amalfitana? ¿Has estado alguna vez en Italia en Navidad?

Cuando he abierto los ojos, acabábamos de cruzar la frontera italiana. Ahora estamos en San Remo y el sol envía sus últimos rayos. Lejos de París, de Burdeos, de la lluvia y del 36 del Quai des Orfèvres.

Noto sus ojos sobre mí. Tengo la impresión de conocerlo desde siempre. No comprendo cómo ha podido tejerse un vínculo tan íntimo entre nosotros con semejante rapidez.

Hay momentos raros en la existencia en que una puerta se abre y la vida te ofrece un encuentro que ya no esperabas. El del ser complementario que te acepta tal como eres, que te toma en tu totalidad, que intuye y acepta tus contradicciones, tus miedos, tu resentimiento, tu ira, el torrente de fango oscuro que corre por tu cabeza. Y que lo apacigua. Ese que te tiende un espejo en el que ya no te da miedo mirarte.

Basta un instante. Una mirada. Un encuentro. Para revolucionar una existencia. La persona idónea, el momento idóneo. El capricho cómplice del azar.

Pasamos la Nochebuena en un hotel de Roma.

Al día siguiente recorrimos la costa Amalfitana y atravesamos el valle del Dragón hasta los elevados jardines de Ravello.

Cinco meses después, estábamos casados.

En mayo me enteré de que esperaba un hijo.

Hay momentos en la existencia en los que una puerta se abre y tu vida se desliza en medio de la luz. Raros instantes en los que algo se abre dentro de ti. Flotas, ingrávida; circulas por una autopista sin radar. Las elecciones se vuelven límpidas, las respuestas sustituyen a las preguntas, el miedo cede el puesto al amor.

Hay que haber conocido esos momentos.

Raramente duran.

7

MORDER EL POLVO

Siempre podemos más de lo que creemos.

JOSEPH KESSEL

Chinatown
Hoy
10.20 horas

El murmullo del gentío. Efluvios de pescado seco que producen náuseas. El chirrido de una puerta metálica.

Gabriel salió de la casa de empeños y dio unos pasos por Mott Street. Al verlo, Alice emergió bruscamente de sus recuerdos.

—¿Se encuentra bien? —preguntó el músico, percibiendo su malestar.

—Sí, sí —aseguró ella—. ¿Y el reloj de mi marido?

—He sacado mil seiscientos dólares por él —dijo Gabriel agitando con orgullo un fajo de billetes—. Y le prometo que lo recuperaremos enseguida. Mientras tanto, creo que nos hemos ganado con creces el desayuno.

Ella asintió y se apresuraron a cambiar Chinatown por las aceras más acogedoras del Bowery. Subieron por la avenida hacia el norte, caminando por el lado soleado de la gran arteria.

En un pasado no tan lejano, esta parte de Manhattan era un barrio peligroso donde se daban cita drogadictos, prostitutas y personas sin techo. Ahora se había convertido en un sitio acogedor, chic y de moda. La arteria era luminosa y despejada; su arquitectura, variada; sus escaparates, vistosos. En medio de los edificios de gres, las pequeñas tiendas y los restaurantes se recortaba la silueta desconcertante del New Museum. Sus siete plantas se asemejaban a un amontonamiento de cajas de zapatos colocadas unas sobre otras en un equilibrio precario. Sus líneas rotundas y el color de su fachada —un blanco inmaculado sujeto con cables plateados— desentonaban en el decorado con pátina del Lower East Side.

Alice y Gabriel empujaron la puerta del Peppermill Coffee Shop, la primera cafetería que vieron.

Se acomodaron en sendos asientos corridos de piel de color crema, enfrentados a ambos lados de una mesa. Paredes alicatadas en blanco, molduras, gran ventanal, parquet de roble macizo: el local, a la vez cómodo y refinado, era cálido y contrastaba con el ajetreo de Chinatown. A través de una gran cristalera, una bonita luz otoñal iluminaba la sala y arrancaba destellos a las cafeteras detrás de la barra.

Encastrada en el centro de cada mesa, una tableta digital permitía a los clientes consultar la carta, navegar por internet y tener acceso a una selección de periódicos y revistas.

Alice leyó la carta. El hambre le retorcía de tal manera el estómago que oía los borborigmos producidos por sus tripas. Pidió un capuchino y un *bagel* de salmón; Gabriel optó por un café con leche normal, acompañado de un sándwich Monte-Cristo.

Un camarero de maneras afectadas, con chaleco, corbata y sombrero Stetson Fedora, les sirvió enseguida lo que habían pedido.

Se abalanzaron sobre el tentempié y se tomaron el café casi de un trago. Alice devoró en unos bocados el panecillo acompañado de salmón, nata fresca, chalotas y eneldo. Una vez recuperadas las fuerzas, cerró los ojos y se dejó mecer por las antiguas canciones de blues que emitía el aparato de radio de madera lacada. Un intento de hacer el vacío y «colocar las neuronas en su sitio», como decía su abuela.

—Está claro que hemos pasado algo por alto —dijo Gabriel engullendo las últimas migas de su sándwich.

Desde lejos, le indicó al camarero que volviera a servirles lo mismo. Alice abrió los ojos y se mostró de acuerdo con su compañero.

—Hay que volver a empezar desde cero. Hacer una lista de los indicios que tenemos y tratar de explotarlos: el número de teléfono del Greenwich Hotel, la serie de cifras grabada en su antebrazo...

Interrumpió la enumeración. Un camarero de abundante vello acababa de poner mala cara al ver las manchas de sangre en su blusa. Se subió discretamente la cremallera de la cazadora.

—Propongo que nos repartamos el dinero —sugirió Gabriel sacando del bolsillo los mil seiscientos dólares que le había dado el chino—. No sirve de nada meter todos los huevos en el mismo cesto.

Puso delante de Alice ocho billetes de cien dólares. La chica los dobló y se los guardó en el bolsillo pequeño de los vaqueros. Fue entonces cuando se dio cuenta de que dentro había algo. Frunciendo el entrecejo, sacó una cartulina doblada y la desplegó sobre la mesa.

—¡Mire!

Se trataba de la matriz de un tíquet de consigna como las que dan en los guardarropas de los grandes restaurantes o los depósitos de equipaje de los hoteles. Gabriel se inclinó hacia delante: el tíquet llevaba el número 127. En relieve, las letras G y H engarzadas formaban un discreto logo.

—¡El Greenwich Hotel! —exclamaron al unísono.

En un segundo, el desánimo se había esfumado.

—¡Vamos! —dijo la chica.

—Pero ¡si ni siquiera he empezado a comerme las patatas fritas!

—¡Ya comerá más tarde, Keyne!

Alice ya estaba consultando la tableta táctil en busca de la dirección del hotel, mientras Gabriel pagaba la cuenta en la barra.

—Está en la intersección de Greenwich Street y North Moore Street —le dijo mientras volvía hacia ella.

Cogió el cuchillo que estaba sobre la mesa y se lo metió subrepticiamente en un bolsillo de la cazadora; él se colgó la americana de un hombro.

Y salieron juntos.

El Honda se detuvo detrás de dos taxis estacionados en doble fila. Situado en el corazón de TriBeCa, el Greenwich Hotel era un edificio alto de ladrillo y cristal que se alzaba a unos metros de la orilla del Hudson.

—Hay un aparcamiento un poco más abajo, en Chambers Street —dijo Gabriel señalando un cartel—. Voy a dejar el coche allí y...

—¡Ni hablar! —repuso, tajante, Alice—. Entro yo sola y usted me espera aquí con el motor en marcha por si las cosas se complican.

—Y si no está de vuelta dentro de un cuarto de hora, ¿qué hago? ¿Llamo a la policía?

—¡La policía soy yo! —contestó ella, saliendo del vehículo.

Al verla dirigirse hacia la entrada, un portero le abrió la puerta sonriendo. Ella le dio las gracias con un gesto de la cabeza y entró.

Alice avanzó por un vestíbulo de un lujo discreto que se prolongaba en un elegante salón-biblioteca bañado por una luz delicada. Un sofá Chesterfield y unas butacas tapizadas en tela estaban dispuestos ante una gran chimenea donde ardían dos enormes troncos. Más allá, una cristalera permitía vislumbrar un patio interior florido que recordaba Italia.

—Bienvenida, señora, ¿puedo ayudarla? —preguntó una chica cuyo atuendo se fundía con la decoración ecléctica y moderna: gafas con montura grande de pasta, falda étnica, blusa de estampado geométrico y flequillo caoba escalado y aéreo.

—Vengo a recoger un equipaje —dijo Alice tendiéndole el tíquet de consigna.

—Ah, sí. Un momento, por favor.

La chica le dio el tíquet a su ayudante masculino, que desapareció en una salita contigua para salir al cabo de treinta segundos con un portafolios de piel negra cuya asa estaba rodeada por una abrazadera adhesiva que llevaba el número 127.

—Aquí tiene, señora.

«Demasiado bonito para ser verdad», pensó Alice cogiendo el portafolios.

Decidió tentar a la suerte.

—Me gustaría conocer la identidad de la persona que ha dejado este maletín en depósito.

La chica, detrás del mostrador de recepción, frunció el entrecejo.

—Yo pensaba que había sido usted, si no, no se lo habría dado. Si no es así, le ruego que me lo devuelva...

—¡Policía de Nueva York, detective Schäfer! —dijo Alice sin arredrarse—. Estoy investigando sobre...

—Su acento me parece muy francés para ser una policía neoyorquina —la interrumpió la empleada—. Enséñeme su identificación, por favor.

—¡El nombre del cliente! —reclamó Alice levantando el tono.

—¡Basta! ¡Voy a llamar a la dirección!

Al comprender que había perdido la batalla, Alice se batió en retirada. Apretando el asa del maletín, recorrió a paso rápido la distancia que la separaba de la salida y pasó sin obstáculos la barrera del portero.

Acababa de poner un pie en la acera cuando empezó a sonar una alarma. Una estridente sirena de más de cien decibelios, que concentró en Alice todas las miradas de los transeúntes.

Presa del pánico, la chica tomó entonces conciencia de que la alarma no procedía del hotel, como al principio había creído, sino del... propio maletín.

Corrió unos metros por la acera, buscando con la mirada a Gabriel y el coche. Se disponía a cruzar la calle cuando una descarga eléctrica la sacudió.

Aturdida, sin respiración, soltó el maletín y se desplomó brutalmente sobre el asfalto.

Segunda parte

La memoria del dolor

8

LA MEMORIA DEL DOLOR

*Nuestra verdadera desdicha, empero,
no es lo que los años nos roban,
sino lo que dejan al partir.*

WILLIAM WORDSWORTH

La sirena emitió unos aullidos más y paró tan bruscamente como había empezado.

Tumbada en el asfalto, a Alice le costaba recobrar el sentido. Los oídos le zumbaban. Veía borroso, como si alguien hubiera corrido un velo ante sus ojos. Todavía atontada, distinguió una sombra por encima de ella.

—¡En pie!

Gabriel la ayudó a levantarse y la acompañó hasta el coche. La acomodó en el asiento y volvió a recoger del suelo el maletín, que había ido a parar un poco más lejos.

—¡Deprisa!

Arrancó y salió a toda velocidad. Un volantazo a la derecha, otro a la izquierda, y ya estaban en la West Side Highway, la avenida más al oeste de la ciudad, que bordeaba el río.

—¡Mierda, nos tienen localizados! —gritó Alice, emergiendo de las brumas en las que la había sumido la descarga eléctrica.

Blanca como el papel, tenía náuseas y palpitaciones. Le temblaban las piernas y un reflujo ácido le quemó el pecho.

—¿Qué le ha pasado?

—¡El maletín era una trampa, ya lo ha visto! —contestó ella, exasperada—. Alguien ha sabido que estábamos en el hotel y ha activado a distancia la alarma y el trallazo eléctrico.

—Se está volviendo paranoica...

—¡Me habría gustado que hubiera recibido usted esa descarga, Keyne! ¡No sirve de nada huir, si alguien sigue el rastro de todos nuestros movimientos!

—Pero ¿a quién pertenece ese maletín?

—No he podido averiguarlo.

El coche circulaba deprisa hacia el norte. El sol bañaba el horizonte. En el lado del río se podían ver los ferris y los veleros que se deslizaban sobre el Hudson, los rascacielos de Jersey City y las grúas pórtico de los antiguos embarcaderos.

Gabriel cambió de carril para adelantar a una furgoneta. Cuando volvió la cabeza hacia Alice, vio que la chica tenía en la mano el cuchillo que había robado en la cafetería y rasgaba el forro de su cazadora de piel.

—Pero ¿qué hace? ¡Está loca!

Confiando en su instinto, ella ni siquiera se tomó la molestia de contestarle. Dominada por su impetuosidad, se contorsionó para quitarse los botines y, con ayuda de la hoja del cuchillo, arrancó el tacón de uno de ellos.

—¡Diablos, Alice! ¿Se puede saber a qué juega?

—¡Aquí está lo que buscaba! —respondió ella, mostrándole con gesto triunfal una minúscula cajita que acababa de sacar del otro tacón.

—¿Un micrófono?

—No, un sistema GPS en miniatura. Así es como nos han localizado. Y me apuesto lo que quiera a que usted lleva otro en un zapato o dentro del forro de la chaqueta. Alguien nos sigue en tiempo real, Keyne. Tenemos que cambiar los dos de ropa y zapatos. ¡Ya mismo!

—De acuerdo —se rindió él, con una mirada de preocupación.

Alice bajó el cristal y tiró el artilugio por la ventanilla antes de coger el maletín. Era rígido, de piel lisa, provisto de doble cerradura con clave. Intencionadamente o no, la electrificación del asa estaba ahora desactivada. Intentó abrirlo, pero se lo impidió el sistema de protección.

—Me habría extrañado que pudiéramos abrirlo —se quejó Gabriel.

—Más tarde buscaremos una manera de romper las cerraduras. Mientras tanto, busque un sitio discreto para comprarnos ropa.

Alice, con los párpados pesados, se masajeó las sienes. Volvía a dolerle la cabeza y los ojos le ardían. Registró la guantera en busca de unas viejas gafas de sol que había visto un rato antes, con montura ojos de gato y patillas de *strass*. La diversidad arquitectónica de esa parte de la ciudad la hipnotizaba y la mareaba. A lo lejos, como un gigantesco libro abierto apoyado sobre unos pilares, reconoció la silueta azulada del hotel Standard, que se elevaba por encima de la High Line. Las líneas geométricas de las construcciones modernas de cristal y aluminio y las de los pequeños inmuebles de ladrillo marrón del viejo Nueva York, que seguían macerándose en su jugo, contrastaban de manera caótica.

A lo lejos, como un iceberg de nácar, un edificio traslúcido de formas irregulares rompía la *skyline* y salpicaba el paisaje de una luz irreal.

Callejearon un rato entre el Meatpacking District y Chelsea, hasta descubrir una tiendecita en la calle Veintisiete que tenía más de almacén de excedentes militares que de tienda de ropa usada. El local, alargado, era un alegre batiburrillo donde los uniformes militares coexistían con algunos conjuntos de diseñadores de temporadas pasadas.

—Espabile, Keyne —ordenó Alice mientras entraban en la tienda—. No vamos de compras, ¿entendido?

Rebuscaron entre las prendas de vestir y los zapatos: botas

militares, deportivas altas de lona, cazadoras bomber, sudaderas polares, parkas de camuflaje, cinturones, pañuelos palestinos...

Alice encontró rápidamente un jersey de cuello vuelto negro, una camiseta ajustada, unos vaqueros, otro par de botines y una guerrera de color caqui.

Gabriel parecía más circunspecto.

—¡Bueno, decídase! —lo urgió ella—. Tome, llévese esto y esto —dijo, lanzándole unos pantalones caqui y una camisa de algodón desteñida.

—Pero ¡eso no es exactamente de mi talla, y mucho menos de mi estilo!

—No es sábado por la noche y no va a ir de ligue, Keyne —replicó Alice desabrochándose la blusa para cambiarse.

El músico completó su atuendo con un par de deportivas altas de lona y un tres cuartos adornado con un cuello de piel de borrego. Alice encontró también un macuto de lona gruesa que se cerraba con dos correas de cuero y una vieja pistolera para llevar la Glock de forma más discreta. Como no había probadores, se cambiaron apenas a unos metros uno de otro. Gabriel no pudo evitar lanzar una mirada de reojo hacia Alice.

—¡No aproveche para regalarse la vista, sucio pervertido! —lo reprendió esta tapándose el vientre con el jersey de lana.

En respuesta a la sobreactuación burlona de Alice, Gabriel puso una expresión contrita y se volvió como pillado en falta. No obstante, algo lo había dejado helado: al mirar el cuerpo de la chica, había entrevisto una cicatriz impresionante que parecía partir del pubis para subir hasta el ombligo.

—Se lo dejo todo por ciento setenta dólares —dijo el propietario de la tienda, un gigantón calvo y fornido, con una barba desmesurada estilo ZZ Top.

Mientras Gabriel acababa de calzarse, Alice salió a la calle y tiró a un contenedor toda su ropa. Solo conservó un trozo de tela de su blusa manchado de sangre.

«Un indicio que podría resultar precioso», pensó, guardándolo en el bolso militar.

Vio un supermercado en la acera de enfrente. Cruzó la calle y entró. Cogió toallitas húmedas para lavarse, Ibuprofeno para el dolor de cabeza y una botella de agua mineral. Mientras se acercaba a la caja, se le ocurrió una idea. Volvió sobre sus pasos y recorrió el local hasta que encontró una pequeña sección dedicada a la telefonía. Examinó los diferentes productos de un operador telefónico que ofrecía modelos sin contrato. Escogió un pack de 14,99 dólares que contenía el aparato más básico y compró también una tarjeta prepago de ciento veinte minutos de conversación para utilizar en un plazo de noventa días.

Cuando salió con sus compras, la sorprendió una ráfaga de viento. Pese al sol deslumbrante, un vendaval barría la calle, arrastrando las hojas secas y levantando nubes de polvo. Se acercó una mano a la cara para protegerse. Acodado en el capó del coche, Gabriel la observaba.

—¿Espera a alguien? —dijo Alice para pincharlo.

Él le puso una de sus antiguas zapatillas delante de la cara.

—En cualquier caso tenía razón: había otro cacharro de esos en mi zapato. —Como un jugador de baloncesto, lanzó a una papelera la Converse, que rebotó y cayó dentro—. Canasta de tres puntos —dijo.

—Muy bien, ¿ha terminado con sus niñerías? ¿Podemos irnos ahora?

Un poco ofendido, él se subió el cuello de la chaqueta y se encogió de hombros, como un niño al que acabaran de echar una bronca.

Alice se sentó al volante y dejó la bolsa de papel del supermercado y el macuto en el asiento de atrás, al lado del maletín.

—Tenemos que encontrar una manera de abrirlo.

—De eso me ocupo yo —aseguró Gabriel abrochándose el cinturón.

Para poner la máxima distancia posible entre ellos y sus prendas equipadas con chivatos, circularon varios kilómetros hacia el norte, atravesando Hell's Kitchen hasta la calle Cuarenta y ocho. Se detuvieron en un callejón que daba a un huerto comunitario, donde un grupo de niños recogía calabazas bajo la mirada atenta de su maestra.

El barrio era tranquilo. Ni turistas ni ajetreo. Hasta tal punto que costaba creer que estuvieran en Nueva York. Aparcaron bajo las hojas amarillentas de un arce. Filtrados por las ramas, los rayos de sol anaranjados reforzaban esa impresión de tranquilidad.

—¿Qué tiene en mente para abrir el maletín? —preguntó Alice poniendo el freno de mano.

—Hacer saltar las dos cerraduras con el cuchillo que ha robado. No parece que sean muy resistentes.

—Es usted un iluso de marca mayor —dijo ella suspirando.

—¿Tiene acaso una idea mejor?

—No, pero la suya no funcionará ni en un millón de años.

—¡Eso lo veremos! —replicó él con aire desafiante mientras se volvía para coger el maletín del asiento trasero.

Alice le dio el cuchillo y miró, como espectadora escéptica, sus intentos de introducir la hoja entre las mandíbulas del maletín. Todos fueron vanos. Al cabo de un rato, Gabriel perdió la paciencia, se puso nervioso y quiso pasar al uso de la fuerza, pero el cuchillo resbaló y se hizo un rasguño en la palma de la mano.

—¡Ay!

—¡Concéntrese un poco, hombre, haga el favor! —exclamó Alice, enfadada.

Gabriel se dio por vencido. Tenía una expresión más grave que antes. Era evidente que algo le preocupaba.

—¿Se puede saber qué problema tiene? —lo atacó ella.

—Usted.

—¿Yo?

—Hace un momento, en la tienda de ropa, he visto la cicatriz que tiene en el vientre... ¿Qué demonios le ha pasado?

El semblante de Alice se ensombreció súbitamente. Abrió la boca para replicar, pero, invadida por un profundo cansancio, volvió la cabeza y se frotó los ojos suspirando. Ese tipo solo iba a causarle problemas. Lo había intuido desde el primer segundo...

Cuando abrió de nuevo los ojos, le temblaban los labios. El dolor despertaba. Los recuerdos estaban ahí. En carne viva.

—¿Quién le ha hecho eso, Alice? —insistió Gabriel. Notó que había entrado en territorio minado y justificó su curiosidad—: ¿Cómo quiere que salgamos de este atolladero si no confiamos un poco el uno en el otro?

Alice bebió un trago de agua mineral. El rechazo a enfrentarse al pasado se esfumó.

—Todo empezó en noviembre de 2010 —dijo—, con el asesinato de una joven maestra que se llamaba Clara Maturin...

Recuerdo...

DOS AÑOS Y MEDIO ANTES
UN AÑO DE SANGRE Y FURIA

Otra mujer asesinada
en la zona oeste de París

(*Le Parisien*, 11 de mayo de 2011)

Nathalie Roussel, una azafata de veintiséis años, ha sido encontrada esta mañana estrangulada en su domicilio de la rue Meissonnier, una arteria tranquila del distrito 17. La joven, que vivía sola, fue descrita por los que la conocían como «una persona apacible, de trato agradable, que se ausentaba a menudo de casa debido a su profesión». Su vecino de rellano se cruzó con ella unas horas antes del asesinato: «Estaba de buen humor y muy contenta de haber conseguido entradas para el concierto de Sting del día siguiente en el Olympia. No daba la sensación de sentirse amenazada en absoluto».

Según fuentes cercanas a los investigadores, varios testigos afirman haber visto a un hombre salir del edificio precipitadamente y alejarse en un escúter de tres ruedas de la marca Piaggio. El presunto autor de los hechos es un hombre de altura media, espigado, que llevaba un casco de moto de color oscuro.

El caso ha sido asignado a la dirección central de la Policía Judicial. Según las primeras investigaciones, el robo no sería el principal móvil del asesinato, aunque al parecer se ha sustraído el teléfono móvil de la víctima.

Este crimen presenta una extraña semejanza con el de Clara Maturin, una joven maestra del distrito 16, salvajemente estrangulada con una media de nailon en noviembre de 2010. Al ser preguntado sobre este particular, el fiscal de la República ha indicado que en esta fase los investigadores no descartaban nada.

Asesinatos en la zona oeste de París: la policía teme que se trate de un asesino en serie

(*Le Parisien*, 13 de mayo de 2011)

Según las confidencias de uno de los investigadores, los análisis científicos han demostrado que la media de nailon con la que fue estrangulada la azafata Nathalie Roussel pertenecía a Clara Maturin, la joven maestra asesinada en noviembre de 2010.

De ser cierto, este hecho, mantenido hasta el momento en secreto por la policía, establecería un vínculo macabro entre las dos víctimas. Una pista que orientaría a los investigadores a buscar a un asesino fetichista que adopta un *modus operandi* consistente en matar utilizando prendas íntimas de su víctima anterior.

En la Prefectura de Policía se niegan por el momento a confirmar este nuevo elemento.

Otra mujer asesinada en el distrito 16

(*Le Parisien*, 19 de agosto de 2011)

Maud Morel, una enfermera del Hospital Estadounidense de Neuilly, fue asesinada anteanoche en su piso de la avenue de Malakoff. Ha sido la portera del inmueble quien ha encontrado esta mañana el cuerpo de la joven, salvajemente estrangulada con unas medias.

Aunque la policía se niega a llegar oficialmente a esta conclusión, este último detalle hace pensar que existe un vínculo evidente entre este homicidio y los cometidos en noviembre de 2010 y el pasado mayo en los distritos 16 y 17.

Si bien el móvil de los crímenes sigue siendo un misterio, los investigadores están convencidos de que las tres mujeres conocían suficientemente a su agresor para no haber desconfiado de él. Las víctimas fueron encontradas en el interior de su vivienda sin que se haya podido observar ningún rastro de infracción. Otro detalle sorprendente: los teléfonos móviles de las tres víctimas siguen sin aparecer.

Asesinatos en la zona oeste de París: la pista de un asesino en serie cobra peso

(*Le Parisien*, 20 de agosto de 2011)

Tras el brutal asesinato hace tres días de Maud Morel, la enfermera del Hospital Estadounidense de Neuilly, ahora los investigadores ya no tienen la menor duda sobre el vínculo entre este homicidio y los otros dos crímenes cometidos en el mismo perímetro desde el mes de noviembre de 2010.

Al ser preguntado sobre la posibilidad de que se trate de un asesino en serie, el fiscal de la República se ha visto obligado a reconocer que «los tres crímenes presentan, efectivamente, semejanzas en cuanto al *modus operandi* utilizado». Las medias con las que fue asesinada Maud Morel pertenecían a Nathalie Roussel, la azafata asesinada la primavera pasada, estrangulada a su vez con unos pantis pertenecientes a la joven maestra Clara Maturin.

Este elemento ha llevado a revisar el tratamiento judicial de dichos crímenes. Se han agrupado los tres casos, que se hallan ahora bajo la autoridad de un solo juez de instrucción. En el telediario de France 2 de ayer por la noche, el ministro del Interior aseguró que «se han movilizado y seguirán poniéndose todos los medios humanos y materiales para encontrar al autor o a los autores de estos crímenes».

Asesinatos en la zona oeste de París: un sospechoso bajo custodia policial

(*Le Parisien*, 21 de agosto de 2011)

Un taxista considerado sospechoso en la investigación sobre la serie de asesinatos cometidos desde noviembre en los barrios acomodados de la capital fue interrogado y puesto bajo custodia policial en la noche del viernes. Un registro realizado en su domicilio ha permitido encontrar el teléfono móvil de Maud Morel, la última víctima.

¡Sueltan al taxista!

(*Le Parisien*, 21 de agosto de 2011)

[...] El hombre ha podido presentar una coartada para todos los crímenes.

A los policías que lo interrogaron les aseguró que Maud Morel había cogido su taxi hacía unos días y que simplemente se le había caído el teléfono en el vehículo.

El asesinato de otra mujer traumatiza al oeste parisino

(*Le Parisien*, 9 de octubre de 2011)

Virginie André, empleada de banca divorciada y madre de un niño de corta edad, ha sido encontrada esta mañana estrangulada en su piso de la avenue Wagram. El cuerpo ha sido descubierto por su ex marido, que iba a llevarle al hijo de tres años de ambos, cuya custodia comparten.

Miedo en la ciudad:
cientos de policías buscan al asesino
de la zona oeste de París

(*Le Parisien*, 10 de octubre de 2011)

Una investigación fuera de lo común moviliza a cientos de policías lanzados a la caza y captura de un asesino que por el momento no tiene ni nombre ni cara, pero que aterroriza desde hace once meses a las mujeres que viven solas en los distritos 16 y 17.

¿Qué relación hay entre Clara Maturin, maestra, estrangulada el 12 de noviembre de 2010, Nathalie Roussel, azafata, asesinada el 10 de mayo de 2011, Maud Morel, enfermera, hallada muerta el 18 de agosto, y Virginie André, empleada de banca, cuyo cadáver fue descubierto el domingo pasado? Mujeres jóvenes, solteras o divorciadas, cuyo pasado y red de relaciones han sido examinados de cerca por los investigadores sin que por el momento hayan encontrado ninguna pista importante.

Cuatro homicidios que coinciden en el *modus operandi*. Cuatro víctimas sin vínculo aparente, todas las cuales, sin embargo, parecían mantener una relación suficientemente íntima con su asesino para abrirle la puerta de su casa.

Esta serie de asesinatos produce incomprensión y miedo en los habitantes de dos distritos de la capital. Para tranquilizar a la población, la prefectura ha incrementado las patrullas y las intervenciones, además de incitar a los ciudadanos a informar de cualquier comportamiento sospechoso.

Recuerdo...

DOS AÑOS ANTES

París
21 de noviembre de 2011

Metro Solferino, distrito 7.

Sin aliento, subo trabajosamente la escalera de la estación. Arriba, recibo en plena cara una ráfaga húmeda. Abro el paraguas dirigiéndolo hacia delante para evitar que el viento le dé la vuelta. Estoy embarazada de siete meses y medio y tengo hora en la clínica con Rose-May, la comadrona que me acompañará en el parto.

El mes de noviembre ha sido un largo túnel oscuro y lluvioso. Esta tarde no es una excepción. Aprieto el paso. Las fachadas blancas de la rue Bellechasse brillan bajo el aguacero.

Tengo los pies hinchados, la espalda hecha migas, dolores en las articulaciones. Llevo mal el aumento de peso que ocasiona el embarazo. ¡Me he puesto tan gorda que Paul me tiene que ayudar a atarme los zapatos! Los pantalones se me clavan en el bajo vientre, estoy condenada a llevar vestidos. Duermo poco y, cada vez que quiero levantarme de la cama, me veo obligada a ponerme de lado antes de apoyar los pies en el suelo. Para acabarlo de arreglar, desde hace unos días vuelvo a tener náuseas y a veces un gran cansancio me asalta de improviso.

Por suerte, solo hay doscientos metros entre la salida del metro y la rue Las Cases. En menos de cinco minutos he llegado a la clínica. Empujo la puerta, me presento en recepción y, ante la mirada de desaprobación de los demás pacientes, saco un café de la máquina que hay en la sala de espera.

Estoy rendida. Mi barriga salta, como si estallaran grandes burbujas, como si pequeñas olas rompieran en su interior. Cosa que divierte mucho a Paul cuando sucede en casa.

En lo que a mí respecta, es más complicado. El embarazo es un estado increíble, mágico, pero no acabo de conseguir abandonarme a él. Mi excitación se ve siempre contrarrestada por una inquietud sorda, un mal presentimiento e interrogantes dolorosos: no sé si voy a ser una buena madre, tengo miedo de que mi hijo no esté sano, temo no saber cuidarlo...

Desde hace una semana, teóricamente estoy de permiso por maternidad. Paul ha hecho su parte del trabajo montando la habitación del niño e instalando la sillita de bebé en mi coche. Yo había planeado hacer un montón de cosas —comprar las primeras prendas de vestir, un cochecito, una bañera, productos de aseo—, pero las he pospuesto sin cesar para más adelante.

La verdad es que en ningún momento he dejado de trabajar en el caso. Mi caso: el de esas cuatro mujeres estranguladas en la zona oeste de París. Le habían encargado a mi grupo resolver el primer asesinato, pero fracasamos. Después, el asunto adquirió demasiada importancia y se nos escapó de las manos. Me retiraron del caso, pero yo sigo atrapada por esos rostros congelados en el horror. No paro de pensar en ellos. Una obsesión que contamina mi embarazo y me impide proyectarme hacia el mañana. Repaso una y otra vez las mismas imágenes, les doy vueltas a las mismas hipótesis, me pierdo en conjeturas, retomo incansablemente el hilo del caso.

El hilo...

Encontrar el hilo invisible que une a Clara Maturin, a Nathalie Roussel, a Maud Morel y a Virginie André. Aunque nadie lo haya encontrado todavía, el vínculo forzosamente existe. Esas cuatro mujeres tienen algo en común que de momento se nos ha escapado a todos los investigadores.

Incluso a mí.

Sobre todo a mí.

Sé que una evidencia se oculta ante mis ojos y esa certeza me hace polvo la vida. Si no lo detenemos, ese hombre va a continuar matando. Una vez, dos veces, diez veces... Es prudente, invisible, inaprensible. No deja ningún rastro: ni huellas ni ADN. Nadie puede explicar por qué las cuatro víctimas le abrieron la puerta sin desconfiar, a una hora ya bastante avanzada de la noche. No tenemos nada, aparte de un vago testimonio sobre un individuo que lleva un casco negro y huye en un escúter de tres ruedas como los que hay a miles en la región parisina.

Otro café de la máquina. Hay corrientes de aire, hace frío. Mis manos rodean el vaso de cartón en busca de un poco de calor. Con la mirada perdida, me paso por enésima vez la película de los acontecimientos, recitando el encadenamiento de los hechos como un mantra.

Cuatro víctimas: cuatro mujeres que viven solas. Tres solteras y una madre de familia divorciada. Un mismo perímetro geográfico. Un mismo *modus operandi*.

Durante mucho tiempo, en los periódicos llamaron al criminal «el asesino ladrón de teléfonos». La propia policía pensaba al principio que se llevaba el móvil de sus víctimas para borrar algunos rastros comprometedores: llamadas, vídeos, fotos... Pero esa hipótesis no era convincente. Es cierto que los smartphones de la segunda y la tercera víctimas habían estado mucho tiempo sin aparecer. Pero, contrariamente a lo que había contado la prensa, no era así ni en el caso de la primera víctima ni en el de la última. Y si bien el aparato de la azafata no había llegado a localizarse, el de la enfermera simplemente había sido olvidado en un taxi.

Miro mi propio teléfono. Llevo en él cientos de fotos de las cuatro víctimas. No las morbosas de los escenarios del crimen, sino imágenes de su vida cotidiana, tomadas de sus ordenadores.

Las paso una tras otra para volver siempre a la de Clara Maturin. La primera víctima, la maestra: de las cuatro, aquella a la que quizá me siento más cercana. Una de las instantáneas me llega de manera especial: es una tradicional foto de clase fechada en octubre de 2010 y tomada en el patio del colegio. Todos los alumnos de la gran sección de preescolar del colegio Joliot-Curie están agrupados alrededor de su maestra. La imagen está llena de vida. Las caras de los niños me fascinan. Algunos están muy serios, mientras que otros hacen el payaso: risas descontroladas, dedos en la nariz, cuernos... En medio de ellos, Clara Maturin sonríe abiertamente. Es una chica guapa que parece discreta, rubia y con una melena corta cuadrada. Lleva una gabardina beis abierta sobre un traje de chaqueta y pantalón bastante elegante y un pañuelo de seda Burberry cuyo famoso estampado se reconoce. Un conjunto por el que debía de tener especial preferencia porque aparece en otras fotografías: en la boda de una amiga en mayo de 2010, en Bretaña, en un viaje a Londres en agosto del mismo año e incluso en su última foto, tomada unas horas antes de su muerte por una cámara de vigilancia de la rue Faisanderie. Paso de una instantánea a otra para encontrar siempre el mismo conjunto fetiche: gabardina, traje sastre de *working girl* y fular Burberry enrollado. Mirando más detenidamente la última, un detalle me llama la atención por primera vez: el fular no es el mismo. Con tres dedos, amplío la imagen en la pantalla táctil para asegurarme. Pese a la mala resolución de la cámara de vigilancia, estoy prácticamente segura de que el estampado es distinto.

El día de su muerte, Clara no llevaba su fular fetiche.

Noto que me recorre un ligero escalofrío.

«¿Un detalle sin importancia?»

Sea como sea, mi cerebro se pone en marcha en un intento de racionalizar el hecho. ¿Por qué Clara Maturin había cambiado de fular ese día? ¿Se lo había prestado quizá a una amiga? ¿Lo había llevado a la tintorería? ¿O tal vez lo había perdido?

«Tal vez lo había perdido...»

Maud Morel, la segunda víctima, también había perdido

algo: el teléfono, que al final había sido encontrado en un taxi. Y el móvil de Nathalie Roussel, cuya desaparición siempre habían achacado a un robo, ¿acaso lo había perdido también?

«Perdido.»

Dos teléfonos, un fular...

¿Y Virginie André? ¿Qué había perdido?

«La vida.»

¿Y qué más? Salgo de los álbumes de fotos del teléfono para pasar al modo llamada y marco el número de Seymour.

—Hola, soy yo. En relación con el asesinato de Virginie André, ¿sabes si en el sumario se menciona en alguna parte un objeto que hubiera perdido recientemente?

—¡Alice! ¡Estás de permiso, joder! ¡Dedícate a preparar la llegada de tu hijo!

Hago caso omiso de sus reproches.

—¿Te acuerdas o no?

—No, no lo sé, Alice. Ya no trabajamos en ese caso.

—¿Podrías buscar el número de su ex marido? Mándamelo al móvil. Se lo preguntaré yo misma.

—Vale —dice él, suspirando.

—Gracias, tío.

Tres minutos después de haber colgado, un SMS de Seymour aparece en mi pantalla. Llamo inmediatamente a Jean-Marc André y dejo un mensaje en su contestador, pidiéndole que se ponga en contacto conmigo lo antes posible.

—¡Señora Schäfer! ¡Ha vuelto a venir a pie! —me riñe Rose-May dirigiéndome una mirada de reproche.

Es una mujer corpulenta, originaria de la Reunión y con un marcado acento criollo, que cada vez que vengo a verla me echa una bronca como si fuera una niña.

—¡No, no, qué va! —contesto, siguiéndola hasta una de las salas de la tercera planta donde da sus clases de preparación al parto.

Me dice que me tumbe, me examina con calma y me asegura

97

que el cuello sigue estando bien cerrado, que no hay peligro de parto prematuro. Le satisface constatar que el bebé se ha dado la vuelta y ya no está de nalgas.

—La cabeza está bien colocada, abajo, y la espalda a la izquierda. ¡Es la posición ideal! Hasta ha empezado a bajar un poco.

Con dos correas, me pone dos sensores directamente sobre la barriga y conecta el monitor que registra el ritmo cardíaco del bebé y las contracciones uterinas.

Oigo los latidos del corazón de mi hijo.

Estoy emocionada, se me empañan los ojos, pero al mismo tiempo un estremecimiento de angustia me oprime el pecho. Luego, Rose-May me explica los pasos que hay que seguir cuando empiece a notar contracciones, dentro de cuatro o cinco semanas, si no hay imprevistos.

—Si las tiene cada diez minutos, tome Spasfon y espere media hora. Si el dolor se pasa, es que se trataba de una falsa alarma. Si persiste y...

Oigo vibrar mi teléfono en el bolsillo de la parka, no lejos de mí. Interrumpo a la comadrona, me incorporo y me inclino para coger el móvil.

—Jean-Marc André —dice la voz en el aparato—. Al consultar el contestador, he...

—Gracias por llamarme. Soy la capitán Schäfer, una de los oficiales encargados de la investigación del asesinato de su ex mujer. ¿Recuerda si, en los días anteriores a su muerte, había perdido algo?

—¿Perdido qué?

—No lo sé, de eso se trata. Podría ser una prenda de vestir, una joya, una cartera...

—¿Qué relación tiene eso con el asesinato?

—Quizá ninguna, pero hay que explorar todas las pistas. ¿No le dice nada un episodio sobre un objeto perdido?

Hace una pausa como para pensar y dice:

—Pues sí, precisamente... —Se interrumpe en medio de la frase. Noto que lo embarga la emoción, pero se rehace y explica—: Es una de las razones por las que discutimos la última vez que me dejó a nuestro hijo. Yo le reprochaba que hubiera perdido el oso de peluche de Gaspard, un muñeco sin el que le cuesta dormirse. Virginie aseguraba haberlo perdido en el parque Monceau. Me habló del servicio de objetos perdidos, pero...

«Objetos Perdidos...»

Noto mi corazón acelerarse dentro del pecho. Adrenalina pura.

—Un momento, señor André, quiero estar segura de entenderlo bien: ¿Virginie fue a Objetos Perdidos o pensaba ir?

—Me dijo que ya había ido y había rellenado una ficha para que la avisaran si encontraban el peluche.

No doy crédito a mis oídos.

—De acuerdo, gracias. Le llamaré si tengo alguna novedad.

Me quito los electrodos, me levanto y me visto precipitadamente.

—Lo siento, Rose-May, pero tengo que irme.

—¡No! Esto no es serio, señora Schäfer. En su estado, no...

Yo ya he empujado los batientes de la puerta y estoy en el ascensor. Saco el teléfono para pedir un taxi. Lo espero, impaciente, en el vestíbulo.

«Es mi caso.»

Mi orgullo reaparece. Pienso en esas decenas de policías de la Brigada Criminal que han examinado con lupa los movimientos de todas las víctimas y quizá han pasado por alto algo primordial.

«Algo que yo acabo de encontrar...»

Rue Morillons, 36, distrito 15, justo detrás del parque Georges-Brassens

El taxi me deja delante de las dependencias de Objetos Perdidos: un bonito inmueble de los años veinte, de ladrillo rosa y piedra blanca. Aunque el servicio depende de la Prefectura de Policía de París, es una estructura administrativa donde no trabaja ningún agente y nunca he puesto los pies allí.

Enseño mi identificación en recepción y pido ver al responsable. Mientras espero, echo un vistazo a mi alrededor. Detrás de las ventanillas, una decena de empleados reciben indistintamente a los que van a depositar un objeto encontrado en la vía pública y a los que van a recuperar su bien o a dejar constancia de una pérdida.

—Stéphane Dalmasso, encantado.

Levanto la cabeza. Bigote enmarañado, mofletes caídos, gafitas redondas de plástico de color vivo: el jefe de la rue Morillons tiene una cara simpática y un marcado acento de Marsella.

—Alice Schäfer, de la Brigada Criminal.

—Encantado. ¿Es para pronto? —pregunta, mirándome la barriga.

—Un mes y medio, quizá antes.

—¡Un hijo engrandece a un hombre! —dice, invitándome a acompañarlo a su despacho.

Entro en una habitación espaciosa, acondicionada como un pequeño museo donde están expuestos los objetos más insólitos depositados en el servicio: una Legión de Honor, una pierna ortopédica, un cráneo humano, un trozo de metal procedente del World Trade Center, una urna que contiene cenizas de gato, un sable de yakuza y hasta... un vestido de novia.

—Nos lo trajo un taxista hace unos años. Había llevado en su vehículo a una pareja que acababa de ponerse la alianza. Los recién casados discutieron y rompieron durante el trayecto —explica Stéphane Dalmasso.

—Está usted al mando de una auténtica cueva de Alí Babá...

—Lo habitual es que nos traigan carteras, gafas, llaves, teléfonos y paraguas.

—Impresionante —digo, echando un vistazo al reloj.

—Tengo anécdotas para dar y vender, pero supongo que tiene prisa —adivina, ofreciéndome asiento—. Bien, ¿qué me hace merecer la visita de la Criminal?

—Trabajo en un caso de asesinatos. Quisiera saber si una tal Virginie André ha venido en los últimos días.

—¿Para qué?

—Para saber si habían encontrado el oso de peluche de su hijo, perdido en el parque Monceau.

Sentado en un sillón con ruedas, Dalmasso se acerca a la mesa y pulsa una tecla del ordenador para activarlo.

—¿Virginie André? —pregunta, tocándose el bigote.

Asiento con la cabeza. Pone en marcha la búsqueda en el programa.

—No, lo siento, no hemos recibido ninguna solicitud con ese nombre en el último mes.

—Puede que hiciera una declaración de pérdida en línea o por teléfono.

—La habría encontrado de todas formas. Todas las solicitudes son introducidas obligatoriamente en nuestras bases de datos. Nuestros empleados rellenan los formularios directamente en el ordenador.

—Qué raro, su marido me ha asegurado que había presentado un impreso aquí. ¿Puede comprobar otras tres personas, por favor?

Escribo los nombres en la Filofax de espiral que está sobre la mesa y le doy la vuelta a la agenda.

Dalmasso descifra mi letra y hace sucesivamente las tres búsquedas: «Clara Maturin», «Nathalie Roussel» y «Maud Morel».

—No, negativo en los tres casos.

Siento una inmensa decepción. Necesito varios segundos para admitir mi error.

—Bueno, qué le vamos a hacer. Gracias por su ayuda.

Mientras me levanto para irme, noto unos pinchazos y me toco con la mano el abdomen. El bebé sigue moviéndose muchísimo. Empuja muy fuerte, como si quisiera estirarme el vientre. A no ser que sean contracciones...

—¿Se encuentra bien? —pregunta Dalmasso, inquieto—. ¿Quiere que le pida un taxi?

—Sí —respondo, volviendo a sentarme.

—¡Claudette! —le dice a su secretaria—. Búsqueme un taxi para la señora Schäfer.

Una mujer menuda, con el cabello horriblemente teñido de rojo y semblante severo y contrariado, entra en el despacho dos minutos más tarde con una taza humeante en la mano.

—El taxi llegará de un momento a otro —asegura—. ¿Quiere un poco de té con azúcar?

Acepto el brebaje y me recupero poco a poco. Sin que acierte a saber el motivo, la mujer sigue mirándome con mala cara. De buenas a primeras me viene una pregunta a la mente.

—Señor Dalmasso, se me había olvidado preguntarle si alguno de sus empleados tiene un escúter de tres ruedas.

—Que yo sepa, no. Lo utilizan más bien los hombres, ¿no? Y, como ha podido ver, la mayoría de nuestros empleados son mujeres.

—Erik viene con uno de esos cacharros —nos interrumpe la secretaria.

Miro a Dalmasso a los ojos.

—¿Quién es Erik?

—Erik Vaughn es un interino. Trabaja aquí en épocas de vacaciones, de mucha actividad, o cuando la baja por enfermedad de algún empleado se prolonga.

—¿Está hoy?

—No, pero seguro que volvemos a contratarlo para Navidad.

A través del cristal acanalado del despacho, adivino la presencia del taxi que me espera bajo la lluvia.

—¿Tiene su dirección?

—Ahora mismo se la buscamos —afirma, tendiéndole un posit virgen a su secretaria.

Este nuevo elemento reaviva las brasas en mi interior. No quiero perder tiempo. Garabateo a toda prisa mi número de teléfono y mi dirección de correo electrónico en la agenda de Dalmasso.

—Busque los períodos en los que Vaughn ha trabajado con

ustedes en los dos últimos años y envíemelos al móvil o a mi correo, por favor.

Cojo el papelito adhesivo que me tiende Claudette, cierro la puerta a mi espalda y me meto en el coche.

El habitáculo del taxi apesta a sudor. La radio está a tope y el contador marca ya diez euros. Le doy la dirección al taxista —un inmueble de la rue Parent-de-Rosan, en el distrito 16— y le pido en tono firme que baje el volumen del aparato. Él se pone chulito hasta que le enseño el carnet de policía.

Estoy febril, tiemblo y al mismo tiempo me invaden oleadas de calor.

Debo calmarme. Desarrollo en mi mente un guión construido sobre hipótesis improbables, pero en las que deseo creer. Erik Vaughn, un empleado de la oficina de Objetos Perdidos, utiliza su puesto de trabajo para escoger a sus víctimas. Clara Maturin, Nathalie Roussel, Maud Morel y Virginie André se cruzaron en su camino, pero él no introdujo la ficha de ninguna de las cuatro en la base de datos del servicio. Por eso no figuran sus nombres. Consigue que se sientan confiadas, que hablen, para obtener la máxima información: tiene su dirección y sabe que viven solas. Tras este primer encuentro, deja pasar unos días y va a casa de su presa con el pretexto de llevarle el objeto. Las cuatro mujeres, para su desgracia, consideraron normal dejarlo entrar. Uno no desconfía nunca del portador de una buena noticia; se siente aliviado de haber recuperado su fular preferido, su teléfono móvil o el oso de peluche de su hijo. Así que abre la puerta, pese a que son ya las nueve de la noche pasadas.

«No, estoy divagando. ¿Qué probabilidad hay de que esto se sostenga? ¿Una sobre mil? Aunque...»

El trayecto es rápido. Después de haber recorrido el boulevard Victor-Hugo, el coche pasa por delante del hospital Georges-Pompidou y cruza el Sena, bastante cerca de la puerta de Saint-Cloud.

«No actúes por tu cuenta y riesgo...»

Sé mejor que nadie que resolver un caso criminal no es un trabajo individual. Es un procedimiento establecido y muy sistematizado, fruto de un largo trabajo en equipo. Por eso me entran ganas de llamar a Seymour y hacerle partícipe de mis descubrimientos. Dudo y al final decido esperar hasta que reciba las fechas en las que Erik Vaughn ha trabajado en Objetos Perdidos.

Mi teléfono vibra. Consulto los mensajes. Dalmasso me ha enviado el calendario laboral de Vaughn en Excel. Clico en la pantalla, pero el documento se niega a abrirse.

Formato incompatible.

«Mierda...»

—Ha llegado.

Con la amabilidad de la puerta de una cárcel, el taxista me deja en el centro de una pequeña calle de sentido único, situada entre la rue Boileau y la avenue Mozart. La lluvia ha arreciado. El agua me corre por el cuello. Noto el peso del niño, lo noto mucho y muy abajo, tanto que cada vez me cuesta más andar.

«Da media vuelta.»

En medio de las casas urbanas y los pequeños inmuebles, veo un edificio grisáceo con el número que me ha indicado la secretaria. Una construcción típica de los años setenta: un siniestro mazacote de hormigón que desfigura la calle.

Encuentro el apellido VAUGHN bajo el timbre y pulso el botón.

No hay respuesta.

En la calle, en el sitio reservado a los vehículos de dos ruedas, hay una moto, un viejo ciclomotor Yamaha Chappy y un escúter de tres ruedas.

Insisto y pulso todos los botones hasta que un habitante del inmueble me abre la puerta.

Tomo nota del piso donde vive Vaughn y subo por la escalera sin prisa. Empiezo a sentir de nuevo algo que parecen patadas en el vientre. Patadas de advertencia.

Sé que estoy haciendo una estupidez, pero algo me empuja a

seguir avanzando. «Mi caso.» No enciendo la luz. Subo los peldaños uno a uno a oscuras.

Sexto piso.

La puerta de la vivienda de Vaughn está entreabierta.

Saco la pistola del bolso felicitándome mentalmente por haber tenido la intuición de cogerla. Aprieto la culata con las dos manos.

Noto el sudor mezclado con la lluvia resbalando por mi espalda.

Grito:

—¿Erik Vaughn? ¡Policía! ¡Voy a entrar!

Empujo la puerta, con las dos manos todavía bien cerradas alrededor de la culata. Avanzo por el pasillo. Pulso el interruptor, pero han quitado la luz. Fuera, la lluvia repiquetea sobre el tejado.

El piso está casi vacío. No hay luz, casi ningún mueble, varias cajas de cartón en el suelo del salón. Es evidente que el pájaro ha volado.

Mi angustia disminuye unos grados. Mi mano derecha se aparta de la pistola para coger el teléfono. Mientras marco el número de Seymour, siento una presencia detrás de mí. Suelto el teléfono y me vuelvo para ver de pronto a un hombre con un casco de motorista que le tapa la cara.

Abro la boca para gritar, pero, antes de que salga el menor grito, noto la hoja de un cuchillo hundirse en mi carne.

La hoja que está matando a mi hijo.

Vaughn la clava en mi vientre una y otra vez.

Las piernas me fallan y caigo desplomada al suelo.

Confusamente, noto que está quitándome las medias. Después siento que me voy, arrastrada por un río de odio y sangre. Mi último pensamiento es para mi padre. Más en concreto, para la frase que se hizo tatuar en el antebrazo: «La treta más lograda del diablo es convencerte de que no existe».

9

RIVERSIDE

Forever is composed of nows.
[El siempre se fabrica con ahoras.]

EMILY DICKINSON

Hell's Kitchen, Nueva York
Hoy
11.15 horas

Alice había terminado su relato hacía un minuto. Todavía conmocionado, Gabriel guardaba silencio. Buscó unas palabras de consuelo, pero, por miedo a meter la pata, prefirió no decir nada.

Con los ojos fruncidos, la chica miraba las hojas amarillas movidas por el viento. El rumor de la ciudad parecía lejano. Casi se podía oír el canto de los pájaros o el murmullo de la fuente que destacaba en el centro del pequeño huerto. Revivir el pasado delante de ese desconocido había sido doloroso, pero catártico. Como una sesión con un psicoanalista. De pronto, sin saber cómo, se le ocurrió una idea que le pareció evidente:

—¡Ya sé cómo abrir el maletín! —dijo, haciendo dar un respingo a su compañero. Lo cogió y se lo puso sobre las rodillas—. Dos cerraduras protegidas con un doble código de tres cifras —añadió.

—Pues sí —admitió Gabriel con ojos de asombro—. ¿Y qué?

Alice se inclinó hacia él para subirle la manga de la camisa y leer la serie de cifras grabadas con un cúter:

141197

—¿Se abren las apuestas?

La policía probó la combinación moviendo las diferentes ruedas dentadas y accionó los dos pestillos al mismo tiempo. Se oyó un sonoro clic y el maletín se abrió.

«Vacío.»

Al menos en apariencia. Alice descubrió un separador fijo con una cremallera. Abrió esta para acceder al doble fondo y encontró un pequeño estuche de piel de cocodrilo de un marrón ocre.

«¡Por fin!»

Temblándole las manos, abrió el estuche de viaje al tirar de la lengüeta. Sobre un fondo mullido, detrás de una cinta elástica, había una jeringuilla de buen tamaño, provista de una aguja protegida con un capuchón.

—¿Qué es eso? —preguntó Gabriel.

Sin sacar la jeringuilla del estuche, Alice la examinó más de cerca. Dentro del grueso cuerpo del tubo, un líquido azul muy claro relucía al sol.

¿Un medicamento? ¿Una droga? Veinte mililitros de un suero desconocido...

Frustrada, cerró el estuche. Si hubiera estado en París, habría podido mandar analizar la sustancia, pero allí era imposible.

—Para conocer los efectos de esa cosa, habría que tener el valor de inyectársela... —dijo Gabriel.

—La inconsciencia de inyectársela —lo rectificó Alice.

Él cogió su chaqueta y se puso la mano a modo de visera para protegerse del sol.

—Hay un teléfono público al final de la calle —dijo, señalando con el índice—. Voy a llamar otra vez a mi amigo saxofonista a Tokio.

—Ok. Le espero en el coche.

Alice miró a Gabriel alejarse hasta la cabina telefónica. Tuvo de nuevo esa impresión desalentadora de que su cerebro daba vueltas en el vacío, sometido a un bombardeo de preguntas sin respuesta.

¿Por qué Gabriel y ella no tenían ningún recuerdo de lo que había sucedido la noche anterior? ¿Cómo habían podido ir a parar a Central Park? ¿A quién pertenecía la sangre de su blusa? ¿De dónde había sacado aquella pistola? ¿Por qué faltaba una bala en el cargador? ¿Quién le había escrito en la palma de la mano el número de teléfono del hotel? ¿Quién había lacerado con un cúter el brazo de Gabriel? ¿Por qué habían electrificado el maletín? ¿Qué contenía esa jeringuilla?

Aquel río de interrogantes le dio vértigo.

«Alice en el país de los marrones...»

Tuvo la tentación de llamar a Seymour para preguntarle si había encontrado algo en las cámaras de vigilancia del aparcamiento y de los aeropuertos parisinos, pero sabía que su amigo necesitaba más tiempo para hacer sus averiguaciones. Mientras tanto, ella debía pasar a la acción. Hacer lo que mejor sabía hacer: investigar.

«Investigar con los medios disponibles.»

Un coche patrulla apareció en el cruce y recorrió la calle despacio. Alice bajó los ojos rezando para que no se fijaran en ella. El Ford Crown pasó por su lado sin detenerse. Un aviso sin consecuencias que no se tomó a la ligera. Hacía más de una hora que se había hecho con el Honda a punta de pistola. Su propietaria había tenido tiempo de sobra para denunciar el robo y la policía no tardaría en transmitir a las patrullas la descripción del vehículo y su matrícula. Conservarlo implicaba correr demasiados riesgos.

Una vez tomada la decisión, Alice recogió sus cosas —el cuchillo robado en la cafetería, el pack de telefonía, la caja de Ibuprofeno, las toallitas, el estuche con la jeringuilla y el trozo de blusa manchado de sangre— y lo metió todo en el macuto. Se puso la pistolera, metió dentro la Glock y, después de salir del coche, dejó las llaves sobre el asiento.

«Investigar con los medios disponibles.»

¿Qué haría si estuviera en París? Empezaría por tomar una muestra de huellas de la jeringuilla y enviarla al FAED.*

Pero ¿qué podía hacer allí? Mientras cruzaba la calle para reunirse con Gabriel, una idea insólita empezó a tomar forma en su mente.

—He podido hablar con Kenny —dijo este con una amplia sonrisa—. Si lo necesitamos, mi amigo está de acuerdo en prestarnos su apartamento de Astoria, en Queens. No está a la vuelta de la esquina, pero es mejor que nada.

—¡Vamos, Keyne, en marcha! Ya hemos perdido bastante tiempo. Y espero que le guste andar, porque dejamos el coche.

—¿Para ir adónde?

Ella le sonrió.

—A un lugar que debería gustarle, puesto que conserva su alma infantil.

—¿Podría concretar más?

—Se acerca la Navidad, Gabriel. ¡Lo llevo a comprar juguetes!

* Siglas de Fichier automatisé des empreintes digitales (Archivo automatizado de huellas dactilares).

10

HUELLAS

Vuestro enemigo es vuestro mejor maestro.

Lao Tse

Alice y Gabriel se colaron entre los turistas en el vestíbulo del General Motors Building, en la esquina de la Quinta Avenida con la calle Cincuenta y nueve.

Vestidos de soldaditos de plomo, los dos porteros de FAO Schwartz recibían con una amplia sonrisa a los visitantes de esta antigua institución neoyorquina.

En la mayor juguetería de Manhattan había ya un nutrido gentío. La planta baja, dedicada casi por entero a los peluches, albergaba una gran carpa con animales de tamaño natural escapando de un circo: un león rugiente, un tigre saltando a través de un aro en llamas, un elefante sosteniendo a tres monos con uniforme de botones. Más lejos, un espacio reproducía el interior de una guardería. Unas empleadas disfrazadas de enfermeras llevaban en brazos muñecos mofletudos que podían pasar perfectamente por auténticos bebés.

—¿Va a decirme de una vez qué hacemos aquí? —se quejó Gabriel.

Alice hizo como si no lo hubiera oído y se dirigió a la escalera mecánica. Mientras la chica atravesaba la primera planta a todo correr, el músico recorría las diferentes secciones distraídamente, observando divertido a los chiquillos. Unos saltaban sobre las teclas de un piano gigante que quedaban al nivel del suelo, otros les pedían a sus padres que los fotografiaran junto a los personajes de *La guerra de las galaxias* construidos con piezas de Lego y de una altura de diez metros. Algunos asistían a un espectáculo de marionetas del estilo de *Los Teleñecos*.

Sin dejar de seguir a Alice, Gabriel husmeaba en los estantes, permitiéndose por un breve instante un retorno a la infancia: figuritas de dinosaurios, puzles Ravensburger de cinco mil piezas, muñecos de Playmobil, cochecitos metálicos, trenes eléctricos, circuitos laberínticos...

«Un auténtico paraíso para críos.»

En la sección de disfraces, se puso un bigote tipo Groucho Marx y un sombrero de Indiana Jones, y de esa guisa se reunió con Alice en la sección de «Educación y ciencia». La policía, concentradísima, examinaba pacientemente las cajas de juegos: microscopios, telescopios, estuches de química, esqueletos de plástico con órganos para colocar en su sitio, etcétera.

—Si por casualidad encuentra un látigo...

Ella levantó la cabeza y miró su atuendo con consternación.

—¿No deja nunca de hacer el ganso, Keyne?

—¿Cómo puedo ayudarla?

—Déjelo —lo regañó Alice.

Ofendido, Gabriel se alejó para volver al cabo de un momento.

—Me juego lo que quiera a que es esto lo que busca —dijo, enseñándole una caja de cartón ilustrada con la foto de una famosa serie televisiva.

Ella echó una mirada distraída al juego que le tendía —«Tú también puedes ser del CSI. Kit de iniciación a la policía científica», 29,99 dólares— y cogió la caja para examinar el contenido: un rollo de cinta de plástico amarilla con la inscripción NO PASAR - ESCENARIO DEL CRIMEN, una lupa, un carnet de detective, un rollo de papel celo, escayola para recoger huellas de pasos, bolsas para guardar muestras, pólvora negra, un pincel magnético...

—Es justo lo que necesitamos —reconoció Alice, sorprendida.

Para pagar, se puso en la larga cola de la caja del primer piso. No se reunió con Gabriel hasta que volvió por la escalera mecánica a la planta baja. El músico había cambiado su sombrero de fieltro de Indiana Jones por el de copa del mago Mandrake. Envuelto en una capa negra, hacía trucos ante un público cuya media de edad no superaba los seis años. Alice lo miró unos segundos, tan desconcertada como fascinada por aquel curioso hombre. Con habilidad y un placer evidente, hacía brotar de su sombrero toda clase de animales de peluche: un conejo, un tucán, un gatito, un erizo, una cría de tigre...

Sin embargo, su mirada benévola no tardó en velarse. La presencia de niños todavía le resultaba dolorosa a Alice, al hacerle patente que nunca le daría el biberón a su hijo, nunca lo llevaría al colegio, al fútbol o a judo, nunca le enseñaría a defenderse y a afrontar el mundo.

Pestañeó varias veces para contener las lágrimas que se le saltaban de los ojos y dio unos pasos en dirección a Gabriel.

—¡Deje de hacer el payaso, Keyne! —le ordenó, tirándole de un brazo—. ¡Le recuerdo que la policía nos persigue!

Con un gesto amplio, el «mago» se quitó la capa y lanzó el sombrero de copa hacia la estantería de los disfraces.

—¡Mandrake se inclina ante vosotros! —dijo, haciendo una reverencia ante las risas y los aplausos de los chiquillos.

Situado en Madison Avenue, detrás de la catedral de Saint Patrick, el Pergolese Café era uno de los *dinners* más antiguos de Manhattan. Con sus mesas de formica y sus asientos corridos de escay verde, parecía directamente salido de los años sesenta. Si bien desde el exterior el establecimiento no tenía muy buena pinta, lo cierto era que ofrecía a sus numerosos clientes habituales exquisitas ensaladas, sabrosas hamburguesas, huevos Benedictine y pastrami con aceite de trufa.

Paolo Mancuso, el viejo propietario, llevó él mismo en una bandeja lo que acababan de pedir la chica con acento francés y su acompañante: dos *lobster rolls*,* dos cucuruchos de patatas fritas de la casa y dos botellas de Budweiser.

Gabriel se abalanzó de inmediato sobre la comida y cogió un puñado de patatas fritas: estaban crujientes y en su punto de sal.

Sentada frente a él, Alice se conformó con mordisquear un poco su bocadillo antes de hacer sitio en la mesa. Puso el macuto delante de ella y, tras desabrochar las dos correas, cogió el pequeño estuche encontrado en el maletín. Con una servilleta de papel, manipuló con precaución la jeringuilla para sacarla de la funda de piel y se puso manos a la obra.

Tras haber rasgado el envoltorio plástico del kit de policía científica, sacó la pólvora, el pincel y una bolsa de muestras.

—¿Es consciente de que son simples juguetes? —objetó el músico.

—Será más que suficiente.

Después de haberse limpiado las manos con una toallita húmeda, Alice examinó la calidad de los componentes. La pólvora negra a base de carbono y finas partículas de hierro serviría. Sumergió la punta del pincel magnético en el pequeño bote que contenía la pólvora y embadurnó el cuerpo de la jeringa. La pólvora se agarró a los aminoácidos dejados por los poros de la piel que había estado en contacto con el soporte liso del plástico y poco a poco hizo claramente visibles varias huellas. Alice dio unos golpecitos con la uña en el instrumento médico para que cayera la pólvora sobrante. Examinó las huellas, a todas luces recientes. Una de ellas destacaba en especial: la huella casi completa de un dedo índice o corazón.

—Córteme un trozo de celo —le pidió a Gabriel.

Él cogió el rollo.

—¿Así de grande?

* Ensalada de bogavante dentro de un panecillo de perrito caliente.

—Un poco más largo. ¡Y tenga cuidado, no vaya a manchar la superficie adhesiva!

Cogió el trozo de celo y cubrió la huella dactilar procurando que no quedaran burbujas de aire. Luego lo despegó para fijar la huella, agarró el posavasos de propaganda sobre el que estaba su cerveza, le dio la vuelta y aplicó la cinta adhesiva sobre la superficie de cartón en blanco. Con el pulgar, apretó fuerte para trasladar la marca a la cartulina.

Cuando retiró el celo, una huella limpia y negra se recortaba sobre la superficie blanca del posavasos. Alice frunció los ojos para examinar la maraña de surcos. Líneas y crestas superpuestas dibujaban el mismo motivo atípico: marcas en forma de arco, interrumpidas por una minúscula cicatriz en forma de cruz.

Le mostró el resultado a Gabriel y, satisfecha, metió el posavasos en una bolsa.

—Sí, todo eso es muy bonito —admitió él—, pero ¿de qué va a servirnos? Habría que escanear la huella y, sobre todo, introducirla en una base de datos, ¿no?

Alice picoteó unas patatas fritas pensando en voz alta:

—El apartamento de su amigo en Queens...

—¿Sí?

—Probablemente allí habrá un ordenador y una conexión a internet.

—Es posible que haya conexión a internet. Pero, si tiene ordenador, probablemente es portátil y se lo habrá llevado a Tokio. Así que no cuente mucho con eso...

La decepción se pintó en el semblante de la joven.

—¿Cómo vamos? ¿En taxi, en metro, en tren...?

Gabriel levantó los ojos.

En la pared, por encima de su mesa, entre montones de fotos de celebridades posando en compañía del dueño, vio un viejo plano de la ciudad clavado con chinchetas sobre un tablón de corcho.

—Estamos al lado de Grand Central —dijo, señalando el plano con el índice.

«Grand Central Station...» Alice recordaba esa estación extraordinaria que Seymour le había descubierto durante uno de sus viajes a Nueva York. Su compañero la había llevado a comer ostras y langostinos al Oyster Bar, un fabuloso restaurante de marisco que ocupaba una gran sala abovedada del sótano. Al recordar aquella visita, una idea inesperada surgió en su mente. Miró el plano. Gabriel tenía razón: Grand Central estaba a menos de dos manzanas del *dinner*.

—¡Vámonos! —dijo, levantándose.

—¿Qué? ¿Ya? ¿No tomamos postre? ¿Usted ha visto la tarta de queso que tienen?

—Me saca de mis casillas, Keyne.

Entraron en la estación por la puerta situada en la esquina de Park Avenue y la calle Cuarenta y dos, y desembocaron en el inmenso vestíbulo principal donde se alineaban taquillas y máquinas expendedoras.

En el centro, encima del quiosco de información, el famoso reloj de cuatro esferas, de cobre y ópalo, servía de punto de encuentro para los enamorados desde hacía más de cien años.

Aunque no estuviera allí para hacer turismo, Alice no pudo evitar mirar el lugar con admiración.

«Desde luego, no tiene nada que ver con la estación del Norte o Saint-Lazare», pensó la joven policía levantando la cabeza. Una luz otoñal, suave y calmante, entraba por grandes vidrieras laterales que coloreaban el vestíbulo en tonos amarillos y ocre.

Bajo la inmensa bóveda, a casi cuarenta metros de altura, miles de estrellas pintadas en el techo daban la impresión de que uno se hallaba bajo las constelaciones de una noche serena. Desde ahí Cary Grant huía a Chicago en *Con la muerte en los talones* y De Niro se encontraba con Meryl Streep en *Enamorarse*.

—Venga conmigo —ordenó, levantando la voz lo suficiente para elevarse sobre el guirigay ambiental.

Avanzó entre la multitud con Gabriel siguiéndole los pasos para subir los peldaños que llevaban al balcón este del Main Concourse. Desde allí, en la primera planta, se tenía una vista panorámica de todo el vestíbulo, que parecía aún más monumental.

En ese marco majestuoso, casi a cielo abierto, una gran empresa informática había instalado una de sus tiendas. Alice se metió entre las mesas de madera clara sobre las que estaban expuestos los productos estrella de la marca: teléfonos, reproductores de música digital, ordenadores y tabletas. Una buena parte del material, aunque provisto de alarmas antirrobo, era de libre acceso. Los visitantes —la mayoría turistas— consultaban su correo electrónico, navegaban por la red o escuchaban música con auriculares high-tech.

Se trataba de actuar deprisa; había policías y guardias de seguridad por todas partes. Alice evitó que la abordara alguno de los miles de empleados vestidos con camiseta roja que recorrían el espacio de exposición y se acercó a una de las mesas de demostración.

—Saque el posavasos —le dijo a Gabriel, tendiéndole el macuto.

Mientras él obedecía, ella pulsó una tecla de un MacBook Pro similar al que ella tenía en su casa. Con un clic, abrió un programa que permitía activar la cámara situada arriba, en el centro del aparato, y cogió el posavasos que le tendía Gabriel. Colocándose frente a la pantalla, captó varios planos fijos de la huella. Con ayuda del programa de retoque instalado en el ordenador, modificó el contraste y el brillo para obtener la foto más nítida y precisa posible, y a continuación entró en su cuenta de correo.

—¿Se encarga usted de los billetes? —propuso.

Esperó a que Gabriel se alejara en dirección a las máquinas para empezar a redactar un mensaje dirigido a Seymour. Llevada por la urgencia, dejó correr los dedos por el teclado.

De: Alice Schäfer
Para: Seymour Lombart
Asunto: Help

Seymour:

Necesito más que nunca tu ayuda. Intentaré llamarte dentro de menos de una hora, pero hasta entonces es absolutamente preciso que aceleres tus indagaciones.

1. ¿Has podido acceder a las cámaras de vigilancia del aparcamiento y de los aeropuertos?

2. ¿Has encontrado mi coche? ¿Y el rastro de mi móvil? ¿Has consultado los últimos movimientos de mi cuenta bancaria?

3. ¿Qué has averiguado de Gabriel Keyne?

4. Te envío en un documento adjunto la foto de una huella. ¿Puedes pasarla por el FAED ya mismo?

Cuento contigo.

Tu amiga,

ALICE

11

LITTLE EGYPT

[...] solo sé conservar a las personas cuando se han ido.

DIDIER VAN CAUWELAERT

Astoria
Noroeste de Queens
Mediodía

La luz otoñal bañaba la entrada de la estación.

Alice y Gabriel se alejaron de la explanada soleada para fundirse entre los clientes del mercado instalado bajo las estructuras metálicas del metro elevado. La pareja había cogido un tren en Grand Central hasta Lexington Avenue y luego el cercanías local hasta Astoria Boulevard. El trayecto solo había durado unos veinte minutos, pero la desorientación era total. Pequeños inmuebles tradicionales de ladrillo habían sustituido a los edificios de cristal y acero, mientras que la energía y la vida trepidante de Manhattan habían dejado paso a una tranquilidad casi provinciana.

El aire estaba cargado de olores exquisitos de aceite de oliva, ajo picado y menta fresca. Los puestos rebosaban de calamares y pulpos asados, musaca, *souvlakis*, *baklavas*, hojas de parra y empanadillas de feta. Unas especialidades apetitosas que no dejaban ninguna duda: Astoria era el histórico barrio griego de Nueva York.

—¿Sabe al menos la dirección? —preguntó Alice al ver titubear a Gabriel sobre hacia dónde ir.

—Solo he venido una o dos veces —se defendió el pianista—. Recuerdo que las ventanas del apartamento dan a Steinway Street.

—Un nombre de calle muy apropiado para un músico —comentó Alice, divertida.

Le preguntaron a un viejo que vendía pinchitos de buey con hojas de laurel que asaba sobre un brasero.

Siguiendo sus indicaciones, recorrieron una larga arteria bordeada de árboles y casas urbanas pareadas que recordaban algunos barrios de Londres. Tomaron después una calle comercial muy animada. En un ambiente cosmopolita, locales de comidas preparadas griegas, *delis* vegetarianos, establecimientos de kebab, kaitensushis japoneses y tiendas de comestibles coreanas convivían armoniosamente. Un verdadero crisol gastronómico concentrado en unas cuantas manzanas de casas.

Cuando llegaron a Steinway Street, las fronteras se habían vuelto a desplazar. Esta vez a la otra orilla del Mediterráneo, más exactamente al norte de África.

—Desde hace unos años, la gente llama a este barrio Little Egypt o Little Morocco —precisó Gabriel.

De hecho, con un poco de imaginación, uno podía fácilmente creerse teletransportado a un zoco de El Cairo o de Marrakech, en pleno mundo árabe. Olores deliciosos de miel y tajín flotaban por toda la calle, y en esa parte del barrio los *shisha bar* —locales para fumar en narguile— abundaban más que las tabernas griegas. Pasaron por delante de una mezquita decorada en tonos dorados, una carnicería halal y una librería religiosa. En las conversaciones, el árabe y el inglés se mezclaban de forma casi natural.

—Creo que es aquí —dijo Gabriel al llegar a una *brownstone* de fachada clara, con ventanas de guillotina, que se alzaba sobre una barbería.

El acceso al inmueble no estaba protegido por ninguna cerradura electrónica con código. No había ascensor. Subieron la escalera deprisa y pararon en el tercer piso para recoger las llaves en casa de la señora Chaouch, la propietaria del inmueble, a la que Kenny había avisado por teléfono.

—Es bastante chic, ¿verdad? —dijo Gabriel entrando en el loft.

El piso de soltero de Kenny era un gran dúplex de espacios abiertos, atravesados por vigas metálicas. Alice entró tras él, contempló las paredes de ladrillo, los techos altos y el suelo de hormigón encerado, y se detuvo ante el gran ventanal que ofrecía una vista hipnotizadora del Hudson.

Se quedó un minuto largo mirando el río y luego dejó el macuto encima de una gran mesa de roble macizo, enmarcada por un banco de metal cepillado y dos sillones desparejados.

—Estoy muerta —dijo, dejándose caer en uno de los asientos.

—¿Sabe qué? ¡Voy a prepararle un baño! —dijo Gabriel.

—¿Cómo? No, no vale la pena. Tenemos cosas más importantes que hacer que...

Pero el músico, sordo a sus protestas, ya había subido al piso superior.

Alice suspiró y se quedó un largo rato inmóvil, acurrucada entre los cojines. El cansancio volvía a salir de pronto a la superficie. Necesitó varios minutos para encajar los efectos del estrés y de los esfuerzos físicos desplegados desde el alucinante despertar en medio del parque. Cuando se sintió mejor, se levantó y miró el interior de los armarios de la cocina en busca de una tetera. Puso agua a hervir y, mientras esperaba, deambuló por el salón, mirando maquinalmente los lomos de los libros de la biblioteca (Harry Crews, Hunter Thompson, Trevanian...), las revistas dejadas sobre la mesa de centro, y los cuadros abstractos y minimalistas colgados en las paredes.

La estancia, luminosa y espaciosa, presentaba tonalidades minerales que desgranaban mil matices del gris al beis. Un buen equilibrio entre el estilo industrial y el «todo madera sueco». La proximidad del río, la decoración ascética y sobria y la luz suave contribuían a crear la atmósfera protectora de un capullo.

Buscó con la mirada un ordenador, un rúter o un teléfono fijo. Nada.

Dentro de un cuenco, vio una llave de coche colgando de un llavero con un caballo plateado en plena carrera.

«¿Un Mustang?», se preguntó, cogiéndola.

De vuelta en la cocina, encontró en un armario *genmaicha*, un té verde japonés mezclado con granos de arroz tostados e inflados. Se preparó una taza. La bebida era original —las notas frescas del té verde contrastaban con el aroma de avellana y cereal del arroz—, pero imbebible. Echó el contenido de la tetera al fregadero y abrió la puerta de cristal de la vinoteca, empotrada junto al frigorífico. Estaba claro que su anfitrión era un amante de los buenos caldos. Además de algunos pinot noir californianos, coleccionaba *grands crus* franceses. Gracias a su padre, Alice tenía buenos conocimientos en enología. Vio un Château-Margaux de 2000, un Cheval-Blanc de 2006, un Montrose de 2005... Iba a abrir el Saint-Estèphe cuando cambió de opinión al ver un borgoña: un La Tâche de 1999 del Domaine de la Romanée-Conti. Una botella carísima de un vino excepcional que no había probado nunca. Arrinconó todos los motivos racionales para no beber el caldo, abrió la botella y se sirvió una gran copa, que observó antes de acercársela a los labios. Bonito color granate y potente en nariz a partir de notas de rosa, bayas rojas y chocolate.

«¡Más que una taza de té, esto es lo que necesito!»

Tomó un sorbo de borgoña, apreciando todos los matices de frutos rojos y especias. El vino le acarició el paladar y le calentó el vientre. Vació la copa y se sirvió otra inmediatamente.

—Si la señora tiene la bondad de subir, su baño está a punto —anunció Gabriel en tono enfático desde el altillo.

—¿Le sirvo una copa?

—¿Qué ha hecho? ¿Ha abierto una botella? —dijo, alarmado, bajando a toda prisa los peldaños de la escalera de caracol.

Miró la botella de Côte-de-Nuits y montó en cólera.

—¡Es usted una inconsciente y una fresca! ¿Sabe cuánto vale este vino?

—Ya está bien, Keyne, guárdese sus lecciones de urbanidad.

—¡Curiosa forma de agradecerle a mi amigo su hospitalidad! —insistió él.

—¡Le digo que ya está bien! ¡Le pagaré su maldito vino!

—¿Con qué? ¿Con su sueldo de policía?

—¡Pues sí! Por cierto, ¿sabe si su colega tiene coche?

—Sí, Kenny tiene un coche antiguo. Creo que lo ganó jugando al póquer.

—¿Sabe dónde está?

—No tengo ni la más remota idea.

Movido por una repentina inspiración, Gabriel atravesó el salón para asomarse a una de las ventanas que daban a un patio cubierto de grava. Una decena de coches estaban aparcados alrededor de un islote central asfaltado. Frunció los ojos para distinguir los diferentes modelos.

—Puede que sea ese —dijo, señalando un Shelby de color blanco con dos franjas azules.

—Bueno, pues vaya a comprobarlo —repuso ella lanzándole las llaves.

—¡Eh, deje de darme órdenes! —se rebeló el músico—. ¡No soy uno de sus subordinados!

—Dese prisa, Keyne, tenemos verdadera necesidad de un coche.

—¡Y usted, hija mía, vaya a darse ese baño, porque tiene verdadera necesidad de relajarse!

Alice levantó la voz:

—¡No vuelva a atreverse a llamarme hi...!

No pudo terminar la frase: Keyne acababa de salir dando un portazo.

Arriba, el cuarto de baño estaba unido a una *master bedroom* organizada con el espíritu de una suite de hotel. Alice se sentó en la cama y abrió el macuto de lona. Sacó el kit de telefonía y retiró el envoltorio de plástico. El conjunto estaba formado por un móvil, un cargador, un manos libres y un manual de instrucciones. Al fondo de la caja, encontró una tarjeta plastificada con el número de serie del aparato.

Conectó el teléfono a la corriente. En la pantalla apareció un icono indicando un crédito de diez minutos. Pulsando el botón de llamada, accedió a un número prerregistrado: el de un buzón de voz que le pidió que introdujera el número de serie de su aparato.

Obedeció. La voz metálica del contestador le pidió a continuación que tecleara el código de la zona en la que pensaba utilizar el teléfono. Recordando lo que le había dicho Gabriel, marcó el 212, el código de Nueva York. Casi instantáneamente, le asignaron un número de teléfono que recibió por SMS. Una vez activado el aparato, terminó de configurarlo introduciendo el número de la tarjeta prepago, lo que le concedió en el acto ciento veinte minutos de comunicación.

Inauguró su crédito llamando a Seymour al móvil, pero le saltó el contestador.

—Llámame a este número en cuanto puedas, Seymour. Necesito ayuda sin falta. Date prisa, por favor.

Alice entró después en el cuarto de baño, separado del dormitorio por un tabique de bloques de vidrio. La habitación estaba decorada en un estilo retro que evocaba los años cincuenta: suelo de damero blanco y negro, bañera de fundición con patas de cobre, lavabo a la antigua usanza, grifería vintage de cerámica y muebles de madera pintada con molduras.

Keyne había mantenido su palabra: bajo una densa nube de espuma, la aguardaba un baño humeante, perfumado con lavanda.

«Qué tipo más raro...»

Alice se desnudó frente a un gran espejo móvil de hierro forjado y se sumergió en el agua. El calor aumentó su flujo sanguíneo y despertó todos los poros de su piel. Sus músculos se relajaron, las dolorosas punzadas en sus articulaciones se atenuaron.

La joven respiraba a pleno pulmón. Tenía la agradable sensación de ser transportada por una ola ardiente y benéfica, y durante unos segundos se abandonó totalmente a la languidez voluptuosa del baño.

Luego contuvo la respiración y metió la cabeza bajo el agua.

El alcohol que pasaba a la sangre y la temperatura del baño la hacían flotar entre la somnolencia y el embotamiento. Pensamientos contradictorios le atravesaban la mente. La pérdida de memoria que sufría la sacaba de quicio. Una vez más, Alice intentó reconstruir la noche anterior. De nuevo el mismo agujero negro que le impedía acceder a sus recuerdos. Al principio, las piezas del puzle encontraban su lugar fácilmente: los bares, los cócteles, las amigas, el aparcamiento de la avenue Franklin-Roosevelt. Después el trayecto hasta el coche. La iluminación artificial verde azulada del sótano. Se siente desfallecer, titubea. Se ve claramente abrir la puerta del pequeño Audi y sentarse al volante... ¡Hay alguien a su lado! Ahora se acuerda. Una cara que emerge de la oscuridad por sorpresa. Un hombre. Intenta distinguir sus facciones, pero desaparecen bajo una bruma nácar.

De pronto, el flujo de recuerdos retrocede más en el tiempo, arrastrado por la corriente de un río que nace en el corazón del dolor.

Recuerdo...

DOS AÑOS ANTES

Recuerdo.
O más bien imagino.
21 de noviembre de 2011.
Un final de tarde lluvioso en la consulta médica de mi marido.
Una llamada telefónica interrumpe la visita que está haciendo:
«¿Doctor Paul Malaury? Le llamo del servicio de cirugía torácica del Hôtel-Dieu. Acaban de traer a su mujer. Se encuentra en estado grave y...».

Dominado por el pánico, Paul coge el abrigo, masculla unas palabras de explicación a su secretaria y sale de la consulta precipitadamente. Monta en su viejo Giulietta, aparcado como todos los días con dos ruedas encima de la acera, delante del edificio de la Empresa Municipal de Vivienda de París. La lluvia ha reducido a papilla la multa que le ponen a diario por aparcar mal. Arranca y da la vuelta a la plaza para tomar la rue Bac.
Ya ha caído la noche. Es un feo día de otoño que te hace detestar París, infierno tumoroso, contaminado, superpoblado, atrapado en el fango y la tristeza. Boulevard Saint-Germain, los coches avanzan al ralentí. Con la manga, Paul quita el vaho que se acumula en el parabrisas del Alfa Romeo. Con la manga, Paul se seca las lágrimas que le corren por las mejillas.
«Alice, el niño... Dime que no es verdad.»

Desde que se enteró de que iba a ser padre, vive en una nube. Se ha proyectado totalmente hacia el futuro: los primeros biberones, los paseos por el jardín de Luxemburgo, los castillos de arena en la playa, el primer día de cole, los campos de fútbol los domingos por la mañana... Una serie de instantáneas que se está esfumando en su mente.

Rechaza los malos pensamientos e intenta conservar la calma, pero la emoción es demasiado fuerte y los sollozos le sacuden el cuerpo. La cólera se mezcla con el dolor. Llora como un niño. Retenido por un semáforo, da un puñetazo de rabia contra el volante. En su cabeza todavía resuenan las palabras del médico interno describiendo una realidad espantosa: «No le oculto que es grave, doctor: una agresión con arma blanca, heridas de cuchillo en el abdomen...».

El semáforo se pone en verde. Sale acelerando y da un brusco volantazo para pasar al carril de los autobuses. Se pregunta cómo ha podido pasar una cosa semejante. ¿Por qué han encontrado apuñalada a su esposa, con la que ha comido a mediodía en un pequeño bar de la rue Guisarde, en un sórdido piso de la zona oeste de París, cuando se suponía que iba a pasar la tarde con una comadrona para preparar el parto?

Unas imágenes desfilan de nuevo por su cabeza: Alice anegada en sangre, el equipo del Samu que acude urgentemente, el médico de la ambulancia haciendo la primera valoración: «Paciente inestable, presión sistólica a 9, pulso muy débil de cien por minuto, conjuntivas decoloradas. Vamos a intubarla y a poner las vías venosas».

Paul hace luces, adelanta a dos taxis y se dispone a girar a la izquierda. Pero resulta que la policía ha cortado el tráfico en el boulevard Saint-Michel porque hay una manifestación. Aprieta las mandíbulas con todas sus fuerzas.

«¡Joder, no me lo puedo creer!»

Baja la ventanilla para hablar con los agentes, intenta que lo dejen pasar, pero topa con su inflexibilidad y, nervioso, se marcha insultándolos.

El bocinazo furioso de un autobús lo sorprende al entrar de nuevo en el boulevard Saint-Germain sin poner el intermitente.

Tiene que calmarse. Concentrar toda su energía para salvar a su mujer. Y encontrar un médico capaz de hacer milagros. Se pregunta si conoce a algún colega en el Hôtel-Dieu.

«¿Pralavorio, quizá? No, trabaja en Bichat. ¿Jourdin? Está en Cochin, pero tiene una agenda interminable. A él es a quien tengo que llamar.»

Busca el teléfono en el abrigo, que está en el asiento de al lado, pero no hay manera de encontrarlo.

El viejo Alfa circula deprisa por el estrecho corredor de la rue Bernardins y toma el puente del Archevêché, la «pasarela de los enamorados», cuyas barandillas enrejadas están cubiertas de miles de candados que brillan en la noche.

Paul frunce los ojos, enciende la luz del techo y acaba viendo el móvil, que se ha caído al suelo. Mantiene una mano en el volante, se agacha para cogerlo. Cuando se incorpora, un faro lo deslumbra y ve, estupefacto, que una moto se dirige hacia él por ese puente que es de sentido único. Demasiado tarde para frenar. Paul da un brusco volantazo para evitar la colisión. El Alfa Romeo se desvía hacia la derecha, patina sobre la acera, sale disparado y choca de frente con una farola antes de atravesar el enrejado metálico del puente.

Paul ya está muerto cuando el coche cae al Sena.

Recuerdo
Que ese mismo día,
El 21 de noviembre de 2011,
Por orgullo, por vanidad, por ceguera,
Maté a mi hijo.
Y maté a mi marido.

12

FREE JAZZ

La vida es un estado de guerra.

SÉNECA

Amortiguado por el agua de la bañera, el timbre del teléfono tardó algún tiempo en llegar al cerebro de Alice. La joven interrumpió la apnea dando un respingo. Se envolvió con una toalla mientras cogía el móvil.

—Schäfer —dijo, después de descolgar.

—¿Alice? Soy yo.

—¡Seymour! ¡Por fin!

—¿Estás bien?

—Más o menos, pero necesito que me des información para avanzar. ¿Has encontrado algo?

—He recibido la huella. Buen trabajo. Creo que el resultado es aprovechable. He puesto inmediatamente a Savignon con ello y está comparándola con las del FAED. Tendremos los resultados dentro de media hora.

—Ok. ¿Tienes algo más? ¿Qué hay de las cámaras de vigilancia del aparcamiento?

—Me he acercado a Franklin-Roosevelt y me han pasado las cintas, pero no se ve gran cosa. Tu coche entra en el aparcamiento a las 20.12 y sale a las 0.17.

—¿Se me ve en las imágenes?

—No, la verdad es que no se te distingue...

«¡Mierda!»

—¿Estaba sola en el momento de salir? ¿Era yo quien conducía?

—No está claro. La cámara grabó tu matrícula, pero el interior del coche está sumido en la penumbra.

—¡Hostia, no puede ser! ¿Has intentado mejorar las imágenes?

— Sí, pero no se ve nada. Tienen un equipo pésimo. Y prefiero decírtelo ya: no he conseguido nada de los aeropuertos. Sin flagrante delito o comisión rogatoria, es imposible acceder a sus bases de datos o sus imágenes. Sería mucho más sencillo si informáramos a Taillandier...

—Eso sí que no. ¿Has hablado con mis amigas?

—Sí, con las tres. Habías empinado el codo a base de bien, Alice. Estaban preocupadas por ti. Malika y Karine te propusieron acompañarte, pero tú no atendías a razones...

—Dime que tienes algo más, Seymour...

—Sí, te he guardado lo mejor para el final. ¿Estás sola?

—Sí. ¿Por qué?

—Es sobre tu compañero, Gabriel Keyne... Castelli ha indagado sobre él y no existe en ninguna parte el menor rastro de un pianista de jazz que se llame así.

—No dije que fuera Ray Charles o Michel Legrand. Si tiene un público minoritario, es normal que...

—Alice, tú conoces a Castelli. Es el mejor documentalista de la Brigada Criminal. Si hubiera algo, lo habría encontrado, lo sabes perfectamente. No hay nada de él. ¡Nada de nada! Existen decenas de Gabriel Keyne, pero ningún músico con ese nombre, ni en internet, ni en los círculos de los músicos de jazz aficionados. Y agárrate, porque eso no es lo más interesante...

Seymour dejó la frase en suspenso, como para potenciar sus efectos.

«¡Suéltalo ya, joder!»

—Me dijiste que asegura haber actuado anoche en el Brown Sugar Club de Dublín, ¿verdad? —preguntó.

—Eso es lo que me ha dicho él.

—Pues es falso. Castelli ha llamado al propietario del local: anoche hubo sesión de salsa, mambo y chachachá en el Sugar Club. Los únicos que subieron al escenario son los miembros de una gran orquesta de música cubana, que llegaron por la mañana de La Habana.

Alice, estupefacta, no aceptó de buen grado la información. Se sorprendió buscando mentalmente explicaciones para defender a Gabriel: quizá actuaba con un nombre artístico, quizá pertenecía a un grupo, quizá...

—No sé quién es ese tipo —prosiguió Seymour—. Voy a seguir indagando, pero, mientras descubrimos cuál es su verdadera identidad, desconfía de él.

Alice colgó y se quedó inmóvil unos segundos. No, sus hipótesis no se sostenían. Se había dejado enredar como una principiante. No había desconfiado lo suficiente y Keyne le había mentido desde el principio.

«Pero ¿por qué razón?»

Se vistió a toda pastilla y guardó sus cosas en el bolso. Sentía cómo el miedo se adueñaba de ella. Con el corazón palpitante, bajó la escalera empuñando el arma.

—¿Keyne? —gritó, ya en el salón.

Pegada a la pared, avanzó con sigilo hasta la cocina apretando la culata con la mano. Nada, el loft estaba vacío.

Bien visible sobre la mesa, junto a la botella de vino, encontró una nota escrita en el reverso de un sobre:

Alice:
He encontrado el coche, pero el depósito estaba casi vacío. Me voy a poner gasolina.
La espero en el *shisha bar* que está en la acera de enfrente.
P.D.: Espero que le gusten los pastelillos orientales.

GABRIEL

13

SHISHA BAR

En realidad, hay dos clases de vida [...]: la que la gente cree que llevas y la otra. Y es la otra la que plantea
problemas y la que deseamos ardientemente ver.

JAMES SALTER

Alice bajó a la calle. Había vuelto a enfundar el arma y llevaba el
bolso en bandolera. El viento fresco transportaba efluvios de especias, albaricoque y azúcar glas. Vio el Shelby aparcado delante
del *shisha bar*: carrocería de color crema, cromados relucientes,
franjas azules deportivas, líneas agresivas. Un tigre dormido
preparado para rugir.

La chica, en guardia, cruzó la calle y empujó la puerta del
Nefertiti.

El local era una suculenta mezcla de influencias árabes y oc-
cidentales que explotaba una decoración ecléctica: había mesas
bajas, grandes sillones y cojines bordados en dorado, pero también una estantería rebosante de libros, un piano desvencijado,
una vieja barra de cinc y roble con pátina, un juego de dardos
procedente de un pub inglés...

El ambiente era cordial. El propio de las primeras horas de
una tarde de otoño tranquila y soleada. Estudiantes con look
hipster, agazapados detrás de la pantalla de su ordenador portátil, convivían en buena armonía con los viejos egipcios y magre-

bíes del barrio, que arreglaban el mundo fumando en sus pipas de agua. Los olores dulzones que emanaban del humo de los narguiles se mezclaban con los del té con menta, contribuyendo a crear una burbuja olfativa agradable y envolvente.

Sentado a una mesa, Gabriel se había puesto a jugar una partida de ajedrez con un *geek* melenudo que llevaba un increíble jersey de cuello vuelto de elastano amarillo fosforescente y un anorak sin mangas morado.

—Keyne, tenemos que hablar.

El joven ajedrecista levantó la cabeza y se quejó con voz meliflua:

—Señora, ¿no ve que estamos en plena...?

—¡Tú, *fluokid*, lárgate! —ordenó, haciendo saltar por los aires las piezas del juego de ajedrez.

Antes de que el estudiante pudiera reaccionar, lo agarró del anorak y lo levantó de la silla. El chaval se asustó. Se apresuró a recoger las piezas desperdigadas por el suelo y se alejó sin rechistar.

—Al parecer, el baño no la ha calmado —lamentó Gabriel—. Puede que un delicioso pastellillo oriental surta más efecto. Creo que hacen unos con miel y frutos secos que están exquisitos. A no ser que prefiera arroz con leche o una taza de té.

Ella se sentó tranquilamente frente al pianista, totalmente decidida a enfrentarlo a sus contradicciones.

—¿Sabe lo que me gustaría de verdad, Keyne?

Él se encogió de hombros sonriendo.

—La escucho. Si está en mi mano...

—Pues ya que lo dice, hay una cosa que sí está en su mano. ¿Ve el piano aquel de allí, junto a la barra? —Gabriel se volvió y una sombra de inquietud pasó por su rostro—. Me encantaría que me tocara algo —prosiguió Alice—. ¡Al fin y al cabo, no todos los días tengo la suerte de tomar el té con un pianista de jazz!

—No creo que sea una buena idea. Molestaría a los clientes y...

—Vamos, no diga tonterías; al contrario, estarán encantados. A todo el mundo le gusta escuchar música mientras fuma en narguile.

Gabriel se escabulló de nuevo.

—Seguramente no está afinado.

—No pasa nada. Vamos, Keyne, tóqueme unos standards: *Autumn Leaves*, *Blue Monk*, *April in Paris*... ¡O mejor aún: *Alice in Wonderland*! Especialmente dedicada a mí. ¡No puede negarme eso!

Él, incómodo, se revolvió en la silla.

—Mire, creo que...

—¡Lo que yo creo es que es usted tan pianista de jazz como yo hermanita de la caridad!

Gabriel se restregó los párpados y dejó escapar un largo suspiro de resignación. Como si pareciera aliviado, renunció a negarlo.

—De acuerdo, le he mentido —admitió—, pero solo en ese punto concreto.

—¿Y se supone que tengo que creerlo, Keyne? Aunque quizá Keyne no sea su verdadero apellido.

—¡Todo lo demás es verdad, Alice! Me llamo Gabriel Keyne, anoche estaba en Dublín y esta mañana me he despertado esposado a usted sin comprender cómo había llegado hasta aquí.

—Pero ¿a santo de qué me ha contado semejante trola?

Gabriel suspiró de nuevo, consciente de que los minutos que iban a seguir no serían fáciles.

—Porque soy lo mismo que usted, Alice.

Ella frunció el entrecejo.

—¿Lo mismo que yo?

—Yo también soy policía.

Un silencio espeso se instaló entre ellos.

—¿Que usted es qué? —preguntó Alice al cabo de varios segundos.

—Agente especial del FBI en la oficina regional de Boston.

—¡¿Me está tomando el pelo?! —explotó ella.

—En absoluto. Y anoche estaba en Dublín, en ese club de Temple Bar situado enfrente de mi hotel. Había ido a tomar unas copas para relajarme después de la jornada de trabajo.

—¿Y qué se le había perdido en Irlanda?

—Había ido a ver a uno de mis colegas de la Garda Síochána.*

—¿En qué marco?

—El de una cooperación internacional sobre una investigación.

—¿Una investigación sobre qué?

Gabriel tomó un sorbo de té, como para ralentizar el flujo de preguntas y darse tiempo.

—Sobre una serie de crímenes —soltó por fin.

—¿Sobre un asesino en serie? —insistió Alice para acorralarlo.

—Es posible —reconoció él, volviendo la cabeza.

El teléfono de la joven vibró dentro del bolsillo de la guerrera. Ella miró la pantalla, en la que aparecía el número de Seymour. Titubeó. Furiosa por las revelaciones de Keyne, no quería arriesgarse a interrumpir sus confidencias.

—Debería contestar —le aconsejó Gabriel.

—¿Y a usted qué más le da?

—Es su amigo poli, ¿no? ¿No tiene curiosidad por saber a quién pertenecen las huellas tomadas de la jeringuilla?

Ella le hizo caso.

—Diga...

—Alice, soy yo —respondió Seymour con voz preocupada.

—¿Has pasado la huella por el FAEG?

—¿Dónde la has encontrado, Alice?

—En una jeringuilla. Luego te lo cuento. ¿Ha coincidido con alguna o no?

—Sí, tenemos un resultado, y estamos jodidos.

—¿Por qué?

* Fuerzas de policía de la República de Irlanda.

—Lo que el fichero nos indica es que la huella pertenece a...

—¿Pertenece a quién, joder?

—A Erik Vaughn —respondió con voz sobrecogida.

—Erik Vaughn...

La información pilló a Alice desprevenida, como un puñetazo por sorpresa en plena cara.

—Sí, el hombre que intentó matarte y...

—¡Ya sé quién es Erik Vaughn, hostia! —Cerró los ojos y sintió que se tambaleaba, pero una fuerza imprevista le impidió derrumbarse—. Es imposible, Seymour —dijo con voz serena.

Un suspiro al otro lado de la línea.

—Sé que resulta difícil creerlo, pero hemos comprobado diez veces los resultados. Hay más de treinta puntos de coincidencia. Esta vez no tengo más remedio que informar a Taillandier.

—Dame unas horas más, por favor.

—Imposible, Alice. A partir de este momento, todo lo relacionado con Vaughn nos hace pisar terreno minado. Ya nos metiste en la mierda una vez con este caso.

—Es un detalle muy delicado por tu parte recordármelo.

Miró el viejo reloj de propaganda de Pepsi-Cola colgado detrás de la barra.

«La una y cuarto, hora de Nueva York.»

—Son las siete y cuarto de la tarde en París, ¿no? Dame hasta las doce de la noche.

Silencio.

—¡Por favor!

—No es razonable...

—Y sigue estudiando la huella. Estoy segura de que no es de Vaughn.

Otro suspiro.

—Y yo estoy seguro de que Vaughn está en Nueva York, Alice, de que te busca y de que ha decidido matarte.

14

TWO PEOPLE

Los monstruos existen de verdad, los fantasmas también... Viven en nosotros, y a veces ganan...

Stephen King

Unas finas partículas multicolores danzaban en la luz.

Las contraventanas de madera entreabiertas filtraban los rayos del sol. El bar ronroneaba. Potentes aromas de naranja, dátil y avellana flotaban en la gran sala, donde una clientela escasa fumaba indolentemente en narguile o comía cuernos de gacela.

Alice y Gabriel estaban la una frente al otro en silencio. Un chico se acercó a su mesa para volver a servirles té con menta. Un servicio al estilo marroquí, levantando la tetera con aplicación muy por encima de los vasos para hacer que se formara en la superficie una capa de espuma.

Con los codos apoyados en la mesa, Gabriel cruzó las manos bajo la barbilla. Su semblante se había endurecido. Había llegado la hora de las explicaciones.

—La huella de la jeringuilla pertenece a Erik Vaughn, ¿verdad?

—¿Cómo es que conoce su nombre?

—Es a él al que perseguía en Irlanda.

Alice clavó los ojos en los suyos y no apartó la mirada.

—¿Por qué en Irlanda?

—Es una larga historia. Hace diez días, la oficina del FBI de

Boston fue alertada por la policía del estado de Maine sobre un asesinato atípico cometido en el condado de Cumberland. Fue a mí a quien enviaron al escenario del crimen con mi compañero, el agente especial Thomas Krieg.

—¿Quién era la víctima? —preguntó la policía.

—Elizabeth Hardy, treinta y un años, una enfermera que trabajaba en el Sebago Cottage Hospital. La habían encontrado asesinada en su casa, estrangulada...

—... con una media de nailon —adivinó Alice.

Keyne confirmó con un movimiento de cabeza.

A Alice se le aceleró el corazón, pero la joven trató de canalizar su emoción. Puede que fuera la misma firma que la de Vaughn, pero un mismo *modus operandi* no significaba forzosamente un mismo criminal.

—Después del asesinato —continuó Keyne—, consultamos sin éxito las bases de datos del Vicap.* No debería decírselo, pero nuestros hackers tienen también la posibilidad de introducirse en las bases de datos de las policías europeas: el Viclas alemán, el Salvac francés...

—Supongo que es una broma.

—No se haga la ofendida, así es la vida —se escabulló—. Resumiendo, de esa forma encontré la serie de asesinatos y agresiones cometidos por Erik Vaughn en París entre noviembre de 2010 y noviembre de 2011.

—¿Y estableció la relación?

—Pedí una cita para hablar del asunto con su jefa, la directora de la Brigada Criminal.

—¿Mathilde Taillandier?

—Tenía que verla la semana que viene en París, pero antes fui a Irlanda. La consulta de las bases de datos internacionales me había indicado otro asesinato cometido ocho meses antes en Dublín.

* Programa de Aprehensión de Criminales Violentos creado por el FBI. (*N. de la T.*)

—¿Con el mismo tipo de víctima y la misma firma?

—Mary McCarthy, veinticuatro años, una estudiante de tercer ciclo en el Trinity College. La encontraron estrangulada en su habitación de la residencia universitaria con unos pantis.

—¿Y cree que se trata de Vaughn?

—Es evidente, ¿no?

—No.

—Se perdió el rastro de Vaughn en París cuando la agredió a usted. Desde entonces es un fantasma. La policía francesa no ha avanzado ni un ápice en la investigación.

—¿Y qué?

—Voy a decirle lo que pienso. Vaughn es un asesino camaleónico, capaz de cambiar de identidad cuando se siente amenazado. Creo que se marchó de París hace mucho, que hizo un alto en Irlanda y que ahora se encuentra en Estados Unidos.

—Todo porque tiene dos asesinatos pendientes de resolver con unos *modus operandi* en principio similares.

—Absolutamente similares —la corrigió Keyne.

—Pero, ¡hombre, Vaughn no es el primer asesino que estrangula a sus víctimas con una media de nailon!

—No se haga la tonta, Schäfer: Vaughn ha matado a todas esas mujeres con las medias de la víctima anterior. En eso es en lo que consiste la especificidad de su firma. ¡Lo sabe perfectamente!

—¿Y con qué fue estrangulada su víctima de Boston?

—Con unos pantis de color rosa y blanco. ¡Exactamente iguales que los que llevaba la estudiante irlandesa el día de su muerte!

—Se embala usted demasiado rápido. Su asesino de Irlanda o de Estados Unidos es un simple imitador. Un cómplice, un hombre de paja, una especie de admirador que reproduce sus crímenes minuciosamente.

—Un *copycat*, ¿no? Los vemos todas las noches en las series de la tele, pero, en quince años de oficio, nunca me he encontrado con ninguno. Eso no existe en la vida real.

—¡Por supuesto que sí! El Zodiac neoyorquino, el caso Hance...

Él levantó la mano para interrumpirla.

—Casos de hace treinta años que encuentras en manuales de criminología...

Alice no daba su brazo a torcer.

—Yo pensaba que el FBI era un poco más riguroso. ¿Caen siempre sin rebelarse en las trampas que les tienden?

Gabriel se impacientó.

—Mire, Alice, quería ahorrarle esto, pero, si desea una prueba irrefutable, tengo una a su disposición.

—¿Ah, sí?

—¿Sabe qué tipo de medias llevaba la joven irlandesa?

—Dígamelo usted.

—Unos pantis de embarazada, de encaje con motivos en espiral azul verdoso. Los que usted llevaba hace dos años cuando Vaughn estuvo a punto de matarla.

Un silencio. Aquella revelación la dejó helada. La policía no había comunicado ese detalle a la prensa. ¿Cómo habría podido enterarse un imitador de la marca y el modelo de sus pantis?

Se masajeó las sienes.

—Vale, de acuerdo, admitamos que es él. ¿Cuál es su tesis?

—Creo que Vaughn nos ha reunido para desafiarnos. Y el hallazgo de una huella suya me reafirma en ese análisis. Por un lado, usted: la policía francesa que mejor lo conoce por haberlo perseguido encarnizadamente; usted, a cuyo hijo mató antes de nacer; usted, con su ira y su odio hacia él. Por el otro, yo: el agente del FBI encargado de la investigación y que ha encontrado su rastro en Estados Unidos. Dos policías contra él. Dos agentes decididos a atraparlo, pero con sus debilidades y sus demonios, que pasan de repente de la posición de cazador a la de presa.

Alice consideró esa posibilidad con una mezcla de horror y excitación. Aquella perspectiva tenía algo de terrorífico.

—Esté Vaughn o no detrás de esos asesinatos, forzosamente ha de tener un discípulo o un hombre de paja —afirmó—. Anoche usted estaba en Dublín y yo en París. De una forma u otra, hubo que meternos en un avión, y ese tipo no tiene el don de la ubicuidad.

—Se lo concedo.

Alice se sujetó la cabeza entre las manos. El asunto estaba dando un giro insospechado que, desde hacía unas horas, reavivaba traumas y dolores que llevaba años soportando.

—Hay una cosa que no entiendo, Keyne: ¿por qué ha esperado todo este tiempo para revelarme su identidad?

—Porque mi deber era averiguar algo más acerca de usted, acerca de su implicación y sus motivaciones. Sobre todo, tenía mucho empeño en reunir suficiente información para evitar que el FBI me retirara del caso. Y además, entre nosotros, odio por encima de todo que me humillen, y debo reconocer que he caído como un pardillo...

—Pero ¿por qué se ha inventado ese personaje de música de jazz?

—Se me ha ocurrido sin pensar, sobre la marcha. Siempre me ha gustado el jazz y Kenny, mi mejor amigo, es saxofonista.

—¿Qué propone hacer ahora?

—Antes de nada, pasar por el laboratorio de hematología medicoforense del Upper East Side para dejar la muestra de sangre presente en su blusa. El FBI trabaja a menudo con esa estructura. Cuesta un ojo de la cara, pero esa gente dispone de un material y unos equipos excelentes. Podremos tener un perfil genético dentro de dos horas.

—Buena idea. ¿Y luego?

—Vamos a Boston en coche, nos ponemos de acuerdo, vamos a ver al FBI y les contamos todo lo que sabemos mientras rezamos para que no me aparten del caso.

Alice miró a Gabriel y se dio cuenta de que su fisonomía había cambiado desde que había dejado de fingir. El lado jovial del músico de jazz había dejado paso a la gravedad del policía. Una mirada más sombría, facciones más duras, un semblante paralizado por la inquietud. Era como si volvieran a conocerse de nuevo.

—Voy con usted —dijo—, pero con una condición: una vez en Boston, quiero participar en la investigación.

—Eso no está dentro de mis competencias, lo sabe muy bien.

—Oficial u oficiosamente, formamos un equipo: usted me da la información que tiene y yo le doy la que tengo. Si no, nuestros caminos se separan aquí y adiós al trozo de blusa. O lo toma o lo deja.

Gabriel sacó un cigarrillo del paquete empezado que había cogido del Honda. Lo encendió y dio unas caladas nerviosas mientras se daba tiempo para pensar.

Alice lo miraba con el rabillo del ojo. Ahora lo reconocía por fin como uno de los suyos: un policía monomaníaco, dispuesto a todo para conservar un caso. Un policía que debía de pasarse buena parte de las noches metiéndose en la cabeza de los criminales para entender sus motivaciones. Un policía para el que detener a los asesinos tenía algo de sagrado.

Gabriel sacó las llaves del Shelby y las dejó sobre la mesa.

—De acuerdo, vamos —aceptó, aplastando el cigarrillo en un cuenco.

15

PARA BELLUM

Si vis pacem, para bellum.
[Si quieres la paz, prepara la guerra.]

VEGECIO

Un cubo de Rubik de veinte metros de alto colocado en el lado este de la Quinta Avenida.

Flanqueado por los edificios del hospital Monte Sinaí y del museo de la ciudad de Nueva York, el laboratorio de hematología medicoforense ocupaba la última planta de un edificio ultramoderno cuya fachada cristalina —constituida de paneles de vidrio cuadrados multicolores— recordaba el famoso rompecabezas geométrico gigante.

Gabriel y Alice habían tardado menos de un cuarto de hora en llegar a la frontera del Upper East Side con el Spanish Harlem. Por suerte, era la hora de comer y había mucho sitio para aparcar. Dejaron el Shelby en una de las calles que bordeaban el inmenso recinto que albergaba el hospital y el campus de la escuela de medicina.

—Usted me espera en el coche, ¿vale?

—No lo dirá en serio... Ni hablar, voy con usted.

—De acuerdo —dijo Gabriel, suspirando—. Pero me deja hablar a mí. Soy yo quien dirige la investigación, ¿entendido?

—Entendido, jefe —se burló ella, y abrió la puerta.

Él salió también.

—Y nada de perder el tiempo, ¿eh? —dijo, mirando la hora en el reloj de un parquímetro.

Alice asintió con la cabeza en silencio y entró con él en el vestíbulo y luego en el ascensor. En aquel momento del día, la planta del laboratorio estaba casi vacía. Detrás del mostrador de recepción, una empleada estaba terminando de comerse una ensalada en un recipiente de plástico.

Gabriel se presentó y dijo que quería ver a Éliane Pelletier, la directora adjunta del laboratorio.

—¿Es francesa? —preguntó Alice, sorprendida, mientras hacía un ademán de desagrado ante la consonancia del nombre.

—No, de Quebec. Y le advierto que es un poco especial —dijo su compañero, al tiempo que arqueaba una ceja.

—¿Especial en qué?

—Le reservo la sorpresa.

Éliane Pelletier apareció de inmediato al final del pasillo.

—¡Gaby, qué alegría! ¿Has venido a presentarme a tu novia? —gritó desde lejos.

Era una mujer baja y robusta, con el pelo corto y gris. Llevaba unas gafas cuadradas y una bata blanca abierta encima de un amplio blusón negro. Su rostro, redondo y gracioso, recordaba el de una muñeca rusa.

—Me alegro de que estés por fin colocado —siguió pinchándolo mientras le daba un abrazo.

Él se guardó mucho de entrar en su juego.

—Éliane, te presento a la capitán Schäfer, de la Brigada Criminal de París.

—Mucho gusto —dijo ella, estrechándole la mano a Alice—. ¡Malditos franceses, como dicen en mi país!

Entraron los tres en su despacho.

—Tenemos poco tiempo, Éliane. ¿Puedes hacer un análisis de ADN a partir de esta muestra de sangre? Nuestros laboratorios están sobrecargados.

Alice sacó del macuto el trozo de tela de su blusa y se lo tendió a la quebequesa.

—Pongo a uno de mis analistas a trabajar ya mismo —aseguró, cogiendo la bolsa con la muestra—. ¿Qué buscas exactamente?

—Una huella dactilar aprovechable. ¿Puedes hacerlo deprisa?

—En seis horas, ¿te va bien? —propuso Éliane mientras se recolocaba las gafas.

—¿Estás de broma?

—Puedo utilizar minisondas y reducir el tiempo de extracción del ADN y su ampliación, pero te costará más caro...

—Hazlo lo más rápido que puedas. Cuando tengas los resultados, envíaselos a Thomas Krieg con la factura. Me gustaría llamarlo para informarle. ¿Puedo utilizar tu teléfono?

—Como si estuvieras en tu casa, Gaby. Yo me pongo a trabajar ahora mismo.

Éliane se fue y los dejó solos en el despacho.

—¿Cuál es el número de su móvil? Si no le importa, me gustaría dárselo a Thomas para que pueda localizarnos fácilmente.

Alice asintió y se lo escribió en un papelito adhesivo que estaba encima de la mesa.

Mientras Gabriel llamaba a su compañero, ella salió al pasillo. Activó el teléfono y marcó el número de su padre, pero le saltó el mensaje lapidario de su buzón de voz:

«Alain Schäfer. No estoy disponible ahora. Deje un mensaje después de la señal», pedía una voz hosca y áspera.

—Papá, soy Alice. Llámame en cuanto puedas. Es urgente. Muy urgente.

Colgó. Se quedó pensando unos segundos y se decidió a llamar de nuevo a Seymour.

—Soy yo otra vez.

—Uf, estaba preocupado. ¿Has hablado con Keyne?

—Sí, dice que es agente especial del FBI, de la oficina de Boston.

—¡No fastidies! ¡Ese tipo te está enredando, Alice!

—Puedes intentar comprobarlo, pero yo creo que esta vez dice la verdad. Está investigando un asesinato que presenta semejanzas con los de Erik Vaughn.

—Llamaré a Sharman, el tipo de Washington al que ayudamos con el caso Petreus.

—Gracias, Seymour. ¿Estás aún en la oficina? Tengo que pedirte que hagas otra cosa.

El policía parisino no pudo reprimir un suspiro.

—¡Alice, estoy con este asunto desde esta mañana!

—Quisiera que cogieses el coche y...

—¿Ahora? Imposible. ¡Tengo curro hasta las once de la noche!

Ella hizo caso omiso de sus protestas.

—Toma la autopista del Este hasta Metz y continúa hasta Sarreguemines.

—¡Alice, eso son trescientos cincuenta kilómetros como mínimo!

Ella siguió sin hacerle caso.

—Hay una antigua azucarera cerrada entre Sarreguemines y Sarrebourg. No sé exactamente dónde está, pero pídele a Castelli que la localice; no debe de haber muchas en la región.

—¡Te he dicho que no, Alice!

—Llévate una linterna, unas tenazas grandes y unos tubos luminosos. Llámame cuando estés allí. Me gustaría que comprobaras una cosa.

—¡Son ocho horas entre ida y vuelta!

—No te lo pediría si no fuera importante. ¡Hazlo en nombre de nuestra amistad! —le suplicó—. ¡Eres el único en quien puedo confiar, joder!

En el otro extremo de la línea, Seymour percibió el desamparo de su amiga y se rindió.

—Dime al menos lo que se supone que tengo que encontrar —dijo, suspirando.

—Un cadáver, espero.

La carretera.
La velocidad.
El paisaje que desfila.

El rugido bronco del motor V8.

En la radio, la voz eterna de Otis Redding.

Un enorme cuentarrevoluciones empotrado en el centro del antiguo salpicadero.

Y los reflejos ámbar y miel de los cabellos de Alice.

Habían salido de Manhattan a las dos de la tarde y, durante dos horas, atravesado parte de Connecticut: primero por la Interestatal 95, que se extendía junto a la costa, y luego por la 91, que subía hacia el norte. La circulación era fluida y el sol bañaba la autopista, tan pronto bordeada de abetos como de ginkgos, olmos y robles blancos.

Con la cabeza en otra parte, casi no habían hablado en todo el trayecto, perdidos cada uno en sus pensamientos. Rumiando cada uno sus propias inquietudes.

El Shelby GT corría como una flecha. Gabriel, al volante del bólido, se imaginó por un breve instante que estaba en la piel de un chico de los sesenta, el cual, orgulloso de su Mustang, llevaba a su *girlfriend* a ver la última de Steve McQueen mientras escuchaba las canciones de Roy Orbison o de los Everly Brothers, a la vez que temía el siguiente reclutamiento, que quizá lo enviaría a Vietnam.

Volvió la cabeza hacia Alice. Esta, mostrando una expresión dura e impenetrable, estaba sumida en sus reflexiones con la mano cerrada en torno al teléfono, en espera de una llamada. Con su tez clara, sus pómulos altos, la guerrera puesta y el pelo peinado hacia atrás, presentaba una belleza salvaje, casi marcial. Era evidente: Alice Schäfer estaba en pie de guerra. Pero, detrás de la dureza de sus facciones, se intuía de forma intermitente el esbozo de otra mujer, más serena y apacible.

Gabriel se preguntó cómo sería antes. Antes del drama. ¿Risueña, tranquila, feliz? ¿Habría podido él enamorarse de una mujer así, si la hubiera visto en las calles de París? ¿La habría abordado? ¿Lo habría mirado ella? Se representó mentalmente la escena, complaciéndose en alargar aquella divagación.

En la radio, The Clash, U2 y Eminem sustituyeron a Otis

Redding. El encanto se rompió. Adiós a los años sesenta y las digresiones románticas. Regreso a la realidad.

Pestañeó y bajó la visera para protegerse de la luz del sol.

Otra mirada al retrovisor para captar la mirada de Alice mientras se recogía el moño medio deshecho.

—Lo que hay que mirar es la carretera, Keyne.

—Me gustaría que me explicara una cosa...

Dejó la frase en suspenso. Ella sostuvo su mirada en el espejo.

—¿Cómo puede estar segura de que las huellas de la jeringuilla no son las de Vaughn?

Ella, irritada, se encogió de hombros.

—Es una suposición, ya se lo he dicho, no una certeza.

—No me tome por idiota. Usted no ha creído ni por un segundo que Erik Vaughn esté en Estados Unidos, aunque todos nuestros indicios lo acusan. Tengo miles de horas de interrogatorio a mis espaldas. Sé cuándo alguien me miente, y eso es lo que usted está haciendo en este momento.

—Nada le permite... —empezó a defenderse Alice sin mucha energía.

—¡Le advierto que yo soy el único policía autorizado para investigar sobre este caso! —la interrumpió él subiendo el tono—. He sido legal con usted, le he dado toda la información que tengo cuando nada me obligaba a hacerlo.

Ella suspiró.

—Me ha pedido que formemos un equipo y que abogue en su favor ante mis superiores para que la dejen colaborar en la investigación —continuó Gabriel—. Muy bien, acepto, aun a riesgo de jugarme la credibilidad. Pero si somos compañeros, nos lo decimos todo, ¿de acuerdo?

Ella asintió. Era el tipo de discurso que le gustaba.

—Entonces vuelvo a hacerle la pregunta, Alice: ¿cómo puede estar segura de que las huellas de la jeringuilla no son las de Vaughn?

Ella se masajeó las sienes y respiró hondo antes de decir:

—Porque Vaughn está muerto, Keyne. Vaughn está muerto desde hace tiempo.

Recuerdo...

MENOS DE DOS AÑOS ANTES

Recuerdo.
5 de diciembre de 2011.
La claridad mortecina de una habitación de hospital.
Un sol invernal que empieza a ponerse y penetra con dificultad a través de los estores.
El olor repugnante de los antisépticos y de las bandejas de comida.
Las ganas de morir.

Han transcurrido tres semanas desde la agresión de Erik Vaughn y la muerte de Paul. Estoy postrada en la cama, con la mirada fija, perdida en el vacío. Llevo incrustado en el antebrazo un catéter por donde me suministran antibióticos. Pese a los analgésicos, el menor movimiento me acuchilla la parte baja del vientre. Pese a los ansiolíticos y los antidepresivos, el menor pensamiento me desgarra el corazón.

Cuando el Samu me llevó al hospital, ya había perdido mucha sangre. Me hicieron una ecografía abdominal para confirmar la muerte del niño y hacer un balance de las lesiones. Las puñaladas habían perforado la pared del útero, seccionado una arteria, provocado lesiones digestivas y alcanzado el intestino delgado.

Jamás habría necesitado más a Paul a mi lado que en aquel momento. Era una necesidad vital de sentir su presencia, de llorar toda nuestra pena juntos, fundidos el uno con el otro, y de pedirle perdón, perdón, perdón...

Me informaron de su muerte justo antes de llevarme al quirófano. Justo antes de que me abrieran el abdomen para sacar a mi hijo asesinado. Los últimos lazos que me unían a la vida se rompieron entonces. Grité de rabia y de dolor mientras les pegaba a los médicos que intentaban calmarme, antes de perder el sentido bajo los efectos de la anestesia.

Más tarde, después de la operación, un doctor me dijo, el muy capullo, que en cierto modo había tenido «suerte». Al estar en la fase final del embarazo, el feto ocupaba tanto espacio en mi vientre que empujaba los órganos hacia atrás. Así que mi hijo había recibido en mi lugar los golpes que deberían haberme resultado fatales.

Mi hijo me ha salvado la vida. Y esa idea me resulta insoportable.

Me han suturado todas las heridas internas y quitado un trozo de intestino. Incluso me han dicho que habían conseguido preservar el útero para un posible embarazo futuro.

Como si, después de esto, pudiera haber un día otro amor, otro embarazo, otro niño.

Mi madre ha cogido el tren para venir a verme, pero solo se ha quedado veinte minutos. Mi hermano me ha dejado un mensaje en el contestador. Mi hermana se ha limitado a mandarme un SMS. Afortunadamente, Seymour pasa dos veces al día y hace lo que puede para consolarme. Los chicos del 36 del Quai des Orfèvres también vienen, pero en sus silencios adivino su decepción, su enfado: no solo me he adelantado a ellos, sino que he hecho fracasar una de las investigaciones más importantes que el servicio haya tenido que resolver en los últimos años.

Desde el fondo de mi cama, sorprendo esas miradas que no

engañan y en las que se traslucen la amargura y el reproche. Sé de sobra lo que todo el mundo piensa: que por mi culpa Erik Vaughn sigue en libertad.

Y que, por horrible que sea lo que me ha pasado, en el fondo no puedo sino culparme a mí misma.

Floto entre los vapores medicamentosos de las pastillas que me hace tragar el personal hospitalario. Anestesiarme el cerebro, insensibilizarme el corazón es el único medio que han encontrado para impedir que me corte las venas o salte por la ventana.

Pese a tener la mente embotada, oigo el chirrido agudo de la puerta que se abre para dejar paso a la figura maciza de mi padre. Vuelvo la cabeza para mirarlo avanzar lentamente hacia mi cama. Alain Schäfer en todo su esplendor: pelo canoso, cara de cansancio, barba de tres días. Lleva su incombustible «uniforme» de policía: un tres cuartos de cuero con forro de piel abierto sobre un jersey de cuello vuelto, unos vaqueros gastados y unas botas de punta cuadrada. En la muñeca, un viejo Rolex Daytona de acero —igual que el de Belmondo en *Pánico en la ciudad*— que le regaló mi madre un año antes de que yo naciera.

—¿Aguantas, campeona? —pregunta, acercando una silla para sentarse a mi lado.

«Campeona.» Un sobrenombre que se remonta a la infancia. No había vuelto a llamarme así desde hace por lo menos veinticinco años. Un recuerdo emerge: cuando me acompañaba, de pequeña, a los torneos de tenis los fines de semana. No se puede negar que ganamos juntos copas y trofeos, yo en la pista y él en las tribunas. Siempre tenía la palabra adecuada en el momento oportuno. La mirada tranquilizadora y la frase idónea. El amor a la victoria, a cualquier precio.

Mi padre viene a verme todos los días. Casi siempre al atardecer; se queda conmigo hasta que me duermo. Es el único que me comprende un poco y no me juzga. El único que me defiende, porque sin duda alguna habría actuado igual: adicto a la adrenalina, él también habría corrido los riesgos que hubiera hecho falta, él también habría ido solo, empuñando el arma, sin pensarlo.

—He ido a ver a tu madre al hotel —me dice, abriendo un portadocumentos de piel—. Me ha dado una cosa que le pedías desde hace tiempo.

Me tiende un álbum de fotos encuadernado en una tela raída que acaba de sacar de la cartera. Hago un esfuerzo para incorporarme, enciendo la luz que está encima de la cama y paso las páginas separadas con papel de seda.

El álbum data de 1975, el año de mi nacimiento. En unas páginas de cartulina, fotos sujetas con adhesivos de doble cara coronan anotaciones hechas con bolígrafo que han atravesado el tiempo.

Las primeras fotografías se remontan a la primavera de 1975. Veo en ella a mi madre embarazada de seis meses. Había olvidado cuánto me parecía a ella. Había olvidado también cuánto habían llegado a quererse mis padres al principio. Hojeando el álbum, toda una época cobra vida a través de las fotos amarillentas. Veo el pequeño estudio que compartían entonces en la rue Delambre, en Montparnasse. El papel pintado de psicodélico naranja del salón, donde destaca un sillón en forma de huevo; unas estanterías de cubo en las que están ordenados elepés de Dylan, Hendrix y Brassens; un teléfono de baquelita; un póster del club de fútbol Saint-Étienne de la época gloriosa.

En todas las fotos, mi padre y mi madre tienen una sonrisa en los labios y están a todas luces rebosantes de felicidad ante la idea de ser padres. Lo habían conservado todo, fotografiado todo del gran acontecimiento: el análisis de sangre que anunciaba mi nacimiento, la primera ecografía, las ideas de nombres escritas en un bloc Steno de espiral: Emma o Alice si era una niña, Julien o Alexandre si era un niño.

Paso otra página y se me hace un nudo en la garganta a causa de la emoción. La maternidad el día de mi nacimiento. Un recién nacido que berrea en brazos de su padre. Bajo la instantánea, reconozco la letra de mi madre:

«12 de julio de 1975: ¡aquí está nuestra pequeña Alice! ¡Es tan buena como su papá y su mamá!».

En la página opuesta, mi pulsera de nacimiento pegada con papel celo, además de otra foto tomada unas horas más tarde. Esta vez, la «pequeña Alice» duerme plácidamente en su cuna rodeada por sus padres, con ojeras, pero también con los ojos haciéndoles chiribitas. Y de nuevo la letra de mi madre:

«Tenemos por delante una nueva vida. Nuevos sentimientos revolucionan nuestra existencia. Ahora somos padres».

Lágrimas amargas ruedan por mis mejillas ante la evocación de sentimientos que yo no experimentaré jamás.

—¡Joder! ¿Por qué me enseñas esto? —digo, apartando el álbum sobre la cama.

Tomo conciencia de que mi padre tiene también los ojos húmedos.

—Cuando tu madre dio a luz, fui yo quien te dio el primer baño y el primer biberón —me cuenta—. Fue el momento más emocionante de toda mi vida. Aquel día, al cogerte por primera vez en brazos, te hice una promesa.

Se le quiebra la voz y durante unos segundos se queda callado.

—¿Qué promesa? —pregunto.

—La promesa de que, mientras estuviera vivo, no dejaría que nadie te hiciera daño nunca. Te protegería pasara lo que pasase y fueran cuales fuesen las consecuencias.

Trago saliva.

—Pues ya ves, no hay que hacer ese tipo de promesas porque no se pueden cumplir.

Él suspira y se pasa los dedos por los párpados para secar las lágrimas que no puede contener; luego saca una carpeta de cartón de la cartera.

—He hecho lo que he podido. He hecho lo que debía —explica, tendiéndome la carpeta.

Antes de abrirla, lo interrogo con la mirada. Es entonces cuando me revela:

—Lo he encontrado, Alice.

—¿De quién hablas?

—He encontrado a Erik Vaughn.

Me quedó boquiabierta. Desconcertada. Mi cerebro se niega a registrar lo que acabo de oír. Le pido que lo repita.

—He encontrado a Erik Vaughn. Nunca más volverá a hacerte daño.

Una oleada gélida me paraliza. Durante unos segundos, nos miramos en silencio.

—¡Es imposible! Desde que se dio a la fuga, la mitad de la policía francesa está buscándolo. ¿Qué especie de milagro va a haberte permitido encontrarlo tú solo?

—Eso da igual, el caso es que lo he hecho.

Pierdo los nervios.

—Pero ¡fuiste apartado del cuerpo! ¡Ya no eres policía! ¡No tienes equipo, no tienes...!

—He conservado contactos —explica él, sin apartar los ojos de mí—. Tipos que me deben favores. Personas que conocen a personas, que conocen a su vez a otras. Ya sabes cómo funciona eso.

—Pues no.

—Sigo teniendo confidentes entre los taxistas. Erik Vaughn montó en el vehículo de uno de ellos junto a la puerta de Saint-Cloud la misma noche que te atacó. Dejó el MP3 al darse cuenta de que lo habían identificado.

Siento el corazón a punto de estallar dentro del pecho. Mi padre continúa:

—El taxi lo llevó a Seine-Saint-Denis, en Aulnay-sous-Bois, a un hotel mugriento junto a la place du Général-Leclerc.

Me quita de las manos el portadocumentos para sacar varias fotografías, del tipo de las que toma la policía durante una vigilancia.

—Mientras que todo el mundo lo creía en el extranjero, esa escoria se escondía a menos de veinte minutos de París. Estuvo allí cinco días con otro nombre y un carnet de identidad falso. Limitaba sus desplazamientos, pero intentaba conseguir un pasaporte también falso para salir del país. El último día, hacia las once de la noche, salió a tomar el aire. Estaba solo, andaba pegado a la pared, con la cabeza gacha y una gorra calada hasta las cejas. Fue entonces cuando me abalancé sobre él.

—¿Así sin más, en plena calle?

—Por la noche, aquello está desierto. Dos golpes con una barra de hierro en el cuello y la cabeza. Ya estaba muerto cuando lo metí en el maletero del Range Rover.

Intento tragar saliva, pero tengo una bola en la garganta. Me agarro a la barra de seguridad metálica que bordea la cama.

—Y... ¿qué hiciste con el cuerpo?

—Conduje buena parte de la noche en dirección a Lorena. Había encontrado el sitio perfecto para desembarazarme de ese monstruo: una antigua azucarera abandonada entre Sarrebourg y Sarreguemines.

Me tiende otras fotos que me recuerdan un decorado de película de terror en medio de ninguna parte. Detrás de las vallas de alambre, una sucesión de edificios abandonados. Ventanas tapiadas. Chimeneas de ladrillo rojo que amenazaban derrumbarse. Gigantescas cubas de metal medio hundidas en el suelo. Cintas transportadoras descuajaringadas. Vagonetas inmovilizadas sobre raíles invadidos por las malas hierbas. Palas mixtas devoradas por la herrumbre.

Señala con un dedo una imagen.

—Detrás de la zona de almacenamiento hay tres pozos de piedra, construidos uno junto a otro, que descienden hasta una cisterna subterránea. El cuerpo de Vaughn se está pudriendo en el de en medio. Ahí no lo encontrará nadie jamás.

Me enseña otra foto, la última. La imagen del brocal de un pozo rodeado por una pesada reja.

—Esta venganza nos pertenece —afirma mi padre apretándome la parte superior del brazo—. Ahora, el asunto se calmará. Para empezar, porque no habrá más asesinatos. Y como Vaughn tiene familia en Irlanda y Estados Unidos, pensarán que ha huido al extranjero, o quizá que se ha suicidado.

Sostengo su mirada sin pestañear. Estoy petrificada. Invadida por violentos sentimientos contradictorios, soy incapaz de pronunciar una sola palabra.

A una primera oleada de alivio le sucede una suerte de rabia sorda. Aprieto los puños hasta clavarme las uñas en la carne. Todo mi cuerpo se contrae. Las lágrimas afluyen y siento que me sube fuego a las mejillas.

¿Por qué me ha privado mi padre de esa venganza, de «mi» venganza?

Después de la muerte de mi marido y mi hijo, perseguir y matar a Erik Vaughn era la única razón por la que aún podía aferrarme a la vida.

Ahora ya no me queda nada.

TERCERA PARTE

Sangre y furor

16

LA PISTA DEL ASESINO

A veces, las cosas terribles y sangrientas son las más
bellas.

DONNA TARTT

Un continuo desfilar de kilómetros.

Perdido en sus pensamientos, fumando un cigarrillo tras
otro, Gabriel conducía con los ojos clavados en la carretera.

Un cartel señalizador indicó: PRÓXIMA SALIDA HARTFORD, e
inmediatamente otro: BOSTON 105 MILLAS. A esa velocidad, tar-
darían menos de dos horas en llegar a las oficinas del FBI.

Con la frente apoyada en el cristal, Alice intentaba poner orden en sus ideas. A la luz de las últimas revelaciones, clasificaba
la información reagrupando los elementos y los datos en una especie de carpetas imaginarias que colocaba después en los diferentes compartimentos de su cerebro.

Había una cosa a la que no paraba de darle vueltas. Las palabras de Seymour sobre las cámaras de vigilancia del aparcamiento: «Grabaron tu matrícula, pero el interior del coche está sumido en la penumbra».

Se moría de ganas de ver esas imágenes ella misma.

Siempre esa necesidad de controlarlo todo.

De verificar todos los detalles.

Pero ¿cómo hacerlo? ¿Llamar de nuevo a Seymour? No valía la
pena. Se lo había dicho claramente: «Me he acercado a Franklin-

Roosevelt y me han pasado las cintas, pero no se ve gran cosa». Seymour había visto la grabación, pero no tenía la cinta en su poder. Lógico. A falta de comisión rogatoria, no había podido ordenar su incautación. Había ido al aparcamiento y conseguido verla allí mismo tras una dura negociación con el tipo encargado de la seguridad.

Mentalmente, hizo un repaso de su red de conocidos. Descolgó el teléfono y marcó el número de móvil del comisario Maréchal, que dirigía la subdirección regional de la policía de transportes.

—Hola, Franck, soy Schäfer.

—¿Alice? ¿Dónde estás? Sale un número interminable.

—En Nueva York.

—¿La Brigada te ha pagado el viaje?

—Es una larga historia, ya te contaré...

—Ya, comprendo. Sigues investigando como francotiradora. ¡No cambiarás nunca!

—No, es verdad, y esa es la razón de que te llame.

—¡Alice, son las diez de la noche! Estoy en casa... ¿Qué quieres?

—Las imágenes de una cámara de vigilancia. Aparcamiento Vinci de la avenue Franklin-Roosevelt. Busco todo lo que puedas encontrar sobre un Audi TT gris metalizado...

—¡Eh, para el carro! ¡Es un aparcamiento privado! —Tras un momento de silencio, añadió—: ¿Qué quieres que haga?

—Lo que sabes hacer de maravilla. Conoces a gente en Vinci Park: negocias, amenazas, engatusas... ¿Tienes algo para apuntar el número de la matrícula?

—Oye, yo no soy...

—¿Te acuerdas de cuando trabajaba en Estupefacientes y le eché el guante a tu hijo? Te alegraste mucho de que le evitara ir al trullo, ¿verdad? ¿Quieres que te recuerde cuánta coca llevaba encima?

—¡Joder, Schäfer, hace casi diez años de eso! ¡No voy a estar en deuda contigo de por vida!

—Pues, en realidad, yo creo que sí. Se adquiere un compromiso para siempre, es lo normal cuando se tienen hijos, ¿no? Bueno, ¿apuntas el número de matrícula?

Maréchal suspiró en señal de resignación.

—En cuanto tengas las imágenes, me las mandas a mi correo personal, ¿ok? Y no te duermas, las necesito esta misma noche.

Alice, satisfecha, colgó, y ante la mirada interrogativa de Gabriel resumió el contenido de la conversación. El agente del FBI iba a encender otro cigarrillo, pero el paquete estaba vacío.

—¿Sigue sin tener noticias de su padre?

Alice negó con la cabeza.

—Pero es él quien tiene la principal clave del misterio —insistió— Si le dijo la verdad y mató realmente a Vaughn, entonces nos equivocamos de asesino.

—¿Cree que no lo sé?

Gabriel arrugó el paquete de tabaco y lo metió en el cenicero.

—No entiendo qué interés podría haber tenido en mentirle.

Alice se encogió de hombros.

—A lo mejor quiso ayudarme a pasar página después de lo que me había sucedido.

Él hizo una mueca dubitativa.

—De ahí a inventarse toda esa historia...

—Se nota que no conoce a mi padre.

—No, eso es verdad.

Alice miró a través de la ventanilla las barreras metálicas de seguridad que desfilaban a una velocidad pasmosa, creando un corredor de acero y hormigón.

—Tiene sus virtudes y sus defectos —explicó—. Como me conoce muy bien, sospechaba que estaría dispuesta a todo con tal de vengarme y matar a Vaughn con mis propias manos. No es imposible que tratara de evitar que hiciera una estupidez.

—Aun así, ¿no quiere seguir intentando localizarlo?

—No hace falta. Si hubiera oído mi mensaje, se habría puesto en contacto conmigo.

—Vamos, una última llamada y la dejo tranquila —dijo Gabriel sonriendo.

Resignada, Alice conectó el altavoz del teléfono y volvió a marcar el número.

«Alain Schäfer. No estoy disponible ahora. Deje un mensaje después de la señal.»

—Es un poco raro que no la llame, ¿no?

—Mi padre no es de los que miran la pantalla del móvil cada cinco minutos. Además, desde que está retirado se ha aficionado a la espeleología. A estas horas puede que esté con sus amigachos del club de ex miembros de la PJ metido en una cueva de Isére o de los Pirineos.

—No estamos de suerte... —masculló Gabriel.

Alice acababa de colgar cuando el timbre del móvil sonó en el habitáculo. Descolgó de inmediato y preguntó en francés:

—Papá, ¿eres tú?

—*Well, I'm afraid not. I'm Thomas Krieg. Gabriel gave me your number. May I...?**

Puso el altavoz y le tendió el teléfono a Keyne. Este, sorprendido, cogió el aparato.

—¿Thomas?

—Hola, Gab. Éliane Pelletier me ha enviado los resultados del análisis de ADN de la sangre encontrada en la blusa. He introducido los datos en el Codis,** ¿y a que no sabes qué? ¡Tenemos un ganador!

Los dos policías cruzaron una mirada. Ambos sintieron que se les aceleraba el corazón.

Alice le indicó a Gabriel una señal de carretera.

—Thomas, hay un área de descanso a dos kilómetros. Paramos y te llamo.

El Grill 91 era un edificio alargado, rectangular y un poco anticuado, de volúmenes imponentes y techos de una altura espectacular, como los que se veían en los años setenta. Aunque los

---

* «Bueno, me temo que no. Soy Thomas Krieg. Gabriel me ha dado tu teléfono. ¿Puedo...?»

** Base Codis: banco de datos utilizado por el FBI que recoge el perfil genético de personas condenadas por crímenes o delitos.

ventanales no daban al Pacífico (sino al aparcamiento de un área de descanso de la Interestatal 91), su forma geométrica y su transparencia recordaban más las grandes villas californianas que las casas con tejado de dos aguas de Nueva Inglaterra.

El reloj de pared, con los colores de una famosa cerveza mexicana y el eslogan *Miles away from ordinary*, marcaba las 16.12 horas. Un bonito sol otoñal bañaba una sala casi vacía. Detrás de la barra, una camarera estaba absorta escuchando el saxofón de Stan Getz. Alice y Gabriel se habían sentado a una mesa del fondo de la sala, lo más lejos posible de la caja y de la barra. Habían puesto el teléfono móvil en medio de la mesa en el modo altavoz y escuchaban religiosamente la voz grave y metálica de Thomas Krieg trazándoles un extraño retrato.

—La sangre presente en la blusa pertenece a un tal Caleb Dunn, cuarenta y un años, fichado en el Codis por delitos menores, detenido hace ocho años en California por tráfico de estupefacientes y resistencia a las fuerzas del orden. Después de cumplir seis meses de prisión en Salinas Valley, sentó la cabeza. Se trasladó a la costa Este, donde encontró un empleo, y ha estado tranquilo hasta ahora.

Alice tomaba notas rápidamente en una servilleta de papel.

—¿De qué trabaja? —preguntó Gabriel.

—Es vigilante nocturno en una residencia de ancianos en Concord, en New Hampshire.

—¿Ahora contratan a gente con antecedentes penales en las residencias de ancianos? —se extrañó Gabriel.

—Todo el mundo tiene derecho a una segunda oportunidad, ¿no?

Alice estrujaba la capucha del bolígrafo de propaganda que le había prestado la camarera.

—¿Tiene su dirección? —preguntó.

—Sí —respondió Krieg—. Una cabaña en Lincoln, en medio de las White Mountains. ¿Qué quieres que hagamos, Gab?

—De momento, no mucho. Ahonda en el asunto por tu lado. Volvemos a hablar luego. Estaremos en Boston dentro de dos horas.

—En cualquier caso, necesitaré saber algo más. El jefe cree que sigues en Irlanda...

—Por ahora no le digas nada. Hablaré yo con él dentro de un rato. Por cierto, ¿tienes una foto de Dunn?

—Te la envío por correo electrónico.

—Imposible, este teléfono es prehistórico. —Gabriel echó un vistazo al set de mesa en el que figuraban las señas del restaurante—. Mándamela por fax.

—¿Por fax? ¿Esa cosa que se usaba antes de internet?

—Sí, pitorréate. Estoy en el Grill 91, un local de la Interestatal 91, a la altura de Hartford. Te doy el número. Envíame la foto y añade la dirección de la residencia de ancianos y la del chamizo de Dunn.

Gabriel le dictó el número y colgó. Los dos policías se miraron en silencio. Su investigación no iba a ninguna parte. Demasiadas pistas. Demasiados interrogantes. Demasiados pocos hilos para unir unos elementos sin relación evidente. Gabriel rompió el silencio:

—¡Seguimos sin avanzar, maldita sea! ¿Qué hacía la sangre de ese vigilante nocturno en su blusa?

—¿Cree que le disparé?

—No hay que descartarlo. Usted misma me dijo que faltaba una bala en el cargador de la Glock.

Alice le lanzó una mirada asesina.

—¿Ah, sí? ¿Y por qué motivo, eh? ¡Es la primera vez que oigo hablar de ese tipo!

Él levantó las dos manos en son de paz.

—Vale, vale, tiene razón. Pero no entiendo nada. —Hizo crujir los dedos antes de decidirse—. Voy a comprar tabaco. Hay una especie de supermercado en la estación de servicio. ¿Quiere algo?

Alice negó con la cabeza y lo miró alejarse. Sintió de nuevo una llamarada que le quemaba el estómago y subía hasta el esófago. Se levantó y se acercó a la barra para avisar a la camarera de que iba a llegar un fax para ellos.

—¿Se encuentra bien?

—Sí, sí. Tengo ardor de estómago, pero se me pasará.

—Mi madre también padece de eso. ¿Quiere que le prepare un batido de papaya? ¡Va muy bien!

Era una pequeña Barbie rubia que ceceaba ligeramente. Su atuendo de *cheerleader* hacía que pareciese salida de la película *Grease* o de un episodio de la serie *Glee*.

—Sí, vale, muchas gracias —dijo Alice sentándose en un taburete—. ¿No tendrá por casualidad un mapa de la región?

—Algunos clientes se los dejan olvidados a veces en las mesas. Voy a ver si encuentro alguno en el despacho.

—Es usted muy amable.

Menos de dos minutos después, Barbie estaba de vuelta con un mapa de Nueva Inglaterra. Alice lo desplegó sobre la barra. Era un viejo y maravilloso Michelin anterior al GPS, anterior a la adicción a los smartphones, anterior a esta época de locos en que los hombres habían abdicado para convertirse en esclavos de la tecnología.

—¿Puedo hacer marcas?

—Sí, es suyo: regalo de la casa. Y aquí tiene su batido.

Alice le dio las gracias con una sonrisa. Le gustaba esa chica: agradable, sencilla, afectuosa. ¿Qué edad debía de tener? ¿Dieciocho años..., diecinueve como mucho? Ella tenía treinta y ocho. Veinte más. La sentencia cayó como una losa: podría ser su madre. Una constatación que se producía cada vez más a menudo en los últimos tiempos cuando se cruzaba con jóvenes adultos. Se encontraba en una extraña tierra de nadie: esa impresión de seguir teniendo veinte años en su cabeza y arrastrar el doble en su cuerpo.

«¡Qué horror! ¡Cómo pasa el tiempo! Es el único amo de los que no tienen amo, como dice un proverbio árabe.»

Ahuyentó esos pensamientos y se concentró en el mapa. Para orientarse, siempre necesitaba visualizar las cosas. Hizo un círculo con el bolígrafo alrededor de diferentes lugares. Primero Nueva York, de donde habían salido hacía dos horas, y Boston, donde estaba la oficina del FBI. Ahora habían parado en Hartford, exactamente a medio camino entre las dos ciudades. Otro círculo: Krieg les había dicho que Dunn trabajaba en una residencia de ancianos en Concord. Estaba mucho más al norte, en New Hampshire, a 250 kilómetros como mínimo. Krieg también había precisado que Dunn vivía en Lincoln. Tardó casi un minuto en localizar el lugar en el mapa. Un poblacho encajonado entre dos macizos montañosos.

—¿Lo conoces? —le preguntó a su nueva amiga.

—Sí, hay una estación de esquí al lado: Loon Mountain. He ido con mi novio.

—¿Cómo es?

—Bastante siniestro, sobre todo en invierno. Y no está a la vuelta de la esquina.

La policía asintió con la cabeza. Hacía tanto calor en la sala que se quitó el jersey de cuello vuelto para quedarse en camiseta.

Con un paquete de tabaco en la mano, Gabriel entró en el restaurante y se sentó en un taburete junto a Alice.

—¿Le sirvo algo?

—¿No tienen expreso?

—No, lo siento.

—¿Y una Perrier?

—Tampoco.

Alice se puso de los nervios.

—Haga un esfuerzo, Keyne.

—Ok, póngame un café normal.

Mientras la joven camarera se lo preparaba, Gabriel la miró de la cabeza a los pies, deteniéndose sin vergüenza en la parte más carnosa de su anatomía.

—¡Sobre todo no se corte! —dijo Alice, exasperada.

Él alzó los ojos al cielo.

—Francamente, es usted como todos los hombres —añadió ella, suspirando.

—Nunca he pretendido lo contrario —repuso él, sacando un cigarrillo del paquete y poniéndoselo detrás de la oreja.

Alice había preparado una réplica, pero no tuvo oportunidad de ofrecérsela.

—Creo que su fax acaba de llegar —dijo Barbie antes de desaparecer unos segundos en el despacho.

Cuando volvió, llevaba en la mano dos páginas impresas que se había molestado en grapar.

Los dos policías descubrieron juntos la foto de identidad judicial de Caleb Dunn.

—Esto y nada... —dijo Alice, decepcionada.

La fotografía antropométrica en blanco y negro, de grano grueso, no revelaba gran cosa, en efecto. Dunn aparecía en ella como un hombre común: moreno, de estatura media, con un rostro sin marcas distintivas y un aspecto normal y corriente. Don Cualquiera. Juan Nadie.

—Es verdad, no se ve ni jota —admitió Gabriel—, y es una cara que no dice nada.

El policía se sobrepuso a la decepción. Pasó la página y leyó las direcciones que Thomas Krieg había escrito a mano: la de la residencia de ancianos y la del cuchitril de Dunn.

—¿No le parece raro que una residencia de ancianos contrate como vigilante a una persona con antecedentes penales?

Alice no respondió. Sus ojos seguían clavados en la foto, intentando penetrar el «misterio Dunn».

Gabriel tomó un sorbo de café y reprimió una mueca de asco.

—¿Me pasa el teléfono? Tengo que hacer una comprobación.

Marcó el número de información para que lo pusieran con el St. Joseph's Center, la residencia de ancianos donde trabajaba Dunn. Se identificó ante la empleada de recepción —«agente especial Keyne, del FBI»— y le dijo que quería hablar con el director. Tal como habían tomado por costumbre hacer, Gabriel puso el altavoz para que Alice pudiera oír la conversación.

—Julius Mason. Tengo el honor de dirigir este establecimiento. ¿Qué desea?

Con el pretexto de estar realizando una investigación rutinaria, Gabriel le pidió información sobre Dunn.

—Espero que no le haya pasado nada a Caleb —dijo Mason.

—¿Cumplió ayer con su horario?

El director estuvo a punto de atragantarse.

—Pero ¡si Caleb Dunn no trabaja con nosotros desde hace casi dos años!

—Ah, vaya..., pues no estaba al corriente.

A Gabriel le costaba conservar la calma. Alice no pudo evitar sonreír: ni siquiera el FBI era capaz de mantener sus fichas al día. La lentitud y las complejidades administrativas no estaban reservadas a Francia.

Molesto, Gabriel prosiguió en tono firme el interrogatorio:

—¿Sabía que Dunn tenía antecedentes penales cuando lo contrató?

—¿Antecedentes penales? ¡Venga, hombre! Vendió unas chinas y le dijo cuatro verdades al bruto del policía que lo detuvo. ¡Menudo crimen! Aquello no merecía prisión.

—Esa es su opinión.

—Sí, y no tengo ningún reparo en expresarla.

Alice sonrió de nuevo. No era un tipo al que resultara cómodo interrogar.

—Cuando trabajaba para usted, ¿Dunn no tuvo nunca un comportamiento extraño o inadecuado? ¿No hizo nada que le pareciera raro?

—No, al contrario: Caleb era una persona muy seria y muy servicial. Nuestro personal y nuestros residentes no escatimaban elogios de él.

—En tal caso, ¿por qué prescindió de sus servicios?

Mason suspiró.

—El consejo de administración decidió reducir costes. Para ahorrar unos dólares, ahora recurrimos a una empresa de vigilancia externa. Es más barato, pero también mucho más impersonal.

—¿Sabe si Dunn encontró trabajo?

—Claro que sí, y enseguida. Yo mismo lo recomendé a un hospital de Maine que buscaba un vigilante nocturno responsable.

—¿Sabe el nombre de ese hospital?

—¿Para que pueda poner al día sus malditas fichas y seguir fastidiando a los ciudadanos honrados?

—Señor Mason, por favor...

—Es el Sebago Cottage Hospital, en el condado de Cumberland.

Los dos policías cruzaron una mirada de perplejidad. La misma tensión recorrió el cuerpo de ambos. El Sebago Cottage Hospital era el centro sanitario donde trabajaba Elizabeth Hardy, la enfermera a la que habían encontrado asesinada en su casa hacía diez días.

Policías de pies a cabeza.

Policías enteros y verdaderos.

Policías hasta la médula.

No habían tenido que hablar mucho para ponerse de acuerdo. No iban a perder el tiempo en Boston. Iban a actuar solos, como francotiradores: conducirían hacia el norte hasta Lincoln e interrogarían ellos mismos al tal Caleb Dunn.

—Lo pasé por alto durante la investigación —reconoció Gabriel—. A Elizabeth Hardy la mataron en su casa, cerca de Augusta. Había desactivado el sistema de alarma, lo que nos llevó a pensar que conocía a su agresor. Interrogamos a muchas personas de su entorno directo. A sus amigos, a sus compañeros de trabajo. Yo mismo fui al Sebago Cottage, pero el nombre de ese tipo no apareció en ningún momento. No era alguien cercano a Hardy, de eso estoy seguro.

—¿Cuánto tiempo podemos tardar en llegar a su casa?

Él miró atentamente el mapa, trazando con un dedo el trayecto hasta Lincoln.

—Yo diría que cuatro horas. Un poco menos si no respetamos los límites de velocidad.

—¿Tanto?

—Hasta Bradford podemos seguir por la autopista, pero después tendremos que adentrarnos forzosamente en las montañas. El coche va bien, pero tiene sus años; me preocupa que se haya encendido el indicador del aceite, y le he echado un vistazo a la rueda de recambio y está desinflada. Antes de lanzarnos, tendríamos que hacer una parada en un taller.

Barbie, que no se había perdido ni un detalle de su conversación, exclamó:

—¡Mi primo es mecánico! Si quieren, puedo llamarlo.

Gabriel levantó una ceja.

—¿Dónde podemos encontrarlo?

—En Greenfield —informó ella, señalando la pequeña ciudad en el mapa.

Él lo miró. Estaba a menos de una hora de camino.

—¿Sabrá arreglar un Mustang antiguo?

—Lo más sencillo es preguntárselo a él —intervino Alice—. Llámele.

El policía asintió y Barbie se precipitó hacia el teléfono.

Mientras Alice le hacía un guiño de complicidad, otro chorro ardiente subió por su esófago. Fortísimo. Como si un ácido estuviera mordiéndole la mucosa del estómago.

Cuando notó la irrupción de un sabor metálico en la boca, bajó del taburete y se dirigió a los lavabos.

«¡Mi reino por un par de antiácidos!»

Sacudida por una arcada, Alice se había inclinado sobre la taza del váter. Con el esófago en llamas, se masajeó la tripa a la altura del estómago sin conseguir calmar la quemazón. ¿Por qué tenía ese dolor tan agudo? ¿Se debía al estrés? ¿A la excitación que le producía la investigación? ¿Al cansancio?

Siguió con el masaje un minuto largo, se incorporó y se lavó las manos. Evitó mirar su reflejo en el espejo: no le apetecía ver sus ojeras ni sus facciones hundidas por el agotamiento. Se echó agua helada en la cara y cerró un momento los ojos. ¿Por qué se había despertado esa mañana con la blusa manchada de sangre de ese tal Caleb Dunn? ¿Y quién era realmente ese hombre? ¿Un discípulo de Vaughn que había utilizado el mismo *modus operandi* para asesinar a esa enfermera?

«¿El propio Vaughn?»

No, de momento se negaba a considerar esa posibilidad. Su padre tenía todos los defectos del mundo, pero no quería creer que se hubiera inventado de arriba abajo semejante mentira. Demasiado retorcido. Demasiado peligroso. Demasiado arriesgado. En Francia, los mejores policías llevaban dos años buscando a Vaughn sin tregua y sin éxito.

«Eso demuestra que el asesino en serie está muerto», intentó convencerse.

Como Seymour iba a confirmarle muy pronto, su cadáver se pudría al fondo del pozo de un edificio siniestro y abandonado, en un lugar perdido del este de Francia...

Le había chorreado agua hasta el pecho.

Cogió dos toallas de papel de la máquina y se secó el cuello y el nacimiento de los senos. Notó una molestia y bajó los ojos.

Y fue entonces cuando lo vio.

Un cuerpo extraño implantado bajo su piel, cuatro o cinco centímetros por debajo de la clavícula. Alice hizo más presión sobre la carne para que se marcara el objeto.

El implante tenía la forma de una tarjeta SIM grande: un rectángulo de uno o dos centímetros cuadrados, cuyos bordes redondeados aparecían claramente cuando ella tensaba la epidermis.

El corazón le dio un vuelco y empezó a latir en sus sienes.

«Joder, ¿quién me ha metido esta cosa bajo la piel?», se preguntó, alarmada.

Instintivamente, buscó las marcas de una operación reciente. Frente al espejo, se quitó la camiseta, examinó y palpó cada parcela de su cuerpo: los pechos, el tórax, las axilas.

Ninguna huella de una incisión reciente. Ni la menor cicatriz.

Una capa de sudor le cubrió la frente. Entre las preguntas que bombardeaban su mente, dos de ellas se imponían al resto:

¿Desde cuándo llevaba esa cosa?

Y sobre todo, ¿qué efectos tenía?

17

LAS TRETAS DEL DIABLO

El destino nos persigue como un demente armado
con una navaja de afeitar.

ANDRÉI TARKOVSKI

El Shelby salió de la autopista, se metió en una rotonda y tomó
la primera salida hacia la ciudad.

Greenfield, en la frontera de Massachusetts y New Hampshire, era una localidad de mala muerte detenida en el tiempo.
A lo largo de dos kilómetros, la Main Street concentraba el
ayuntamiento, la oficina de correos, el juzgado y una gran iglesia blanca con el campanario puntiagudo. Allí estaban también
la biblioteca pública y un viejo cine con el rótulo constelado de
bombillas, además de algunos restaurantes, cafeterías y pequeños comercios tradicionales. En todos los edificios ondeaba la
tela estrellada de la bandera estadounidense, *Stars and Stripes*,
que flameaba orgullosamente al viento bajo el sol de la tarde.

—Pare ahí —dijo Alice, ajustándose la correa de la pistolera.

—¿Aquí? Pero si Barbie nos ha dicho que el taller de su primo está a la salida de la ciudad...

—Tengo que hacer una cosa, Keyne.

Gabriel suspiró.

—Creía que nos habíamos dejado de secreteos...

—¡No voy a estar mano sobre mano mientras nos arreglan

el coche! Voy a entrar en un cibercafé. Tengo que hacer una comprobación.

—¿Sobre qué? —preguntó él, desconfiado.

—Quiero consultar antiguos artículos periodísticos sobre Vaughn. Luego se lo explico...

El coche se detuvo ante un semáforo en rojo. Gabriel sacó el paquete de tabaco.

—Seguro que en este poblacho no hay cibercafés.

—Encontraré alguno, Keyne.

—De acuerdo, bájese aquí, pero usted deja el arma en el coche.

Esa perspectiva no atraía en absoluto a la chica, pero no tenía tiempo de parlamentar. El semáforo se puso en verde. Abrió la guantera y metió la Glock protegida por la pistolera.

—Nos vemos en el taller —dijo, abriendo la puerta.

Cruzó la calle hasta la otra acera y anduvo hasta el City Hall. Delante del edificio vio un plano de la ciudad bajo un tejadillo de madera. Consultó el mapa y encontró lo que buscaba: la dirección de un centro médico en Second Street.

La ventaja que tienen las ciudades pequeñas es que todas las infraestructuras están agrupadas en el mismo perímetro. Alice solo tuvo que recorrer unos cientos de metros para llegar a un flamante edificio con una fachada resueltamente moderna. Una ola ondulada vertical, azul metálico, que desentonaba con la arquitectura clásica de la ciudad.

Cruzó las puertas correderas automáticas para entrar en el vestíbulo del inmueble, donde había una serie de paneles de información. Recorriéndolos con la mirada, constató que el Medical Center era una estructura polivalente que agrupaba un amplio abanico de consultas: medicina general, diferentes especialistas, laboratorio de análisis, imagen médica...

Alice se presentó en recepción y dijo que estaba allí para que le hicieran una radiografía torácica. Le pidieron la confirmación de la visita, el volante y el número de seguridad social. Como no tenía nada de todo eso, soltó la primera bola que se le ocurrió, según la cual era una turista francesa que padecía insuficiencia cardíaca y deseaba que le hicieran una radiografía de rutina. La secretaria la miró con escepticismo, consultó la agenda y le propuso una visita para el día siguiente.

—Es bastante urgente —insistió Alice—. Me gustaría ver al médico radiólogo para explicarle mi caso. Por supuesto, pagaré todos los gastos.

—Voy a preguntar —dijo la secretaria, descolgando el teléfono.

Habló dos minutos con una compañera y colgó antes de anunciar:

—La secretaria del doctor Mitchell me ha dicho que el doctor la verá entre dos visitas. ¿Puede darme su carnet de identidad?

—Pues es que me he dejado el bolso en el coche. Pero mi marido vendrá ahora y...

—Está bien, suba. La sala de espera de radiología está en la cuarta planta.

La chica pulsó un botón para abrir una pequeña puerta de seguridad de plexiglás por la que se accedía a las plantas.

Ascensor. Otro comité de bienvenida. Pasillo. Sala de espera.

La habitación estaba decorada en colores claros y suaves. Paredes blancas, revestimiento de PVC en el suelo, silloncitos y taburetes de haya tapizados en tela. Una anciana encorvada por el peso de los años esperaba pasando las páginas de una revista del corazón. Frente a ella, ocupando la mayor parte de un sofá, un chico con la planta de un armario ropero, una pierna escayolada y un ojo hinchado manejaba una tableta.

Alice se sentó a su lado e inició la conversación:

—¿Un accidente de coche?

—No, jugando al fútbol americano —respondió el estudiante levantando los ojos de la pantalla—. A los chicos de Albany se les fue la mano conmigo el sábado pasado.

Guapito de cara, sonrisa Profidén, mirada de cristal un tanto suficiente. Debía de hacer soñar a las chicas. Y a algunos chicos.

—¿Tu tableta está conectada a internet, ¿verdad?

—Sí.

Alice no se anduvo por las ramas.

—¿Qué te parecería ganar cincuenta dólares fácilmente?

El chico arqueó una ceja.

—Usted dirá.

Ella sacó un billete del bolsillo.

—Me la prestas cinco minutos y te embolsas la pasta. Así de fácil...

—Trato hecho por cien dólares.

—Vete a tomar por culo.

—¡Vale, vale, no se enfade! —cedió, tendiéndole el iPad.

La policía se apoderó de la tableta, cerró la aplicación y abrió el navegador para conectarse sucesivamente a las páginas de *Libération*, *Le Monde* y *Le Figaro*. Por extraño que pudiera parecer, Alice no sabía qué cara tenía Vaughn. Cuando la agredió, el asesino llevaba puesto un casco. Esa última imagen era la que había conservado para siempre en su mente. Un casco negro de predador, de líneas cortantes y aristas vivas, pantalla ahumada de reflejos metálicos, extractor de aire y mentonera aerodinámica, como una sonrisa terrorífica.

Posteriormente, durante la terapia, Alice había decidido con la psiquiatra que la trataba que no servía de nada hurgar hasta el infinito en la herida leyendo los artículos aparecidos en la prensa sobre el caso. Pero lo que la psiquiatra no sabía era que en aquella época Alice estaba convencida de que Vaughn estaba muerto.

Esto ya no era así en la actualidad.

Inició la búsqueda y encontró varias fotos del asesino publicadas en la prensa durante las semanas siguientes a su agresión. Una decena de instantáneas en las que Erik Vaughn aparecía más o menos claramente. Un hombre de treinta y cinco años, moreno, de físico bastante agradable, pero normal y corriente.

Lo más turbador era la dificultad para trazar un retrato definitivo de Vaughn a partir de las diferentes imágenes. Alice pensó en esos actores camaleónicos que a veces confundía de un papel a otro, de una película a otra, por la capacidad que tenían para metamorfosearse: Hugh Jackman, Christian Bale, Kevin Spacey, John Cusack...

Sacó de un bolsillo el fax con la foto de Caleb Dunn y la comparó con las fotos publicadas en la prensa francesa. ¿Eran Vaughn y Dunn la misma persona? No era evidente, pero tampoco se podía descartar.

Alice sabía que, hoy en día, con la cirugía estética las posibilidades de modificar una cara eran casi infinitas. Algunos compañeros suyos se habían enfrentado recientemente a criminales que habían recurrido a esas técnicas de transformación física: rinoplastia, inserción de hilos tensores en la dermis para redibujar el óvalo facial, otoplastia para corregir las deformaciones de las orejas, inyección de ácido hialurónico para realzar los pómulos, cirugía dental para adquirir una nueva sonrisa...

Mientras le devolvía la tableta a su propietario, notó que el teléfono vibraba en su bolsillo.

«Seymour.»

El hombre que podía poner fin a la pesadilla.

—¿Has llegado a la fábrica? —preguntó sin preámbulos.

—Todavía no, acabo de pasar por Sarreguemines, salir de París ha sido un infierno, y Castelli ha tardado en localizar la antigua azucarera.

—¿Dónde está?

—El lugar se conoce con el nombre de Impasse de Kästelsheim. He introducido la dirección en el GPS, pero no sale nada; el sistema de geolocalización no tiene constancia. Pero no te preocupes, acabaré por encontrarlo. El problema es esta mierda de lluvia. Hace un frío que pela, llueve a mares y no se ve tres en un burro.

Alice oía de fondo el fuerte ruido de los limpiaparabrisas y los anuncios de la radio: «¡Los partidos de primera división en RTL!».

—Te llamo por otra cosa —continuó Seymour—. He tenido que meter en el ajo a Savignon y a Castelli. No puedo pedirles que trabajen en algo no oficial sin decirles la verdad. Van a pasar la noche en la oficina para desentrañar todas las pistas que podrían sernos útiles.

—Dales las gracias de mi parte.

—Bueno, pues resulta que Savignon me acaba de llamar para decirme algo sobre el número de serie de la Glock 22 que me diste esta mañana.

Alice tragó saliva. Esa pista se le había borrado por completo de la mente.

—Sí, la que encontré en un bolsillo de la cazadora. ¿Y qué hay de eso?

—Yo busqué inmediatamente en el fichero de armas robadas, pero ahí no figuraba. En cambio, cuando le hablé de Vaughn a Savignon, él estableció la relación enseguida. Hace dos años, después de tu agresión, cuando registramos el apartamento del asesino, encontramos un arma de fuego.

—¿Y...?

—Savignon ha consultado las documentación del sumario: era una Glock 22, y el número de serie corresponde.

—Espera, eso es imposible. Esa arma está depositada en el archivo de pruebas y nadie puede sacarla de allí sin...

—Savignon se ha pasado una hora en el archivo. La pistola no aparece.

«Joder...»

La pesadilla continuaba.

—Tienes que decirme la verdad, Alice: ¿has cogido tú esa pistola?

—¡Seymour! ¿Cómo puedes preguntarme una cosa así?

—Porque estamos bien pringados, por eso.

—¡Hombre, no es la primera vez que tenemos problemas con la conservación de las pruebas! ¿No te acuerdas, hace un año, de aquel vigilante que se surtía en el archivo para revender armas y droga? A lo mejor fue él quien se la llevó.

—Ya...

—Y aunque hubiera robado yo esa arma, ¿cómo habría podido introducirla en suelo estadounidense, pasar los controles de seguridad y de inmigración?

Alice oyó suspirar a su compañero.

—Estoy deseando creerte, Alice, pero hay que aclarar este asunto como sea.

La joven percibió que no se lo había dicho todo.

—¿Tienes algo más?

—Sí, y no te va a gustar. Es sobre tu coche.

—¿Lo has localizado?

—Sí, en el depósito de Charléty. Savignon se ha informado: los agentes de la prefectura lo remolcaron anoche desde la Île de la Cité.

—¿Dónde estaba exactamente?

Seymour respiró hondo.

—Encontraron tu Audi a las cuatro de la mañana en medio del puente del Archevêché, en el lugar exacto donde Paul tuvo el accidente.

La chica, bajo los efectos de la sorpresa, estuvo a punto de soltar el teléfono.

En ese momento, la puerta de la sala de espera se abrió y un gigante en bata blanca asomó la cabeza por el hueco.

—¿La señora Alice Schäfer? —preguntó.

18

GANCHO

Omne ignotum pro terribili.
[Todo peligro desconocido es terrible.]

Locución latina

El doctor Oliver Mitchell era un hombre alto y robusto con la cabeza rapada y unas cejas pobladas que dibujaban dos acentos circunflejos unidos por encima de la nariz. Pese a su estatura imponente y una pilosidad insólita, parecía un estudiante recién salido de la facultad: cara redonda y rubicunda iluminada por una sonrisa infantil, vaqueros, zapatillas de baloncesto gastadas y una camiseta con la efigie de los Ramones asomando por debajo de la bata.

—No he entendido bien lo de su insuficiencia cardíaca —dijo, invitándola a entrar en la sala de radiología.

Alice decidió jugar limpio.

—Era una mentira para conseguir que me recibiera.

—¡Vaya, vaya! Muy original... y cara dura. Es usted francesa, ¿verdad? —adivinó, reconociendo el acento.

—Sí, soy capitán en la Brigada Criminal de París.

Su semblante se iluminó.

—¿En serio? ¿En el 36 del Quai des Orfèvres? ¿Como Jules Maigret?

Alice abrió los ojos como platos. La conversación tomaba

un giro inesperado: ¿a santo de qué el personaje de Simenon aparecía en un diálogo con un radiólogo fan del punk rock, en el centro médico de Greenfield, en Massachusetts?

—Mi mujer está haciendo un doctorado de literatura francesa en Harvard —explicó el radiólogo—. Su tesina trata sobre París en las novelas de Georges Simenon.

—Ah, eso lo explica todo...

—Fuimos allí el verano pasado. ¡Ah, el Quai des Orfèvres, la place Dauphine, el muslo de pato confitado y las patatas *sarladaises* de Le Caveau du Palais...!

«¡Que alguien me pellizque! ¡Estoy soñando!»

Alice decidió aprovechar la situación.

—Si su mujer lo desea, yo podría conseguir que visitaran el número 36 la próxima vez que vayan a Francia.

—Es usted muy amable, ella...

—Mientras tanto, es absolutamente preciso que me ayude —lo cortó, quitándose la guerrera, el jersey y la camiseta.

En sujetador, se acercó al radiólogo para enseñarle el implante rectangular que llevaba bajo la piel.

—¿Qué es eso? —preguntó él, frunciendo sus pobladas cejas.

—Eso es justo lo que me gustaría saber.

El médico se frotó las manos con una solución antibacteriana y le examinó la parte superior del pecho, haciendo presión para que se marcara el pequeño rectángulo de bordes redondeados.

—¿Le hace daño?

—Apenas.

—Parece una especie de marcapasos en miniatura. ¿Tiene alguna dolencia cardíaca?

—No. Ni siquiera sé quién me ha implantado esa cosa, ni desde cuándo la llevo.

Sin sorprenderse lo más mínimo por la situación, el médico señaló el aparato de rayos X situado a la izquierda de la sala.

—Vamos a hacer una radiografía del tórax para verlo más claro.

Alice asintió y siguió las indicaciones del médico: con el torso desnudo, se colocó de pie frente a la placa de captura.

—Péguese un poco más —dijo este—. Coja aire, aguante la respiración... Eso es...

El tubo situado detrás de ella tardó menos de dos segundos en proyectar silenciosamente los rayos X.

—Ya puede respirar con normalidad. Por seguridad, vamos a tomar una imagen de perfil.

Mitchell repitió la operación e invitó a Alice a acompañarlo a una sala contigua. Se sentó detrás de la consola de visualización, encendió una pantalla, efectuó algunos ajustes de contraste y dio la orden de imprimir.

—¿Tardará mucho? —preguntó ella.

—No, el revelado es inmediato.

Una gran máquina cúbica y compacta se puso en marcha y dispensó las dos radiografías. Mitchell las cogió y las colgó sobre la mesa luminosa mural, cuya luminosidad modificó.

—¡Es la primera vez que veo esto! —dijo, señalando una mancha blanca rectangular.

—¿Es un chip? —sugirió Alice.

—No sé muy bien de qué tipo —respondió el radiólogo rascándose la cabeza.

—Estaba pensando en un chip RFID* —dijo la policía—, como los que se utilizan para los animales. Asistí a una conferencia sobre el tema el año pasado por razones de trabajo: parece ser que en Sudamérica algunas personas muy ricas se los hacen implantar para que se las pueda localizar rápidamente en caso de secuestro.

—El ejército también lo hace, y cada vez más, con los militares que envía al frente —añadió Mitchell sin apartar los ojos de la radiografía—. El chip almacena todos los datos relativos a su salud. En caso de accidente, se puede tener acceso a su historial médico con un simple escaneado. Es un procedimiento que se está extendiendo, pero ese tipo de chip es mucho más pequeño,

---

* Siglas de Radio Frequency IDentification; en español, Identificación por Radiofrecuencia.

más o menos como un grano de arroz. El suyo tiene un tamaño considerable.

—Entonces ¿qué es?

El radiólogo hizo acopio de sus conocimientos.

—Estos últimos años, en las revistas médicas, numerosas publicaciones mencionaban investigaciones para poner a punto chips electrónicos capaces de liberar automáticamente dosis regulares de medicamentos, lo que sería muy útil en ciertas patologías. Eso ya existe en el tratamiento de la osteoporosis, pero, si se tratara de eso, el implante se encontraría a la altura de la cadera y, además, sería mucho más voluminoso.

—¿Entonces? —se impacientó Alice.

—Mantengo mi idea de un minimarcapasos.

—¡Ya le he dicho que no tengo ningún trastorno cardíaco! —replicó ella, nerviosa.

El médico volvió a ponerse detrás de la pantalla para efectuar una ampliación de la zona, dio la orden de imprimir y sujetó de nuevo la radiografía sobre el negatoscopio.

—La forma de su implante no es convencional, pero estoy casi seguro de que es de titanio —afirmó.

Alice acercó la cara a la radiografía.

—De acuerdo, admitamos que se trata de un marcapasos. Tengo un compañero que lleva uno y tiene que pasar cada siete años por el quirófano para que le cambien la batería...

—Sí, hay que someterse a esa operación más o menos con esa frecuencia, digamos que entre seis y diez años. La mayor parte de los marcapasos están equipados con pilas de litio.

Alice señaló la radiografía.

—¿Cómo se consigue que quepan unas pilas o una batería en un espacio tan pequeño?

El radiólogo, con aire pensativo, formuló una hipótesis:

—Seguramente el suyo no lleva batería.

—Entonces ¿cómo funciona?

—Quizá gracias a un sistema de autogeneración: un sensor piezoeléctrico que transforma los movimientos de su caja torácica en electricidad. Eso forma parte de las pistas que se exploran en la actualidad para miniaturizar los estimuladores cardíacos.

Mitchell cogió una regla de plástico que estaba sobre la consola y la utilizó para señalar una zona de la radiografía.

—¿Ve ese extremo ligeramente redondeado que parece una muesca?

Alice asintió con la cabeza.

—Creo que es un conector que sirve para unir el marcapasos a su corazón mediante una sonda.

—¿Y dónde está la sonda? —preguntó la policía.

—En ninguna parte, y eso es precisamente lo raro.

—Entonces ¿a qué está unido el aparato?

—A nada —admitió el médico—. Con esa configuración, no puede enviar impulsos eléctricos.

—¿Puede quitármelo? —preguntó Alice, dubitativa.

—Uno de mis colegas quizá podría hacerlo, pero eso requiere una operación y análisis complementarios.

El cerebro de Alice funcionaba a cien por hora.

—Otra cosa, la última ya: me he mirado bien y no tengo ninguna cicatriz en el pecho, el cuello o las axilas. ¿Cómo han podido implantarme eso sin dejar el menor rastro?

Mitchell se pellizcó el labio.

—O bien lo lleva desde hace mucho...

—Imposible. Me habría dado cuenta —lo cortó ella.

—O bien se lo han implantado pasando por otro lugar.

Ante la mirada estupefacta del radiólogo, Alice se desabrochó el cinturón, se quitó los botines y luego los pantalones. Se examinó los tobillos, las piernas, las rodillas... Cuando, en la parte superior del muslo izquierdo, descubrió una tirita transparente, se le aceleró el corazón. Despegó la tira adhesiva y vio una discreta incisión.

—Por ahí es por donde se lo han implantado —dedujo el médico acercándose a la cicatriz—. El implante es tan pequeño que han podido hacerlo subir utilizando un catéter.

Alice, perpleja, se vistió. Aquella investigación no solo era desconcertante, inquietante y surrealista, sino que se estaba volviendo francamente demencial.

—Resumiendo, llevo un marcapasos sin batería, sin sonda y que no estimula ninguno de mis órganos —dijo.

—Es incomprensible, lo reconozco —se excusó Mitchell.

—Pero, en ese caso, ¿para qué sirve?

—Eso es justo lo que me pregunto —concedió el radiólogo.

19

DEL LADO DE LOS VIVOS

*Hacia un corazón roto
ningún corazón puede ir
sin la alta prerrogativa
de haber sufrido igualmente.*

EMILY DICKINSON

Poco a poco iba oscureciendo.

En espera de la noche, el sol vertía sus últimos rayos como un artificiero que dosificara sus efectos pirotécnicos. El bosque se incendiaba. En primer plano, el torbellino de llamas vivas de los arces, los fresnos y los abedules, los reflejos dorados de los alerces, el fuego de los tilos. A continuación, el lustre tostado de las hayas, la sangre negra de los zumaques y de los robles rojos americanos, el centelleo carmesí de los serbales. Más lejos, la muralla verde de los abetos dominada por la masa mineral y angulosa de la roca.

En Greenfield, Gabriel había llenado el depósito de gasolina, comprobado el nivel de aceite y encontrado una rueda de recambio. Alice se había reunido con él en el taller y le había contado las últimas informaciones de Seymour sobre el origen de la Glock y sobre su Audi, encontrado en el puente del Archevêché. Instintivamente, la chica había decidido no decirle nada del cuerpo extraño implantado bajo su piel. Prefería esperar a averiguar algo más antes de hacerlo partícipe de ese nuevo e inverosímil dato.

Habían reanudado el camino, pero a la altura de Brattleboro un camión cisterna lleno de carburante había volcado en la calzada. La gasolina se había desparramado, lo que había obligado a los bomberos y a la policía a cerrar la Interestatal 91 y establecer un perímetro de seguridad para evitar el riesgo de incendio.

Forzado a salir de las grandes vías de circulación en favor de las carreteras secundarias, el Shelby había aminorado la marcha. Y aunque al principio los dos policías habían echado pestes contra ese golpe de mala suerte, poco a poco se habían dejado invadir por la tranquilidad de los lugares que atravesaban. Habían sintonizado una emisora de radio local que encadenaba estándares de calidad: *American Pie*, de Don McLean; *Just for Today*, de George Harrison; *Heart of Gold*, de Neil Young... Incluso habían parado para comprarle a un productor local, en el mismo borde de la carretera, sidra y rosquillas de canela.

Durante más de una hora, pusieron la investigación entre paréntesis.

El paisaje era agradable y estaba salpicado de senderos, puentes cubiertos, miradores con vistas panorámicas y riachuelos de montaña. Aunque predominaba el terreno ondulado, el relieve se suavizaba de vez en cuando durante varios kilómetros. La calzada adquiría entonces el aspecto de una carretera campestre a lo largo de la cual se sucedían pueblecitos pintorescos, granjas atemporales y extensos pastos donde pacían vacas lecheras.

Durante un buen rato, Alice se dejó mecer por el ronroneo del coche. El escenario le recordaba sus vacaciones en Normandía, cuando era más joven. El tiempo se había detenido. Cada vez que cruzaban un pueblo, tenían la impresión de retroceder cien años. Como si recorrieran una tarjeta postal de Nueva Inglaterra ilustrada con viejos almacenes agrícolas, lecherías de tejados abuhardillados y follaje brillante.

El encanto se rompió cuando Alice abrió la guantera para recuperar su pistolera. Durante sus primeros años en la policía, se burlaba de sus compañeros mayores que ella porque llevaban el arma encima incluso cuando no estaban de servicio. Pero, con el paso del tiempo, se había vuelto como ellos: necesitaba notar el peso de la pistola contra el pecho para estar plenamente tranquila, en total armonía consigo misma.

La pistola estaba donde la había dejado, metida en su funda de piel, pero al lado había un juguete: un cochecito metálico con la carrocería blanca con franjas azules. Una réplica exacta del Mustang Shelby en el que viajaban.

—¿Qué es esto?

Gabriel miró el juguete.

—Supongo que a Kenny debió de hacerle gracia y lo compró.

—Antes no estaba aquí.

Gabriel se encogió de hombros.

—Debió de mirar mal.

—Estoy segura de que la guantera estaba vacía cuando dejé el arma —insistió la joven.

—¿Y qué más da? —replicó él, irritado.

—Creía que íbamos a decírnoslo todo.

Keyne suspiró.

—Vale, me lo ha dado el primo de Barbie. Un tipo muy simpático, por cierto. Colecciona Hot Wheels,* tiene por lo menos trescientos. Es increíble, ¿no?

—Exacto, es increíble... —repitió ella sin quitarle los ojos de encima.

El policía manifestó su exasperación levantando el tono:

—¿Qué pasa? Ese tipo ha querido ser amable conmigo regalándome este cochecito y yo lo he aceptado para no hacerle un feo, punto. Ha sido un simple gesto de cortesía. ¡Puede que no sea necesario pasarnos la noche dándole vueltas al asunto!

* Marca estadounidense de juguetes, conocida sobre todo por sus vehículos en miniatura.

Alice explotó:

—¡Deje de tomarme por idiota! ¿Quiere que me trague que ha simpatizado tanto con ese paleto como para que le regale un coche de su colección? ¡Y, además, todavía lleva el precio pegado en la caja!

Nervioso, Gabriel la miró malhumorado antes de encender el pitillo que se había puesto detrás de la oreja. Dio varias caladas que perfumaron el habitáculo. Alice, molesta por el humo, bajó la ventanilla. Seguía sin apartar la mirada de su compañero; escrutaba sus ojos oscuros, sus facciones deformadas por el enfado, esperando acceder a través de ellos a una verdad, penetrar un misterio.

Y de repente la evidencia se impuso.

—Tiene un hijo —murmuró, como si hablara consigo misma.

Él se quedó sin habla. Hubo unos momentos de silencio.

—Ha comprado este juguete para él —insistió ella.

Gabriel volvió la cabeza en su dirección. Sus ojos oscuros brillaban como petróleo. Alice se dio cuenta de que avanzaba por terreno minado.

—Sí, es verdad —admitió él, dando una calada—, tengo un hijo pequeño. Simplemente quería hacerle un regalo. ¿Está prohibido?

Frenada por el pudor, Alice ya no se sentía muy cómoda ni estaba muy segura de querer continuar con aquella conversación. Pese a todo, preguntó en voz baja:

—¿Cómo se llama?

Gabriel subió el volumen de la radio y meneó la cabeza. No había previsto esa intrusión intempestiva en su intimidad.

—Creo que tenemos otros problemas de los que ocuparnos, Schäfer...

Una máscara de tristeza cubrió su rostro. Parpadeó varias veces y acabó por decir:

—Se llama Théo. Tiene seis años.

Por el tono de su voz, Alice comprendió que el asunto le resultaba especialmente doloroso.

Conmovida, bajó el volumen del aparato e intentó decir unas palabras que le devolvieran la serenidad:

—Es un cochecito precioso —dijo, señalando el Shelby—. Le gustará.

Sin ningún miramiento, Keyne le quitó el juguete de las manos y lo tiró por la ventanilla.

—Es absurdo. De todas formas, no lo veo nunca.

—¡Gabriel, no!

Alice agarró el volante para obligarlo a detenerse. Hastiado, él frenó bruscamente, aparcó en el arcén y salió del coche.

Alice lo miró alejarse por el retrovisor. Se encontraban en una estrecha carretera panorámica que serpenteaba hacia el valle. Vio a Gabriel sentarse en un saliente rocoso que avanzaba en el vacío como un corredor a cielo abierto, terminarse el cigarrillo y encender inmediatamente otro. Alice salió del coche, recogió el cochecito del suelo y se acercó a él.

—Lo siento —dijo, colocándose a su lado.

—No se quede aquí, es peligroso.

—Si es peligroso para mí, también lo es para usted.

Se inclinó hacia delante y vio un lago abajo. La efímera paleta de colores otoñales se reflejaba en el agua con intensidad.

—¿Por qué no le ve más a menudo?

Él hizo un gesto evasivo.

—Vive en Londres con su madre. Es una larga historia.

Alice le cogió un cigarrillo, pero le costaba encenderlo a causa del viento. Él le tendió el suyo y, en el momento en que ella menos se lo esperaba, soltó lo que le oprimía el corazón:

—No he trabajado siempre en el FBI. Antes de superar el examen de admisión, fui policía en Chicago. —Frunciendo los ojos, dejó que los recuerdos subieran a la superficie—. Es la ciudad donde nací y donde conocí a mi mujer; los dos nos criamos en el Ukrainian Village, el barrio de los inmigrantes de la Europa del Este. Un lugar bastante tranquilo, situado al noroeste del Loop.

—¿Trabajaba en la sección de homicidios?

—Sí, pero en la de los barrios del sur, que cubre las zonas más peligrosos de la ciudad: el distrito de Englewood, el de New City... —Dio una larga calada antes de continuar—: Sitios malos gangrenados por los gánsteres, abandonados al miedo y la desesperación, donde la policía ya no puede hacer gran cosa. Territorios enteros controlados por pequeños delincuentes que se creen Scarface y hacen reinar el terror con sus armas automáticas. —Un pasado no tan lejano le volvía a la memoria. Un pasado que habría querido mantener a distancia, pero en el que a su pesar estaba sumergiéndose—. ¿Usted no tiene a veces la impresión de que los policías trabajamos para los muertos? Si uno lo piensa bien, son ellos nuestros verdaderos clientes. Es a ellos a quienes debemos rendir cuentas. Ellos son los que vienen a atormentarnos por la noche cuando no encontramos a sus asesinos. Eso es lo que me reprochaba muchas veces mi mujer: «Te pasas la mayor parte del tiempo con los muertos. Nunca estás en el lado de los vivos». Y, en el fondo, no estaba equivocada...

Alice interrumpió a Gabriel antes de que acabara su monólogo:

—¡Eso no es verdad! Al contrario: trabajamos para sus familias, para las personas que los querían. Para permitirles gestionar el duelo, para hacer justicia, para conseguir que los asesinos no reincidan.

Él hizo una mueca dubitativa y prosiguió su relato:

—Un día decidí ayudar de verdad a los vivos. En Englewood estaba en contacto a diario con los miembros de una asociación de mediadores, gente variopinta, la mayoría trabajadores sociales y personas con antecedentes penales que se habían marchado del barrio. Habían unido sus fuerzas para hacer eso que nosotros, los representantes de la ley, éramos incapaces de llevar a cabo: poner aceite en los engranajes, evitar los conflictos, calmar las tensiones. Y sobre todo salvar a los que aún podían ser rescatados.

—¿Los más jóvenes?

—Sobre todo aquellos que aún no habían sido devastados por

la droga. En ocasiones, los voluntarios no dudaban en actuar al margen de la legalidad. Los ayudé varias veces a «repatriar» a jóvenes prostitutas del barrio facilitándoles papeles falsos, un poco de dinero confiscado a camellos, un billete de tren para la costa Oeste, una dirección donde alojarse, la promesa de un empleo...

«Como Paul...», pensó, a su pesar, Alice.

El bosque se reflejaba en los ojos de Gabriel, dándole a su mirada una intensidad inquietante.

—Estaba tan convencido de hacer el bien que no había calibrado con quién me la jugaba. Había decidido no tener en cuenta las advertencias o amenazas que recibía. Y debería haberlo hecho, porque los proxenetas y los narcotraficantes no se andan con bromas cuando arremetes contra sus herramientas de trabajo. —Gabriel prosiguió su relato intercalando silencios—: En enero de 2009, la hermana pequeña de mi mujer había planeado irse a esquiar un fin de semana con sus amigas para celebrar su cumpleaños. Nos había pedido que le prestáramos el 4 × 4 y habíamos aceptado. Todavía me veo de pie en la galería, despidiéndome de ella con la mano: «¡Sé prudente, Johanne! ¡No hagas locuras en las pistas negras!». Esa noche llevaba un gorro con una borla. El frío había enrojecido sus mejillas. Tenía dieciocho años. Estaba rebosante de vida. Se sentó al volante del todoterreno, hizo girar la llave de contacto y... el coche explotó delante de nuestros ojos. Los cabrones de Englewood no habían dudado en poner explosivos en mi vehículo...

Gabriel se tomó su tiempo para encender otro cigarrillo con la colilla del anterior antes de continuar:

—Al día siguiente del entierro de su hermana, mi mujer se fue de casa con nuestro hijo. Se instaló en Londres, donde vivía parte de su familia. A partir de ese momento todo fue muy deprisa: pidió el divorcio y los perros de presa que había contratado para defenderla me machacaron. Me acusaron de violencia, de alcoholismo y de tener relaciones con prostitutas. Presentaron testimonios manipulados y SMS sacados de contexto. Yo no supe replicar y ella obtuvo la custodia exclusiva de Théo.

Dio una última calada al cigarrillo y lo aplastó contra la roca.

—Solo tenía derecho a ver a mi hijo dos veces al año y, un día, me derrumbé. Fui a Inglaterra a ver a mi mujer, intenté hacerla entrar en razón, pero se puso hecha una furia. Sus abogados fueron a por todas y consiguieron una orden de alejamiento que ahora me prohíbe ver a Théo.

Un velo de resignación pasó por su mirada. Caía la noche. Se había levantado viento y empezaba a hacer frío. Alice, conmovida, le puso una mano sobre el antebrazo cuando el timbre del teléfono rompió de pronto su burbuja de intimidad.

Cruzaron una mirada, conscientes de que la puerta entreabierta de ese jardín secreto estaba a punto de cerrarse. Alice descolgó.

—¿Sí, Seymour? —dijo, activando el altavoz.

—He encontrado la azucarera. Joder, este sitio es alucinante, está completamente aislado. Aquí es donde rodaron *Posesión infernal*, ¿no?

—Descríbeme lo que ves.

—Esto parece la antesala del infierno.

—No te pases, no será para tanto.

—Y encima caen chuzos de punta y no he cogido paraguas.

—¡No me cuentes tu vida, Seymour! ¿Llevas la linterna, las tenazas y los tubos luminosos?

—Sí, sí. Lo he metido todo en la mochila.

Amplificada por el altavoz, la voz chisporroteante del policía salía del teléfono para retumbar en el valle, rebotando en las paredes de las montañas.

—Según me ha dicho Castelli, hace más de treinta años que la fábrica está abandonada. He entrado en el edificio principal. Está medio derruido, invadido por la herrumbre y zarzas que alcanzan la altura de una persona.

Alice cerró los ojos para recordar con precisión la topografía del lugar tal como su padre se la había descrito.

—Vale. Sal por detrás y busca una zona de almacenamiento. Una construcción que parezca un silo.

Transcurrieron unos segundos antes de que Seymour volviera a tomar la palabra.

—Sí, veo una especie de depósito alto y estrecho, engrosado por la hiedra. ¡Parece la polla del gigante verde!

Alice hizo como si no hubiera oído la broma de dudoso gusto.

—Rodea la torre hasta que encuentres una serie de tres pozos de piedra.

Nueva espera.

—Sí, los veo. Están cerrados con rejas.

Alice notó que se le aceleraba el corazón.

—Empieza por el de en medio. ¿Puedes retirar la reja?

—Espera, voy a conectar el manos libres... Perfecto, la reja no está soldada. Ah, pero debajo hay una trampilla de hierro forjado.

—¿Puedes levantarla?

—¡Coño, esto pesa una tonelada!... Vale, ya está abierto.

La joven policía respiró hondo.

—¿Qué ves en el interior?

—Nada...

Alice se impacientó:

—¡Alumbra bien con la linterna, joder!

—¡Eso es lo que hago, Alice! ¡Te digo que no hay nada!

—¡Enciende un tubo luminoso!

Oyó mascullar a su amigo al otro lado de la línea.

—¿Cómo funcionan estos trastos...?

Exasperada, Alice subió el tono:

—Coges la barra, la doblas por la mitad, la agitas para activarla y la echas al fondo del agujero.

Pasaron unos segundos más, tras los cuales Seymour confirmó:

—El pozo está vacío, y las paredes están completamente secas.

«¡Joder, no puede ser!»

—¿Qué se supone que tenía que haber encontrado? —dijo Seymour.

Alice se cogió la cabeza entre las manos.

—El cadáver de Vaughn.

—¡Tú desvarías!

—¡Mira en los otros dos pozos! —ordenó Alice.

—Las rejas están oxidadas y soldadas. ¡No ha debido de abrirlas nadie desde hace lustros!

—¡Corta la reja con las tenazas!

—No, Alice, no voy a cortar nada. Estoy harto de tus tonterías. ¡Me vuelvo a París!

Impotente, en pleno bosque, a más de seis mil kilómetros de aquella vieja fábrica moselana, Alice apretó los puños con rabia. Seymour se equivocaba. En esa fábrica había un cadáver. Estaba segura.

Se disponía a colgar cuando en el otro extremo de la línea una especie de ronquido y un rosario de maldiciones le desgarraron los tímpanos.

—¿Seymour? —dijo, alarmada.

Un silencio. Cruzó una mirada de inquietud con Gabriel, que, aunque no entendía todo lo que se decían los dos franceses, notaba que la tensión iba en aumento.

—Seymour, ¿qué pasa? —gritó.

Hubo una larga pausa, durante la cual oyeron una sucesión de chirridos metálicos. Finalmente, Seymour dijo:

—Me cago en la puta... Tenías razón, hay... ¡hay un cadáver!

Alice cerró los ojos como para dar las gracias al cielo.

—Pero ¡no está dentro del pozo! —prosiguió el policía.

«¿No está dentro del pozo?»

—¡Hay un cuerpo en la cabina de una vieja excavadora!

Lívida, Alice preguntó en un susurro:

—¿Es Vaughn?

—¡No, es una chica! Está atada y amordazada. Espera... ¡con unas medias, joder! ¡La han estrangulado con unas medias!

Alice trató de mantener la sangre fría.

—¿En qué estado de descomposición está el cadáver?

—Entre la oscuridad y esta puta niebla, no veo ni torta... Yo creo que lleva muerta unos días como mucho.

En el semblante de Gabriel se traslucía la perplejidad.

—¿Podría explicarme qué pasa?

Alice le resumió rápidamente la situación en inglés. Una petición salió de inmediato de los labios del agente federal:

—*Ask him what color the tights are. According to the eyewitnesses, on the day of her murder Elizabeth Hardy was wearing PINK tights.*[**]

—¿De qué color son las medias, Seymour? —preguntó Alice.

—Imposible decirlo, está demasiado oscuro... Voy a tener que dejarte, Alice, tengo que avisar a la policía de la zona.

—¡Espera, Seymour! ¡¡¡El color de las medias, por favor!!! —gritó.

—Rojo, creo..., no, más bien rosa —rectificó antes de colgar.

Alice y Gabriel se miraron, petrificados.

La pesadilla continuaba.

[**] «Pregúntele de qué color son las medias. Según los testigos, el día que la asesinaron Elizabeth Hardy llevaba unas de color ROSA.»

20

EN LA CASA

Los hombres buscan la luz en un jardín frágil donde tiritan los colores.

JEAN TARDIEU

Una luna azul nocturno producía una sensación aplastante y desafiaba a las nubes.

Hacía un frío polar.

Dentro del habitáculo del Shelby, la calefacción despedía un aire templado. Alice se frotó las manos para calentárselas y las cerró para meterlas en las mangas del jersey. Había encendido la luz del techo y tenía el mapa de carreteras desplegado sobre las piernas. Inclinado hacia delante, con el semblante sombrío, Gabriel conducía agarrando el volante con las dos manos. Llevaban tres horas de viaje desde la llamada de Seymour, todo el rato en dirección hacia el norte. Después de un trayecto tan largo, la incomodidad del Shelby empezaba a dejarse sentir: asientos muy bajos, suspensión prehistórica, calefacción defectuosa...

Concentrado en la carretera, Gabriel tomó una curva cerrada y aceleró para propulsar el coche por la carretera escarpada que serpenteaba entre las gargantas de las Montañas Blancas. No se habían cruzado con ningún coche desde hacía kilómetros. La zona estaba desierta.

A su alrededor, la naturaleza se imponía con todo su poderío. El bosque estaba negro, amenazador, sin matices. La paleta de colores otoñales había dejado paso a un tinte monolítico, todo sombras, de una negrura abisal.

En los recodos veían a veces el valle sumergido en la bruma, así como una cascada escalonada cuyos saltos de agua dibujaban rellanos plateados en la roca.

Asediada por el cansancio y la falta de sueño, Alice rumiaba sobre lo que Seymour les había revelado: no solo Vaughn no estaba muerto, sino que seguía activo. Hacía diez días, había asesinado a una enfermera, allí, en Nueva Inglaterra, y poco después había regresado a Francia para matar de nuevo y dejar el cadáver en la antigua azucarera.

Vaughn no actuaba solo, Alice estaba segura de eso. Su encuentro con Gabriel no era cosa del azar. Vaughn los había reunido para provocarlos y desafiarlos. Pero esa macabra puesta en escena no podía ser obra de un individuo aislado. Material y logísticamente, un hombre solo era incapaz de orquestar semejante puzle.

Alice se frotó los ojos. Había dejado de tener las ideas claras, su cerebro funcionaba al ralentí.

No obstante, una pregunta la torturaba: ¿por qué le había mentido su padre sobre la muerte de Vaughn?

Se friccionó los hombros y limpió el vaho que se acumulaba en la ventanilla. El paisaje lúgubre la contagiaba. El miedo le atenazaba el estómago y solo la presencia de Gabriel le permitía ahora no ceder al pánico.

Recorrieron unos quince kilómetros más antes de llegar a un reborde de estacas que abría un camino en el bosque.

—¡Es ahí! —dijo Alice levantando los ojos del mapa.

El cupé giró a la izquierda y se adentró en una pista forestal bordeada de abetos. Al cabo de un centenar de metros, el paso se hizo más estrecho, como si los árboles formaran un bloque para rechazar a los dos intrusos. La pareja se internó en el túnel de vegetación. Las agujas rayaban la carrocería del Mustang, unas ramas golpeaban las ventanillas, el suelo se volvía más inestable. Imperceptiblemente, las coníferas se cerraban sobre ellos.

De pronto, salida de ninguna parte, una masa oscura saltó delante del coche. Alice gritó, Gabriel pisó el pedal del freno y giró el volante con todas sus fuerzas para sortear el obstáculo. El Shelby derrapó y chocó contra el tronco de un abeto, que arrancó un retrovisor, rompió una de las ventanillas traseras e hizo que se apagara la luz del techo.

Silencio. Miedo. Luego un largo balido.

«Un alce...», pensó Alice mirando alejarse la silueta de un gran animal con una alta cornamenta en forma de abanico.

—¿Nada roto? —preguntó Gabriel.

—Estoy bien —afirmó Alice—. ¿Y usted?

—Sobreviviré —aseguró él arrancando de nuevo.

Recorrieron unos quinientos metros hasta desembocar en un claro que rodeaba una granja.

Aparcaron el Shelby cerca de la vivienda y apagaron los faros. La luz de la luna era suficiente para distinguirla. Era una construcción rectangular recubierta de tablas de madera y tocada con un tejado de dos aguas revestido de tablillas de cedro. Dos tragaluces abiertos en el desván parecían observarlos con una mirada desconfiada. Las contraventanas no estaban cerradas y en el interior la oscuridad era total.

—No hay nadie —constató Gabriel.

—O quieren hacérnoslo creer —puntualizó Alice.

Abrochó las dos correas del macuto y se lo tendió a Gabriel.

—Cójalo —ordenó mientras sacaba la pistola de la guantera.

Desenfundó la Glock, comprobó el cargador, quitó el seguro y apoyó el dedo en el gatillo.

—No pensará ir así sin más... —dijo Gabriel.

—¿Se le ocurre otra solución?

—¡Va a freírnos!

—Si Vaughn hubiera querido matarnos, lo habría hecho hace mucho.

Salieron al frío exterior y se dirigieron hacia la casa. De entre sus labios escapaba un vaho que trazaba volutas plateadas y se evaporaba en la noche.

Se detuvieron delante de un buzón tradicional con la pintura desconchada:

CALEB DUNN

El nombre grabado con soldador no dejaba ninguna duda sobre la identidad de su propietario.

—Por lo menos no nos hemos equivocado de sitio —dijo Gabriel abriendo el buzón.

Estaba vacío. Alguien había retirado el correo hacía poco.

Continuaron hasta la galería, donde encontraron un periódico.

—El *USA Today* de hoy —observó Gabriel después de haber rasgado el envoltorio de plástico que lo protegía.

Dejó el ejemplar encima de una vieja mecedora.

—O sea, que Dunn no ha entrado en su casa —dedujo Alice, echando un vistazo al periódico.

Gabriel se situó delante de la entrada y pareció dudar.

—Desde un punto de vista jurídico, no tenemos ninguna razón válida para estar aquí. Oficialmente, Dunn no es sospechoso de nada. No tenemos una orden, no tenemos...

—¿Y qué? —se impacientó Alice.

—Pues que si pudiéramos entrar sin derribar la puerta...

La policía guardó el arma y se arrodilló delante de la cerradura.

—Páseme el bolso.

Abrió el macuto para sacar un gran sobre de papel kraft doblado por la mitad que contenía las radiografías de su tórax hechas poco antes en Greenfield.

—¿De dónde ha sacado eso? —preguntó Gabriel al ver la imagen médica.

—Después se lo explico, Keyne. ¿Qué nos apostamos a que la puerta está cerrada de golpe? Por estos pagos no deben de tener mucho miedo de los ladrones.

Alice introdujo la hoja rígida entre la puerta y el marco y la empujó varias veces sin éxito.

—Déjelo, Schäfer, esto no es una película: está cerrado con llave.

Pero Alice no se dio por vencida, siguió empujando la radiografía al tiempo que sacudía la puerta, dándole golpecitos con el pie hacia arriba hasta que el pestillo se desplazó y liberó la abertura.

Le lanzó una mirada victoriosa a Gabriel y desenfundó la Glock. Los dos policías entraron en la granja.

Primera evidencia: la casa estaba caldeada. Primera deducción: cuando salió de su refugio, Dunn pensaba volver enseguida.

Gabriel accionó el interruptor. El interior era sencillo: una especie de gran cabaña de cazador de aspecto típico, con su viejo suelo de ladrillo, sus paredes de madera con vetas y su estufa de leña. El salón se organizaba alrededor de un sofá esquinero muy raído y de una monumental chimenea de piedra sobre la que destacaba una cabeza de corzo disecada. Cuatro armas estaban colocadas a la vista en el armero.

—Escopetas de tres al cuarto para disparar contra las tórtolas o las perdices —dijo Gabriel—. Nada más.

Únicas concesiones a la modernidad: unos banderines de los Red Sox, una pantalla de alta definición, una videoconsola, un ordenador portátil y una pequeña impresora que descansaban sobre una mesa de madera tosca. Pasaron a la cocina. Ninguna variación: paredes ligeramente desconchadas, fogones de fundición y viejas cacerolas de cobre.

Subieron al piso superior y descubrieron un pasillo desde el que se accedía a tres cuartitos austeros y casi vacíos.

De vuelta en la planta baja, los dos investigadores abrieron los armarios y los cajones, revisaron lo que había en los estantes, miraron debajo de los cojines y de la manta escocesa del sofá. Nada, salvo un poco de hachís escondido en un frutero. Costaba creer que esa cabaña fuera la madriguera de un asesino en serie.

—Qué raro que no haya ninguna foto personal —observó Gabriel.

Alice se sentó delante del ordenador y abrió el aparato. Ninguna contraseña. Ningún programa de fotos, un historial web expurgado, un programa de correo sin configurar. Un auténtico cascarón vacío.

Alice se tomó su tiempo para pensar y llegó a la conclusión de que Dunn debía de enviar sus mensajes pasando por la página de su proveedor de servicios de internet. Se conectó a él —era la única página que figuraba en Favoritos—, pero solo encontró las facturas mensuales y mensajes spam y de propaganda.

Gabriel, por su parte, continuaba con el registro. En un armario de la cocina encontró una lona plastificada y un rollo de cinta aislante y los apartó para tapar la ventanilla rota del Shelby. Vio una gran ventana de guillotina que daba a la parte de atrás del bosque. La abrió por curiosidad y provocó una corriente de aire que cerró de un portazo la puerta de la entrada, abierta hasta ese momento. Alice alzó la cabeza y palideció.

De un salto se levantó de la silla, se acercó a la entrada y se quedó petrificada. En el lado interior de la puerta, sujetas con grandes clavos oxidados, tres imágenes que ella llevaba siempre en la cartera.

La primera, una foto de Paul con una sonrisa de oreja a oreja, tomada en la costa Amalfitana, en los elevados jardines de Ravello. La segunda, una de sus ecografías; la del quinto mes.

Alice cerró los ojos. En un segundo, como un fogonazo, surgieron todas las emociones que había sentido al ver a su hijo en la pantalla aquel día. Todo era ya identificable: la forma delicada de la cara, el óvalo de los ojos, las diminutas aletas de la nariz, las manitas, los dedos bien perfilados. Y el ruido hipnotizador del ritmo cardíaco: BUM-BUM, BUM-BUM, BUM-BUM...

Abrió los ojos para mirar la tercera imagen: era su carnet tricolor de policía. También estaba clavado en la puerta, pero el autor de la fechoría lo había rasgado en dos.

BUM-BUM, BUM-BUM, BUM-BUM... El ruido de su propio

corazón palpitando dentro del pecho se mezclaba con los recuerdos de los latidos del de su hijo. De repente, la habitación se puso a dar vueltas a su alrededor. Una oleada de calor la invadió y le entraron unas violentas ganas de vomitar. Perdió el conocimiento sin tener apenas tiempo de notar que la sujetaban.

Los truenos hacían temblar los cristales. Una sucesión de relámpagos iluminó en zigzag el interior de la casa. Alice había vuelto en sí enseguida, pero estaba más blanca que un espectro. Gabriel tomó la iniciativa.

—No sirve de nada eternizarse en esta cabaña. Tenemos que encontrar a Caleb Dunn y nada nos dice que vaya a pasar por aquí.

Alice y Gabriel se habían sentado a uno y otro lado de la mesa de madera del salón, sobre la cual habían desplegado el mapa de carreteras de la región. El agente federal siguió exponiendo su razonamiento.

—O bien Dunn y Vaughn son la misma persona, o bien Dunn nos conducirá a Vaughn. De una u otra forma, ese hombre tiene en su poder una parte importante de la verdad.

Alice asintió. Cerró los ojos para concentrarse mejor. El análisis de ADN había revelado que la sangre de su blusa era la de Dunn. Por lo tanto, este había sido herido recientemente. La noche anterior o durante las primeras horas del alba. Y su herida debía de ser suficientemente grave para que no volviera a su casa. Pero ¿dónde estaba ahora? En un escondrijo, seguro... O simplemente en un centro sanitario.

Como si le leyera el pensamiento, Gabriel dijo:

—¿Y si Dunn hubiera ido a que lo atendieran al hospital donde trabaja?

—Llamemos para comprobarlo —sugirió ella pulsando una tecla para activar el ordenador.

Se conectó a internet para buscar las señas del Sebago Cottage Hospital.

Apuntó la dirección y el número de teléfono, e intentó localizar el sitio en el mapa.

—Es aquí —dijo, señalando la orilla de un lago en forma de bombilla—. Hay sesenta kilómetros escasos.

—Tardaremos como mínimo dos horas en bajar —precisó Gabriel.

—Llamemos a la dirección del hospital y preguntemos si Dunn está ingresado allí.

Él negó con la cabeza.

—No nos dirán nada por teléfono. Incluso nos exponemos a que pongan sobre aviso a Dunn.

—Entonces ¿vamos a ciegas?

—Quizá no. Tengo otra idea. Páseme el teléfono.

Gabriel marcó el número del hospital, le contestaron desde la centralita, pero, en vez de tratar de hablar con un miembro de la dirección, pidió que lo pusieran con la garita de los guardias de seguridad.

—Seguridad, dígame —anunció una voz indolente que no encajaba con la función.

—Buenas noches, soy un amigo de Caleb Dunn. Me dijo que podía encontrarlo en este número. ¿Podría hablar con él?

—Pues eso va a ser difícil, amigo. Al parecer, a Caleb le han metido una bala en el cuerpo. Está aquí, pero al otro lado de la barrera, no sé si me entiende...

—¿Dunn está ahí? ¿En el Sebago Cottage Hospital?

—En cualquier caso, eso es lo que la jefa me ha dicho.

—¿La jefa?

—Katherine Köller, la directora adjunta del hospital

—¿Y se sabe quién le ha disparado?

—Ni idea. Aquí no les gusta mucho que hagamos preguntas.

Gabriel le dio las gracias al guardia de seguridad y colgó.

—¡Vamos! —dijo Alice—. ¡Esta vez lo tenemos!

Iba a cerrar el ordenador cuando interrumpió el gesto.

—Espere un minuto.

Aprovechó el acceso a internet para mirar su correo electrónico. Habían pasado más de cinco horas desde su conversación con Franck Maréchal, el comisario de la dirección regional de la Policía de Transportes. Quizá había encontrado las imágenes de su coche en las cámaras de vigilancia del aparcamiento de la avenue Franklin-Roosevelt. A decir verdad, en este asunto no confiaba mucho en la diligencia de Maréchal.

Pero se equivocaba: tenía un mensaje sin leer en su correo.

De: Franck Maréchal
Para: Alice Schäfer
Asunto: Vigilancia Vinci/FDR

Hola, Alice:

Aquí tienes las imágenes de las cámaras de vigilancia correspondientes a la matrícula que me diste. No he podido comprimir el archivo de vídeo y pesaba demasiado para enviártelo por correo electrónico, pero te he hecho unas capturas de pantalla. Espero que con esto tengas bastante.

Besos,

FRANCK

Seguían cuatro fotos en documentos adjuntos.

Alice miró la pantalla más de cerca.

20.12 horas: dos instantáneas mostraban la entrada del Audi en el aparcamiento. La calidad de la filmación no era tan mala como Seymour había asegurado. A través del parabrisas, Alice distinguió muy bien su cara y el hecho de que estaba sola.

0.17 horas: otras dos fotos atestiguaban la salida del Audi. Esta vez, Alice iba visiblemente acompañada y no era ella quien conducía. A juzgar por las imágenes, parecía desplomada, casi inconsciente, en el asiento de al lado. Un hombre se había puesto al volante. Aunque en la primera instantánea no se le veía la cara, en la segunda tenía la cabeza levantada.

Alice abrió la foto en pantalla completa y amplió la imagen utilizando el panel táctil.

La sangre se le heló en las venas.

No cabía absolutamente ninguna duda.

El hombre que iba al volante del Audi era Seymour.

21

EL VELO DE NÁCAR

¡Ay del solo que cae!, que no tiene quien lo levante.

ECLESIASTÉS 4, 10

El Shelby penetraba en las tinieblas.

La tormenta se abatía sobre la montaña con una fuerza devastadora. El viento hacía bambolearse el coche, la lluvia repiqueteaba contra los cristales y sobre la lona plastificada, produciendo un ruido infernal.

Habían pasado la cima del puerto hacía media hora y comenzado un largo descenso hacia el valle. La carretera, vertiginosa, encadenaba curvas cerradas, resbaladizas ahora a causa del agua.

Alice tenía entre las manos la foto del aparcamiento en la que se distinguía la cara de Seymour. Había intentado varias veces llamar a su «amigo», pero siempre le respondía el buzón de voz. Bajó los ojos hacia la fotografía y la examinó a la débil luz del teléfono.

Se veía sentada al lado de Seymour, en su Audi. Tenía aspecto abatido y de borracha, pero no parecía totalmente inconsciente.

¿Cómo podía no acordarse de ese episodio que databa de la noche anterior? Intentó de nuevo desbloquear esa parte de su memoria, pero el mismo velo de nácar seguía impidiéndole el acceso a los recuerdos. Sin embargo, a fuerza de insistir, el mecanismo de relojería de su cerebro dio súbitamente la impresión de desatascarse. A Alice se le aceleró el corazón. ¡Sí, los recuerdos estaban ahí! Al alcance de las neuronas. Agazapados en los meandros brumosos de su subconsciente. La verdad permitía acercarse a ella. Alice pudo dar vueltas a su alrededor, pero, cuando estaba a punto de hacerla salir a la luz, perdió fuerza, se dispersó para disolverse en el habitáculo helado.

Un verdadero suplicio de Tántalo.

De pronto, una mancha rojo carmín apareció en la negrura de la noche. Alice volvió la cabeza: el indicador luminoso del nivel de gasolina parpadeaba en el salpicadero.

—¡Mierda! —exclamó Gabriel—. No sé si tendremos suficiente gasolina para llegar al hospital. ¡Este cacharro debe de chupar más de veinte litros cada cien kilómetros!

—¿Cuánto nos durará?

—Cincuenta kilómetros como máximo.

Alice iluminó el mapa de carreteras con el móvil.

—Según el mapa, hay un General Store que tiene gasolinera. ¿Cree que podemos aguantar hasta allí?

Gabriel frunció los ojos para distinguir dónde quedaba la tienda.

—Va a ir muy justo, pero es posible. De todas formas, no tenemos elección.

El viento trataba de colarse en el Shelby. Seguía lloviendo a mares y el agua amenazaba con inundarlo. Con los ojos clavados en la carretera, Gabriel tomó la palabra:

—Su amigo Seymour siempre me ha dado mala espina...

Alice suspiró, dominada por el cansancio.

—Usted no lo conoce.

—Siempre me ha parecido sospechoso, eso es todo.

—Lo que me parece sospechoso a mí son sus críticas lapidarias. Si no le importa, esperemos a tener su versión antes de juzgarlo.

—¡No sé qué va a poder cambiar su versión! —replicó, enfadado, el policía—. Le miente desde el principio. ¡Nos miente, joder! ¡Es posible que toda la información que nos ha dado desde esta mañana sea falsa!

Alice consideró esa posibilidad con inquietud. Gabriel buscó un cigarrillo en el bolsillo de su camisa y lo encendió sin apartar los ojos de la carretera.

—¡Y su padre, tres cuartos de lo mismo!

—¡Ya está bien! Deje a mi padre al margen de esto.

Keyne exhaló varias volutas especiadas, que se extendieron por el coche.

—Yo me limito a constatar que está rodeada de personas que la manipulan y la ponen en peligro.

Ahora que habían llegado al valle, empezaban a cruzarse otra vez con vehículos. Un camión se acercó en sentido inverso, proyectando sobre ellos la luz cruda de sus faros.

—¡Y encima les busca justificaciones! —continuó Gabriel.

Exasperada, Alice se defendió con fuerza.

—¡De no ser por Seymour y mi padre, ya no estaría aquí, no sé si se da cuenta! ¿Cómo cree que puede una seguir viviendo después de que un loco la haya destripado, haya asesinado a su hijo y la haya dejado, dándola por muerta, en medio de un charco de sangre?

Gabriel intentó explicarse, pero Alice elevó el tono para no dejarlo argumentar:

—¡Después de la muerte de Paul, estaba destrozada y solo los tenía a ELLOS para darme apoyo! ¡Si es usted demasiado idiota para comprender eso...!

Gabriel se calló. Pensativo, continuó dando caladas nerviosas en silencio. Alice suspiró y volvió la cabeza hacia la ventanilla de su lado. La lluvia ametrallaba los cristales. Los recuerdos le bombardeaban la cabeza.

Recuerdo...

DICIEMBRE 2011 - JULIO 2013

Recuerdo.

Recuerdo haber estado convencida de que por fin todo acabaría.

No imaginaba otra salida: en cuanto volviera a casa, cogería mi arma reglamentaria y me pegaría un tiro en la cabeza.

Un balazo para evitar seguir deslizándome hacia el infierno.

Inmovilizada en la cama del hospital, me había representado mentalmente la escena varias veces: el ruido seco del cargador, el metal frío del arma en mi boca, el cañón apuntando hacia arriba para saltarme la tapa de los sesos.

Esa era la película que veía una y otra vez para conciliar el sueño. Mi dedo apretando el gatillo. Mi cabeza explotando en ese gesto salvador.

Mi vida, sin embargo, no siguió esa trayectoria.

—Vas a vivir con nosotros —me dijo mi padre cuando vino a buscarme al hospital.

Abrí los ojos como platos.

—¿Cómo que «con vosotros»?

—Conmigo y tu amiguito gay.

Sin decirme nada, mi padre había alquilado durante mi convalecencia una gran casa con jardín en la rue del Square-Montsouris. El antiguo estudio de un pintor rodeado de vegetación. El campo en pleno distrito 14.

Había aprovechado un momento de desengaño amoroso de Seymour para convencerlo de mudarse a esa casa. Yo sabía que mi colega había acabado una historia sentimental complicada: por razones profesionales, su compañero desde hacía bastante tiempo —bailarín y coreógrafo de la Ópera de París— se había marchado a Estados Unidos y su amor no había resistido la distancia.

Así que, durante casi dos años, vivimos los tres juntos. Nuestro increíble equipo funcionaba. Contra toda expectativa, mi padre y Seymour dejaron a un lado sus prejuicios y se hicieron los mejores amigos del mundo. Sentían una especie de fascinación mutua. Seymour estaba impresionado por el legendario policía que había sido Alain Schäfer: su olfato, su labia, su humor, su capacidad para imponer su punto de vista y para plantar cara. En cuanto a mi padre, reconocía haber juzgado demasiado deprisa a este joven desconcertante al que ahora respetaba: dandi acaudalado, homosexual, culto, pero dispuesto a liarse a puñetazos y a degustar whiskies de veinte años.

Sobre todo, los dos hombres tenían en común la firme voluntad de protegerme de mí misma. Durante las semanas que siguieron a mi regreso, mi padre me llevó de viaje a Italia y a Portugal. A principios de la primavera, Seymour pidió unos días de vacaciones para acompañarme a Los Ángeles y San Francisco. Ese cambio de entorno, unido a una atmósfera de protección familiar, me permitió pasar ese período sin desmoronarme.

Volví a trabajar en cuanto fue posible, aunque durante los primeros seis meses no puse el pie en la calle. Seymour había ocupado mi puesto al mando del «grupo Schäfer» y yo me ocupaba de reunir y preparar todos los documentos que constituyen el expediente que se remite a las autoridades judiciales. Durante un año me sometí a un «estrecho seguimiento psicológico» efectuado por una psiquiatra especializada en la gestión de shocks postraumáticos.

En la Brigada Criminal, mi situación era difícil. Después del fiasco de la investigación sobre Erik Vaughn, Taillandier me tenía más que nunca en su punto de mira. En otras circunstancias se habrían deshecho de mí sin contemplaciones, pero los medios de comunicación habían explotado mi caso. *Paris Match* había dedicado cuatro páginas a mi drama, transformando el fiasco en un relato novelado en el que yo tenía el papel de buena de la película: el de una Clarice Starling parisina que había arriesgado la vida para atrapar al enemigo público número uno. En la misma línea, el ministro del Interior incluso me había condecorado con la Medalla de Honor al Valor y la Entrega. Un apoyo mediático y una gratificación que habían hecho rechinar los dientes a mis compañeros, pero tenían como mínimo el mérito de permitirme seguir ejerciendo mi oficio.

Hay pruebas que no se superan nunca verdaderamente, pero a las que, pese a todo, se sobrevive. Una parte de mí estaba deshecha, herida, destrozada. El pasado continuaba asfixiándome, pero tenía la suerte de tener a mi lado a personas que me impedían hundirme.

Paul estaba muerto, mi hijo estaba muerto. Amar ya no era una opción. Pero en el fondo de mí pervivía la impresión confusa de que la historia no había terminado. De que la vida quizá tuviera aún algo que ofrecerme.

Entonces empecé a vivir de nuevo, a pinceladas. Una vida impresionista que se alimentaba de insignificancias: un paseo por el bosque bajo un cielo soleado, una hora corriendo por la playa, una frase ingeniosa de mi padre, unas carcajadas con Seymour, una copa de Saint-Julien saboreada en una terraza, los primeros brotes de la primavera, las salidas semanales con mis antiguas compañeras de la facultad, un Wilkie Collins encontrado en una librería de lance...

En septiembre de 2012 volví a ponerme a la cabeza de mi grupo. Mi interés por el trabajo, mi pasión por investigar no habían desaparecido y, durante un año, el «grupo Schäfer» tuvo

suerte: cerramos rápidamente todos los casos que se nos enco-
mendaron. El *dream team* estaba de vuelta.

La rueda de la vida gira deprisa. Hace tres meses, a principios del verano de 2013, recuperé mi prestigio en la Brigada Criminal. Volví a confiar en mí misma, a ganarme el respeto de mis
hombres y a establecer entre nosotros al complicidad perdida.

Sentí de nuevo con fuerza esa impresión de que quizá la vida
tenía aún algo que ofrecerme.

No imaginaba que eso adoptaría la forma de otra prueba.

22

VAUGHN

Caiga la noche, suene la hora.

GUILLAUME APOLLINAIRE

El aire se colaba por todas partes. La cinta aislante había acabado por ceder a los embates de las violentas ráfagas de viento y la lona plastificada se había soltado, dejando un gran agujero en la parte trasera del Shelby. La lluvia caía con furia, inundando el suelo y los asientos del coche deportivo.

—¡Ya casi hemos llegado! —gritó Alice para que su voz se impusiera al rugido de la tormenta.

El mapa de carreteras que tenía sobre las piernas se había mojado y se le deshacía entre las manos.

Circulando al ralentí, pasaron prudentemente un cruce donde los semáforos habían dejado de funcionar a causa de la tormenta y justo después vieron con alivio el cartel del Grant General Store brillar en medio de la noche.

Pararon delante de los dos surtidores de gasolina situados frente a la tienda. Gabriel dio varios bocinazos para anunciar su presencia. Protegido con una cortavientos y un paraguas, un viejo desdentado acudió y se agachó ante la ventanilla.

—Virgile, para servirles.

—¿Nos llena el depósito, por favor?

—Claro. ¡También habría que arreglar lo del cristal trasero!

—¿Puede echarnos una mano con eso? —preguntó Gabriel—. A lo mejor pegando un trozo de lona con cinta adhesiva...

—Voy a ver qué puedo hacer —prometió Virgile—. Entren a calentarse un poco mientras tanto.

Salieron del coche y fueron corriendo a refugiarse bajo el tejadillo de la tienda. Chorreando, empujaron la puerta y se encontraron en una gran sala ruidosa y llena de animación. El espacio estaba dividido en dos zonas. A la derecha, una «tienda general» tradicional, con un suelo de madera crujiente y estanterías a la antigua usanza, ofrecía numerosos productos artesanales: mermeladas, sirope de arce, miel, *brownies*, *whoopie pies*, pasteles de queso con calabaza, *toffee-bars*... Al otro lado, la sala estaba organizada alrededor de una enorme barra, tras la cual una mujerona servía tortillas, huevos con beicon y *hash browns*, todo ello regado con pintas de cerveza de la casa.

El ambiente familiar y de camaradería estaba garantizado por unos parroquianos que arreglaban el mundo charlando detrás de su jarra de cerveza. En las paredes, carteles que databan de los años cincuenta anunciaban fechas de conciertos de rock. El *dinner* estaba tan fuera del tiempo que realmente uno tenía la impresión de que Chuck Berry, Bill Haley y sus Comets o Buddy Holly iban a actuar en el local el fin de semana siguiente.

Alice y Gabriel se sentaron al fondo de la sala en sendos taburetes redondos de piel roja, en la parte donde la barra hacía una ele, lo que permitía estar cara a cara.

—¿Qué les sirvo, tortolitos? —preguntó la patrona tendiéndoles dos cartas plastificadas.

No tenían mucha hambre, pero comprendieron que no podrían ocupar un asiento sin consumir.

Mientras elegían, ella les llenó dos grandes vasos de agua y empujó hacia ellos un servilletero metálico.

—¡Jesús! ¡Están empapados! Cuidado no vayan a pillar una pulmonía.

Los dos policías le agradecieron su interés. Gabriel pidió un sándwich Club tostado y Alice, una sopa de almejas.

En espera de que les sirvieran lo que habían pedido, se secaron la cara y el cuello y se frotaron la cabeza.

—¡Que lo disfruten! —dijo la mujer, llevando el sándwich cortado en triángulos y la sopa servida dentro de un pan redondo vaciado.

Como por arte de magia, sobre la barra aparecieron dos vasos de whisky entre sus grandes manos.

—Y esto es regalo de la casa para que entren en calor: reserva personal del viejo Virgile.

—Muchas gracias —dijo Keyne, entusiasmado, antes de echar un trago de *rye*.

Dio un bocado al sándwich y esperó a estar a resguardo de oídos indiscretos para clavar los ojos en los de Alice.

—Estamos a quince kilómetros del hospital, Schäfer, así que se impone mantener una pequeña conversación.

Ella tomó una cucharada de sopa.

—Conversemos.

—Hablo en serio, Alice. Sé que Vaughn la ha hecho sufrir, a usted y a su familia...

—Debo reconocer que domina el arte del eufemismo, Keyne.

—Pero que quede claro entre nosotros, esto no es una expedición de castigo, ¿entendido? Entramos en el hospital, detenemos a ese tipo y lo llevamos inmediatamente a Boston para interrogarlo dentro de un marco legal.

Alice desvió la mirada. Mojó también los labios en el whisky. Producto de la destilación de centeno fermentado, el *rye* tenía aromas de albaricoque, ciruela y clavo.

—¿Estamos de acuerdo? —insistió Gabriel.

Alice se salió por la tangente:

—Cada uno asumirá sus responsabilidades.

Negándose a picar el anzuelo, Gabriel levantó la voz:

—En cualquier caso yo voy a asumir las mías: o me da la pistola o no sale de aquí.

—¡Váyase a paseo!

—Esto no es negociable, Alice.

Ella titubeó, pero se dio cuenta de que Gabriel no cedería. Sacó la Glock de la pistolera y se la dio sin que nadie la viera.

—Es mejor así —dijo él, metiéndose la pistola por debajo del cinturón.

La joven se encogió de hombros y vació su vaso de whisky. Como siempre que bebía, notó casi físicamente el paso del alcohol a la sangre. Las primeras copas le producían un bienestar raro. Un verdadero chute de adrenalina que le proporcionaba una agudeza extraordinaria. Esa impresión embriagadora de perder un poco el control.

Sus ojos pestañearon mientras pasaban de una persona a otra, de un objeto a otro, hasta detenerse en el vaso de whisky de Gabriel. Su mirada se paró en seco, hipnotizada por las variaciones de luz que ondulaban en la superficie del líquido. Reflejos cambiantes dorados, cobrizos, broncíneos y ambarinos. El mundo daba vueltas a su alrededor. Tenía la misma sensación que la había invadido poco antes en el coche: esa certeza euforizante de no haber estado nunca tan cerca de la verdad. El convencimiento de haber llegado por fin a un punto por donde pasar y de poder rasgar el velo de la ignorancia.

Su mirada se perdía en los destellos del alcohol. Paralizada, petrificada, incapaz de apartar los ojos del vaso de su compañero. De pronto, se le puso la carne de gallina y se le hizo un nudo en la garganta. Entonces tomó conciencia de que no estaba mirando el vaso de whisky, sino la «mano» de Gabriel que lo rodeaba. Y más precisamente el dedo que lo golpeteaba de manera regular y nerviosa. Su visión era clara, como si observara el mundo a través de una lupa. La mano de Gabriel; sus falanges flexionadas; las arruguillas de sus dedos; la presencia casi imperceptible, cada vez que tocaba el cristal, de esa minúscula cicatriz en forma de cruz que marcaba su índice derecho. El tipo de herida que uno se hace en la infancia, cerrando descuidadamente la hoja afilada de su primera navaja, y cuya huella, debida a los puntos de sutura, lo acompañará toda la vida.

De golpe y porrazo, la cabeza hirsuta de Virgile, el «mecánico», irrumpió entre ellos.

—He improvisado una cosa para su ventana. Vengan a echar un vistazo para decirme si les parece bien.

Gabriel se levantó.

—Quédese, vendré a buscarla cuando esté seguro de que podemos irnos.

Con las mejillas ardiendo, Alice miró a Gabriel alejarse. Oía el estruendo de los latidos de su corazón dentro del pecho, notaba el incendio de todo su ser, imposible de circunscribir. La cabeza dándole vueltas. La sensación de ahogo. La necesidad de saber.

—¿Se encuentra bien, guapa? ¿Le sirvo algo más?

Alice aceptó otro vaso de *rye* y se lo bebió de un trago. Quiso creer que el alcohol tenía el poder de aclararle las ideas. O, al menos, de darle valor.

«¡Actuar o morir!»

Abrió el macuto y sacó el kit de huellas. Cogió con una servilleta el vaso en el que había bebido Gabriel y le aplicó el tratamiento al que había sometido poco antes la jeringuilla: embadurnado con pólvora negra mediante el pincel magnético, localización de la huella correspondiente al índice, captura con ayuda de un trozo de celo y fijación de la huella en el posavasos, al lado de la del propietario de la jeringuilla. Sus gestos eran precisos, mecánicos. Acuciada por el tiempo, no podía permitirse el menor error.

Alice estaba acercándose a la cara el posavasos de cartón para examinar las dos huellas cuando el alegre carillón de la puerta sonó.

Volvió la cabeza y vio a Gabriel acercarse en su dirección.

—Podemos irnos —dijo este desde lejos, hablando bastante fuerte para imponerse al guirigay ambiental.

Alice empezó de pronto a sudar. Gabriel avanzaba con una sonrisa cordial en los labios.

—Este Virgile ha hecho un buen trabajo. ¡No entra ni una gota de agua en el coche!

Ella se jugó el todo por el todo.

—Vaya calentando el motor. Yo pago y voy para allá —dijo, confiando en que él diese media vuelta.

—No hace falta, he...

Desde la barra, la patrona lo agarró con su brazo poderoso.

—¡Eh, corazón!, ¿te pongo la última copita? Un trago de ginebra destilada por Virgile en persona. Con sabor de miel y jengibre. ¡Vas a ver lo que es bueno!

Gabriel se desasió, visiblemente sorprendido y molesto por esa familiaridad.

—Gracias, pero no. Tenemos que seguir nuestro camino.

Alice aprovechó esos segundos de vacilación para guardar el equipo en el macuto. Después sacó tres billetes de diez dólares del bolsillo y los dejó encima de la barra.

—¿Vamos? —le dijo a Gabriel al llegar a su altura.

De la manera más despreocupada posible, lo siguió hasta la puerta de entrada. Afuera seguía lloviendo a mares.

—Espéreme aquí a resguardo, voy a buscar el coche.

Mientras Gabriel corría hasta el Shelby, Alice se volvió de espaldas al aparcamiento y sacó el posavasos del macuto. Comparó las dos huellas a la luz del rótulo del General Store. Eran idénticas, al menos a simple vista. Aparecía sobre todo, en ambos casos, el mismo dibujo que trazaba un arco, interrumpido por la minúscula cicatriz en forma de cruz...

En ese instante comprendió que Gabriel le había mentido desde el principio.

Cuando levantó los ojos, oyó que el cupé acababa de parar detrás de ella. Gabriel le abrió la puerta. La policía entró en el habitáculo y se abrochó el cinturón.

—¿Todo en orden? La noto rara.

—Estoy bien —contestó ella, tomando conciencia de pronto de que le había dado la Glock y ahora estaba desarmada.

Alice cerró la puerta y, temblando, volvió la cabeza hacia la ventanilla, azotada sin descanso por la lluvia.

Mientras el coche se adentraba en la noche, la joven necesitó varios segundos para admitir la evidencia: Gabriel y Vaughn eran la misma persona.

CUARTA PARTE

La mujer rota

23

ACTUAR O MORIR

—¿Cómo sabes que estoy loca? —dijo Alicia.
—Tienes que estarlo —dijo el Gato—, de otro modo
no habrías venido.

LEWIS CARROLL

Una lluvia pesada y agresiva golpeaba los cristales.

Tronaba casi sin parar. A intervalos regulares, los relámpagos rasgaban las nubes carbonosas, congelando la línea del horizonte de abetos con la intensidad de un flash llegado del cielo.

La península en cuyo extremo estaba situado el Sebago Cottage Hospital se extendía unos quince kilómetros, trazando en medio del lago una amplia bahía bordeada de coníferas.

Gabriel, concentrado en la conducción, iba a una velocidad excesiva. En la carretera había muchas ramas arrancadas y restos que hacían peligroso circular. El viento, desatado, aullaba entre los árboles, los inclinaba hasta hacerlos ceder y sacudía el coche como para frenar su avance por el asfalto.

A hurtadillas, Alice miraba de vez en cuando el teléfono. La red, cosa previsible, era muy inestable, pero no fallaba del todo. Dependiendo de los sitios, las barras que medían la cobertura podían ser muchas o indicar, por el contrario, amplias zonas muertas, sin ninguna recepción.

Intentaba no temblar. Tenía que ganar tiempo. Mientras

Gabriel no sospechara que había descubierto su identidad, estaba segura. Sin arma, en aquella carretera desierta era imposible hacer nada, pero una vez que hubieran llegado al hospital sí podría actuar.

«Habrá gente, actividad, cámaras de vigilancia... Esta vez, Vaughn no escapará...»

El odio se imponía al miedo.

Era insoportable estar sentada al lado del asesino de su hijo. Saber que su cuerpo estaba a unos centímetros. Insoportable también haberse sentido tan cercana a él, haberle contado una parte de su intimidad, haberse conmovido con sus mentiras, haberse dejado engañar de ese modo.

Alice respiró hondo. Intentó razonar, encontrar respuestas a preguntas que seguían abiertas: ¿a qué venía ese juego de pistas? ¿Cuál era el plan de Vaughn? ¿Por qué no la había matado ya, estando como estaba a su merced desde hacía horas?

El Shelby tomó una curva cerrada antes de frenar bruscamente. Un rayo había caído sobre un gran pino blanco, un poco retirado de la carretera. La intensidad de las precipitaciones debía de haber cortado de raíz el conato de incendio, pero el árbol todavía humeaba, partido en dos, despedazado.

Trozos de corteza, astillas y ramas quemadas cubrían la calzada, obstaculizando la circulación.

—¡Lo que faltaba! —exclamó Gabriel.

Puso la primera y aceleró, firmemente decidido a pasar como fuera, pero había una rama de considerable tamaño atravesada. El Shelby se desvió hasta rozar el barranco y las ruedas empezaron a patinar en el fango.

—Voy a intentar despejar la carretera —dijo Gabriel, poniendo el freno de mano.

Salió y cerró la puerta, dejando el motor encendido.

«¿Demasiado bonito para ser verdad?»

Habría podido tratar huir en cuanto la rama hubiera sido

apartada, por supuesto, pero no era el deseo de escapar lo que la guiaba. Era la necesidad de saber. Y de llegar hasta el final.

Alice echó un vistazo al teléfono: la cobertura era débil —dos barras—, aunque no inexistente. Pero ¿a quién podía avisar? ¿Al 911? Era una historia demasiado larga para ponerse a explicarla. ¿A su padre? ¿A Seymour? Ya no sabía si podía confiar en ellos. ¿A alguno de sus compañeros de la Brigada? Sí, eso era una buena idea. ¿A Castelli? ¿A Savignon? Buscó sus números en la memoria, pero estaba tan acostumbrada a llamarlos a través de la agenda del teléfono que fue incapaz de recordarlos.

Cerró los ojos para concentrarse; el único número que le vino a la mente fue el de Olivier Cruchy, el sexto de su grupo. Mejor eso que nada. Marcó el número apresuradamente manteniendo el aparato a la altura del asiento. Desde la carretera, Gabriel miraba con frecuencia hacia el coche, pero la cortina de lluvia era suficientemente densa para proteger a Alice de su mirada. La policía puso el altavoz. Un timbrazo. Dos. Tres. Luego, el mensaje del buzón de voz.

«No ha habido suerte.»

Mientras colgaba sin dejar ningún mensaje, se le ocurrió otra idea. Rebuscó en el macuto que tenía a los pies hasta encontrar el cuchillo que había robado en la cafetería de Bowery. La hoja no valdría para cortar carne, pero era lo bastante puntiaguda como para no desdeñar el objeto. Se lo metió en la manga derecha en el momento en que Gabriel volvía hacia el coche.

—La carretera está despejada, podemos seguir —dijo, satisfecho.

SEBAGO COTTAGE HOSPITAL

ZONA PROTEGIDA

CIRCULE DESPACIO

La garita de los guardias de seguridad, iluminada por una luz blanca y precedida por un cartel de advertencia, se veía desde lejos. Un halo luminoso brillaba en la noche, como si un platillo volante se hubiera posado en medio de los campos de arándanos de Nueva Inglaterra. El Shelby empezó a subir la pendiente que conducía a la garita pero, al llegar, Alice y Gabriel vieron que estaba vacía.

Gabriel se detuvo delante de la barrera metálica y bajó la ventanilla.

—¡Hola! ¿Hay alguien? —gritó para imponerse al ruido de la tormenta.

Salió del coche y avanzó hacia el refugio. La puerta había quedado abierta y batía movida por el viento. Asomó la cabeza por el hueco y se decidió a entrar. No había ningún guardia. Miró la pared de pantallas formada por los monitores de las cámaras de vigilancia y, a continuación, el panel electrónico provisto de una serie interminable de botones e interruptores. Accionó el que permitía levantar la barrera y regresó al coche, con Alice.

—Esto de que no haya vigilantes no es buena señal —dijo, arrancando—. Ha debido de pasar algo en el interior.

Mientras aceleraba, Gabriel encendió otro cigarrillo. Las manos le temblaban ligeramente. El Shelby avanzó por una alameda bordeada de abetos y desembocó en la vasta explanada con gravilla que se utilizaba como aparcamiento del hospital.

Construido a orillas del lago, el centro era tan original como impresionante. Bajo el aguacero, su fachada iluminada y atravesada por ventanas góticas destacaba sobre una cortina de nubes carbonosas. El edificio de ladrillo ocre había conservado su carácter de antaño, pero a uno y otro lado de la construcción original se alzaban dos inmensas torres modernas de fachada transparente azulada y tejado geométrico de faldones quebrados. Una audaz pasarela de cristal unía las tres estructuras, un nexo suspendido que unía armoniosamente los vagones del pasado y del futuro. Delante de la entrada principal, fijado a un mástil de aluminio, un panel electrónico de cristal líquido difundía información en tiempo real.

BIENVENIDOS, HOY ES MARTES 15 DE OCTUBRE DE 2013
SON LAS 23.57 HORAS
HORARIO DE VISITAS: 10.00 - 18.00
APARCAMIENTOS PARA VISITANTES: P1-P2
APARCAMIENTO PARA EL PERSONAL: P3

El Shelby aminoró la marcha. Alice desplazó a lo largo del antebrazo el cuchillo que había escondido y apretó el mango con todas sus fuerzas. «Ahora o nunca.»

Notó latir el corazón en las venas. Una subida de adrenalina la hizo estremecerse. En su cabeza, sensaciones opuestas se confundían: el miedo, la agresividad, sobre todo el dolor. No, no iba a conformarse con detener a Vaughn. Iba a matarlo. Única solución radical para librar al mundo de ese ser malévolo. Única expiación concebible para vengar la muerte de Paul y la de su hijo. Se le formó una bola en la garganta. Unas lágrimas mal contenidas rodaron por sus mejillas.

«Ahora o nunca.»

Empleó toda su fuerza para golpear a Gabriel con el cuchillo, clavándole la hoja a la altura del pectoral mayor. Notó desgarrarse el músculo del hombro. Pillado por sorpresa, él profirió un grito y soltó el volante. El coche se salió del camino de grava para chocar contra un murete. Un neumático estalló a causa del impacto y el Shelby se detuvo. Alice aprovechó la confusión para apoderarse de la Glock que Gabriel se había metido bajo el cinturón.

—¡No te muevas! —gritó Alice, apuntándolo con el arma.

Salió del vehículo, comprobó el cargador de la pistola, quitó el seguro y cerró las manos sobre la culata con los brazos estirados, dispuesta a disparar.

—¡Sal del coche!

Gabriel se agachó para protegerse, pero se quedó dentro del Shelby. Llovía tanto que Alice no conseguía ver lo que hacía.

—¡Sal inmediatamente! —repitió—. Con las manos en alto.

La puerta se abrió por fin lentamente y Gabriel puso un pie

225

fuera del coche. Se había sacado el cuchillo del hombro y un largo reguero de sangre le empapaba el jersey.

—Se acabó, Vaughn.

Pese a la lluvia y la oscuridad, la mirada de Gabriel, clara como el cristal, lograba atravesar las tinieblas.

Alice sintió como un vacío en el vientre. En los últimos años no había deseado otra cosa que matar a Vaughn con sus propias manos. Pero no podía eliminarlo antes de tener todas las respuestas.

En ese momento el móvil vibró en el bolsillo de su chaqueta. Sin quitarle a Vaughn los ojos de encima ni dejar de apuntarlo con el arma, sacó el teléfono. En la pantalla se veía el número del sexto de su grupo.

—¿Cruchy? —dijo, tras haber descolgado.

—¿Me ha llamado, jefa? —preguntó una voz soñolienta—. ¿Sabe qué hora es?

—Te necesito, Olivier. ¿Sabes dónde está Seymour?

—Ni idea. Estoy de vacaciones en casa de los padres de mi mujer, en Bretaña, desde hace una semana.

—¿De qué hablas? Nos vimos ayer en el 36.

—Jefa... Sabe de sobra que eso es imposible.

—¿Por qué?

—En fin, jefa...

—¿Por qué? —repitió Alice con impaciencia.

Un silencio, seguido de una voz triste:

—Porque hace tres meses que está de baja por enfermedad. Hace tres meses que no ha puesto los pies en la Brigada...

La respuesta le heló la sangre. Alice dejó caer el teléfono al suelo encharcado.

«¿De qué habla?»

A través de la lluvia, detrás de Vaughn, su mirada se topó con el panel alfanumérico del hospital:

BIENVENIDOS, HOY ES MARTES 15 DE OCTUBRE DE 2013
SON LAS 23.59 HORAS

En ese panel había un error. Era martes 8 de octubre, no 15. Se secó la lluvia que resbalaba por su cara. Le zumbaban los oídos. La llamarada roja de una bengala de emergencia se encendió en su mente como una señal de alarma. No solo perseguía a Vaughn desde el principio, sino también a un enemigo más taimado y encarnizado: ella misma.

Una serie de instantáneas se sucedieron, a la manera de fragmentos de película montados uno tras otro.

Vio primero al joven prestamista de Chinatown haciendo girar esa misma mañana la corona del reloj de Paul. «Estoy ajustando la fecha y la hora», había explicado mientras pasaba la cifra del 8 al 15.

Después, la primera página del periódico del día que había entrevisto delante de la puerta de la casa de Caleb Dunn. También llevaba fecha del 15 de octubre. Como el correo electrónico de Franck Maréchal. Esos detalles a los que no había prestado atención...

«¿Cómo era posible?»

De pronto lo entendió. Su laguna no abarcaba solo una noche, como ella había creído desde el principio. Se extendía al menos a lo largo de una semana entera.

En el rostro de Alice, lágrimas de tristeza y de cólera se mezclaban con la lluvia. Seguía apuntando con el arma a Vaughn, pero todo su cuerpo temblaba, dominado por violentas sacudidas. Se tambaleó, luchó para no desplomarse, apretó con todas sus fuerzas la culata del arma.

La cortina de nácar con reflejos irisados apareció de nuevo en su mente, pero esta vez su brazo fue lo bastante largo para agarrar uno de los extremos. Finalmente, el velo se rasgó del todo y permitió a los recuerdos subir a la superficie. Los pedazos de su memoria hecha añicos se unieron lentamente.

Una salva de relámpagos perforó las tinieblas. Alice volvió la cabeza una fracción de segundo. Ese instante de descuido fue fatal para ella. Gabriel se abalanzó sobre ella y la derribó violentamente sobre el capó del Shelby. Alice apretó el gatillo, pero el disparo no dio en el blanco.

Pese a que solo contaba con el brazo izquierdo, su adversario consiguió inmovilizarla dejando caer todo su peso sobre ella. Otro relámpago atravesó el espacio e iluminó el horizonte. Alice levantó la vista y descubrió que el hombre tenía una jeringuilla en la mano. Su visión se deformó. Un sabor de hierro le invadió la boca. Vio abatirse sobre ella, como al ralentí, la aguja brillante, que se clavó en una de las venas de su cuello sin que ella pudiera hacer absolutamente nada para evitarlo.

Gabriel empujó el émbolo para inyectar el líquido. El suero produjo en la joven el efecto abrasador de una descarga eléctrica. El dolor la desgarró, haciendo caer brutalmente los candados que cerraban la puerta de su memoria. Tuvo la impresión de que todo su ser se incendiaba y de que una granada activada había reemplazado a su corazón.

Una luz blanca la cegó.

Lo que entrevió entonces la aterrorizó.

Después perdió el conocimiento.

Recuerdo...

Un clima de terror reina en la capital.

Una semana antes, a la hora de salida de las oficinas, un atentado ensangrentó París. Una kamikaze con un cinturón de explosivos los había hecho estallar dentro de un autobús, en la rue Saint-Lazare. El balance fue terrible: ocho muertos y once heridos.

El mismo día, una mochila que contenía una bombona de gas llena de clavos fue encontrada en la línea 4, en la estación de Montparnasse-Bienvenue. Por suerte, el equipo de artificieros pudo desactivar el artefacto antes de que causara daños. Pero desde entonces cunde el pánico.

El espectro de los atentados de 1995 está en todas las conciencias. Las evacuaciones de monumentos se multiplican todos los días. «La vuelta del terrorismo» canibaliza toda la prensa y abre todos los telediarios. La SAT, la Sección Antiterrorista de la Brigada Criminal, está bajo presión y no para de realizar controles en los medios islamistas, los círculos anarquistas y la ultraizquierda.

En principio, sus investigaciones no me afectan. Hasta que Antoine de Foucaud, el jefe adjunto de la SAT, me pide que participe en el interrogatorio de uno de los sospechosos cuya custodia policial ha sido prolongada tres veces y toca a su fin. En los años setenta, al principio de su carrera, Foucaud había trabajado varios años con mi padre antes de que sus caminos se separaran. Había sido también uno de mis profesores en la academia de policía. Me tiene bastante simpatía e incluso me atribuye cualidades para realizar interrogatorios que no poseo.

—Te necesitamos, Alice.

—¿Qué quieres que haga exactamente?

—Hace más de tres días que intentamos hacer hablar a ese tipo, pero no suelta prenda. Tú puedes conseguirlo.

—¿Por qué? ¿Porque soy mujer?

—No, porque sabes hacerlo.

En condiciones normales, semejante proposición me habría entusiasmado. En este caso, sin embargo, no se produce ninguna descarga de adrenalina, y yo soy la primera sorprendida. Solo siento un inmenso cansancio y ganas de irme a mi casa. Desde esta mañana, una fuerte migraña me taladra la cabeza. Es una pesada tarde de verano. Sopla un aire caliente, París se ahoga bajo la contaminación y el día ha sido agobiante. El número 36 se ha transformado en un horno. Sin climatización, sin aire. Noto los rodales húmedos de sudor que mojan mi blusa. Mataría por una lata de Coca-Cola light helada, pero la máquina no funciona.

—Mira, si tus hombres no lo han conseguido, no sé de qué va a servir que lo intente yo.

—Vamos —insiste Foucaud—, te he visto otras veces en acción.

—Voy a haceros perder el tiempo. No conozco el caso y...

—Te pondremos al corriente. Taillandier ha dado el visto bueno. Tú vas y le haces soltar un nombre. Después, nosotros tomamos el relevo.

Dudo, pero ¿tengo realmente elección?

Nos instalamos en una sala perdida bajo el tejado en la que giran dos ventiladores. Durante una hora, dos oficiales de la SAT me informan sobre el sospechoso. El hombre, un tal Brahim Rahmani, apodado El vendedor de cañones o El artificiero, se encuentra desde hace tiempo sometido a vigilancia por la sección antiterrorista. Es sospechoso de haber proporcionado los explosivos al grupo que hizo saltar por los aires el autobús en la rue Saint-Lazare. En un registro encontraron en su casa pequeñas cantidades de C4 y de PEP 500, pastillas de explosivo plástico y teléfonos transformados en detonadores, así como un verdadero arsenal: armas de todos los calibres, barras de acero y chalecos antibalas. Después de tres días bajo custodia policial, el hombre no ha confesado absolutamente nada, y el análisis tanto de su disco duro como de los correos electrónicos enviados y recibidos en los últimos meses no basta para demostrar su participación, ni siquiera indirecta, en los atentados.

Es un asunto apasionante, pero complicado. Me cuesta concentrarme por culpa del calor. Mis dos compañeros hablan deprisa, me revelan montones de detalles que tengo dificultades para retener. Por miedo a olvidarlos, cojo un bloc para tomar nota de todo, cuando por regla general mi memoria es excelente.

Una vez que han acabado, me escoltan hasta los pasillos del piso inferior, donde se encuentra la sala de interrogatorios. Foucaud, Taillandier: la flor y nata está allí, detrás de un espejo sin azogue, impaciente por verme en acción. Ahora yo también estoy deseando saltar al ruedo.

Empujo la puerta y entro en la sala.

Hace un calor al límite de lo soportable, peor que en un baño turco. Rahmani, esposado a una silla, está sentado detrás de una mesa de madera apenas más grande que un pupitre de colegio. Con la cabeza baja, sudando. A duras penas se percata de mi presencia.

Me arremango la blusa y seco las gotas de sudor que me cubren la cara. He traído una botella de plástico de agua para establecer contacto. De pronto, en vez de ofrecérsela al sospechoso, la abro y bebo un largo trago.

Al principio, el agua me sienta bien; luego, de repente, tengo la impresión de perder pie. Cierro los ojos, un breve vértigo me obliga a apoyarme en la pared para volver en mí.

Cuando los abro, estoy desorientada. En mi cabeza, un gran blanco, el vacío. Y una angustia terrible: la de haber sido teletransportada a un lugar desconocido.

Noto que me tambaleo y me siento en la silla, enfrente del hombre, antes de preguntarle:

—¿Quién es usted? ¿Qué hago aquí?

Lo recuerdo todo...

Dieciocho horas. París. El final de un bonito día de otoño.

El sol rasante que se pone en el horizonte baña la capital, se refleja en los cristales de los inmuebles, en la corriente del río, en los parabrisas de los coches, y arroja un raudal luminoso entre las avenidas. Una ola de luz que deslumbra y se lo lleva todo a su paso.

En las inmediaciones del parque André Citroën, mi coche sale del embotellamiento para tomar la rampa de asfalto que conduce a un buque de cristal situado frente al Sena. La fachada del hospital europeo Marie-Curie parece la proa de un trasatlántico futurista que hubiera hecho escala en la parte sur del distrito 15, abrazando la esquina redondeada del cruce y ofreciendo un espejo a los árboles de Judea y los macizos de espino blanco plantados a ambos lados de la explanada.

Aparcamiento. Laberinto de hormigón. Puertas correderas que dan a un gran patio central. Batería de ascensores. Sala de espera.

Tengo visita con el doctor Évariste Clouseau, jefe del Instituto Nacional de la Memoria, institución que ocupa la última planta entera del edificio.

Clouseau es uno de los especialistas franceses en la enfermedad de Alzheimer. Lo conocí hace tres años, con motivo de la investigación que llevó a cabo mi grupo sobre el asesinato de su hermano gemelo, Jean-Baptiste, jefe de servicio del centro cardiovascular en el mismo hospital. Los dos hermanos se odiaban tanto que, al enterarse de que tenía cáncer de páncreas, Jean-Baptiste había decidido suicidarse de manera que pareciera que podía tratarse de un asesinato cuyos indicios acusaban a su hermano. En su momento, el caso había armado un gran revuelo. Évariste incluso había sido brevemente encarcelado, antes de que nosotros lográramos sacar a la luz la verdad. Tras su liberación le había dicho a Seymour que lo habíamos librado del infierno y que nos estaría eternamente agradecido. No era hablar por hablar: cuando, hace una semana, lo llamé para pedirle una visita, me encontró un hueco en su agenda ese mismo día.

Después del fracaso en el interrogatorio del presunto terrorista, enseguida me rehíce y recuperé la memoria. Fue una ausencia de no más de tres minutos, pero se produjo ante los ojos de todos. Taillandier me obligó a tomar unas vacaciones y luego obstaculizó mi reincorporación al trabajo pidiendo un informe médico. Me vi obligada a someterme a un reconocimiento a fondo y a consultar de nuevo a un psiquiatra. Contra mi voluntad, me prescribieron una larga baja por enfermedad.

No era una sorpresa para nadie: desde hacía años, Taillandier no ocultaba su deseo de alejarme de la Brigada. No lo había conseguido con ocasión del caso Vaughn, pero este episodio le ponía en bandeja la revancha. Sin embargo, yo no estaba dispuesta a dejarme avasallar. Informé a mi sindicato, pedí consejo a un abogado especializado en derecho laboral y consulté por mi cuenta a varios médicos para conseguir certificados que demostraran mi buen estado de salud.

No estaba realmente preocupada. Tenía ánimos, ganas de luchar y de recuperar mi puesto. Estaba la cuestión de esa pérdida de memoria tan breve como súbita, es cierto, y a veces tenía, como todo el mundo, ligeras ausencias, pero las atribuía al estrés, al cansancio, al agotamiento, al calor...

Eso es lo que, por lo demás, me dijeron todos los médicos que fui a ver. Con excepción de uno, que mencionó el riesgo de una enfermedad neurológica y me pidió que me hiciera un escáner.

Prefiriendo el ataque a la defensa, decidí tomar la delantera y consultar por mi cuenta a una autoridad en la materia. Llamé entonces a la puerta de Clouseau, el cual me prescribió toda una batería de pruebas y análisis. La semana pasada estuve un día entero en ese maldito hospital para que me hicieran una punción lumbar, una resonancia magnética, una TEP, o sea, una tomografía por emisión de positrones, un análisis de sangre y varios test de memoria. Clouseau me dio otra hora de visita para hoy a fin de comunicarme los resultados.

Estoy confiada. E impaciente por reincorporarme al trabajo. Incluso he planeado salir esta noche a celebrarlo con mis tres compañeras de facultad: Karine, Malika y Samia. Iremos a tomar unos cócteles a los Campos Elíseos y...

—Pase, el doctor ya puede recibirla.

Una secretaria me hace entrar en un despacho que da al Sena. Detrás de su mesa de trabajo —un mueble singular constituido por un ala de avión lisa y brillante como un espejo—, Évariste Clouseau escribe en el teclado de su ordenador portátil. A primera vista, el neurólogo no tiene muy buen aspecto: cabello revuelto, tez pálida, semblante demacrado, mal afeitado. Da la impresión de haberse pasado la noche jugando al póquer y bebiendo un whisky tras otro. Por debajo de la bata asoma una camisa de vichy mal abrochada, sobre la cual lleva un jersey burdeos hecho a mano que parece haber sido tricotado por una abuela con una curda como un piano.

Pese a su aspecto descuidado, Clouseau inspira confianza, además de que su fama habla por él: en los últimos años ha participado en el establecimiento de nuevos criterios diagnósticos del mal de Alzheimer y el Instituto Nacional de la Memoria que dirige es una de las instituciones punteras en la investigación de dicha enfermedad y el tratamiento de las personas que la padecen. Cuando los medios de comunicación hablan del Alzheimer en un reportaje o un telediario, por regla general es a él al primero a quien le preguntan.

—Buenas tardes, señorita Schäfer. Siéntese, por favor.

En unos minutos el sol se ha puesto. La penumbra envuelve la habitación. Clouseau se quita las gafas con montura de concha y me lanza una mirada de búho antes de encender una vieja lámpara de biblioteca de latón y cristal opalino. Pulsa una tecla del ordenador, conectado a una pantalla plana colgada en la pared. Imagino que lo que aparece en el cuadro luminoso son los resultados de mis pruebas.

—Voy a ser sincero con usted, Alice: el análisis de sus biomarcadores es preocupante. —Yo guardo silencio. Él se levanta y explica—: Estas son las imágenes de su cerebro tomadas durante la resonancia magnética. Más precisamente, imágenes del hipocampo, una zona que desempeña un papel esencial en la memoria y la localización espacial. —Con un estilete, delimita una superficie en la pantalla—. Esta parte presenta una ligera atrofia. A su edad, eso no es normal. —El neurólogo me deja encajar la información antes de mostrar otra imagen—. La semana pasada se sometió a otra prueba: una tomografía por emisión de positrones. Le inyectaron en el cuerpo un trazador marcado por un átomo radiactivo capaz de alojarse en el cerebro y poner así de manifiesto posibles reducciones del metabolismo glucídico.

No comprendo ni una palabra. Él adopta un lenguaje más didáctico:

—O sea, la tomografía permite visualizar la actividad de diferentes zonas del cerebro y de...

—Vale —lo interrumpo yo—, ¿y cuál es el resultado?

Clouseau suspira.

—Pues bien, se puede distinguir un principio de lesión en ciertas zonas. —Se acerca al amplio monitor y señala con el bolígrafo un segmento de la imagen médica—. ¿Ve esas manchas rojas? Representan placas amiloides que se han alojado entre sus neuronas.

—¿Placas amiloides?

—Depósitos de proteínas responsables de ciertas enfermedades neurodegenerativas.

Las palabras restallan y me martillean la mente, pero yo no quiero oírlas.

Clouseau encadena con otro documento: una hoja llena de cifras.

—El análisis del líquido cefalorraquídeo extraído mediante la punción lumbar confirma esta concentración problemática de proteínas amiloides. También ha mostrado la presencia de proteínas Tau patógenas, lo que confirma que padece una forma precoz de la enfermedad de Alzheimer.

Se hace un silencio en el despacho. Estoy estupefacta, a la defensiva, soy incapaz de pensar.

—Pero eso es imposible. Tengo... solo tengo treinta y ocho años.

—Es muy raro, en efecto, pero a veces pasa.

—No, se equivoca.

Rechazo ese diagnóstico. Sé que no hay ningún tratamiento eficaz contra la enfermedad: ni molécula milagrosa ni vacuna.

—Comprendo cómo se siente, Alice. Pero le aconsejo que no reaccione en caliente. Tómese tiempo para pensar. Nada la obliga a cambiar su forma de vivir por el momento...

—¡Yo no estoy enferma!

—Es una noticia muy difícil de aceptar, Alice —continúa Clouseau con una voz muy melodiosa—. Pero es usted joven y la enfermedad es incipiente. Se está experimentando con nuevas moléculas. Hasta ahora, a falta de medios eficaces de diagnóstico, siempre identificábamos a los enfermos demasiado tarde. Todo eso está cambiando y...

No quiero seguir escuchándolo. Me levanto de golpe y salgo del despacho sin volverme.

Vestíbulo. Batería de ascensores que dan al patio central. Laberinto de hormigón. Aparcamiento. Rugido del motor.

He bajado todas las ventanillas. Conduzco con el cabello

ondeando al viento y la radio a todo volumen. La guitarra de Johnny Winter en *Further up on the Road*.

Me siento bien. Viva. No voy a morir. Tengo toda la vida por delante.

Acelero, adelanto, toco el claxon. Quai de Grenelle, Quai Branly, Quai d'Orsay... No estoy enferma. Tengo buena memoria. Siempre me lo dijeron en el colegio, de estudiante, y más adelante en el trabajo. No olvido ninguna cara, me fijo en todos los detalles, soy capaz de recitar casi punto por punto decenas de páginas escritas por el instructor. Me acuerdo de todo. ¡De todo!

Mi cerebro bulle, se embala, carbura a pleno rendimiento. Para convencerme, me pongo a recitar todo lo que me pasa por la cabeza:

> Seis por siete, cuarenta y dos / Ocho por nueve, setenta y dos / La capital de Pakistán es Islamabad / La de Madagascar, Antananarivo / Stalin murió el 5 de marzo de 1953 / El muro de Berlín fue construido en la noche del 12 al 13 de agosto de 1961.

Me acuerdo de todo.

> El perfume de mi abuela se llamaba Noche de París, olía a bergamota y jazmín / El *Apolo 11* se posó en la Luna el 20 de julio de 1969 / La amiguita de Tom Sawyer se llama Becky Thatcher / A mediodía he comido en el Dessirier un tartar de dorada; Seymour, un *fish and chic*; los dos hemos repetido café y la cuenta subía a 79,83 euros.

Me acuerdo de todo.

> Aunque no figura en los créditos, es Eric Clapton el que toca la guitarra en la canción *When My Guitar Gently Weeps* del Álbum Blanco de los Beatles / Se dice «en olor de multitudes», no «en loor de multitudes» / Esta mañana he puesto gasolina en la estación de servicio BP del boulevard Murat; la sin plomo de 98 estaba a 1,684 euros; he pagado 67 euros / En *Con la muerte en los talones*, Alfred Hitchcock aparece justo después de los títulos de crédito iniciales; un autobús cierra la puerta a su espalda y lo deja en la acera.

Me acuerdo de todo.

En las novelas de Conan Doyle, Sherlock Holmes no dice nunca: «Elemental, mi querido Watson» / El PIN de mi tarjeta de crédito es 9728 / Su número es 0573 5233 3754 61 /El código de seguridad es 793 / La primera película de Stanley Kubrick no es *El beso del asesino*, sino *Fear and Desire* / En 1990, el árbitro del partido entre el Benfica y el Olympique de Marsella que dio por bueno un gol con la mano de Vata se llamaba Marcel van Langenhove. Aquello hizo llorar a mi padre / La moneda de Paraguay es el guaraní / La de Botsuana es el pula / La moto de mi abuelo era una Kawasaki H1 / A los veinte años, mi padre conducía un Renault 8 Gordini de color «azul Francia».

Me acuerdo de todo.

El código de mi casa es el 6507B, el del ascensor es el 1321A / Mi profesor de música en el último curso de primaria era el señor Piguet. Nos hacía tocar *She's Like a Rainbow*, de los Stones, con flauta dulce / Compré mis dos primeros CD en 1991, cuando estaba en primero de bachillerato: *Du vent dans les plaines*, de Noir Désir, y los Impromptus de Schubert interpretados por Krystian Zimerman para Deutsche Grammophon / Saqué un 16/20 en la prueba de filosofía del Baccalauréat. El tema de la redacción era «¿Supone siempre la pasión un obstáculo para el conocimiento de uno mismo?». / Mi grupo era el C3. Los jueves teníamos tres horas de clase en el aula 207; yo me sentaba en la tercera fila, al lado de Stéphane Muratore, y al final del día él me llevaba a casa en su escúter Peugeot ST, que sufría para subir las cuestas.

Me acuerdo de todo.

Bella del Señor tiene 1.109 páginas en la edición de Folio / Zbigniew Preisner compuso la música de *La doble vida de Verónica* / El número de mi habitación en la residencia de estudiantes era el 308 /Los martes era el día de las lasañas en el restaurante universitario / En *La mujer de al lado*, el personaje que interpreta Fanny Ardant se llama Mathilde Bauchard / Recuerdo que se me ponía la carne de gallina cuando oía en bucle en mi primer iPod

That's My People, la pieza en la que NTM samplea un preludio de Chopin / Recuerdo dónde estaba el 11 de septiembre de 2001: en la habitación de un hotel, de vacaciones en Madrid, con un amante mayor que yo. Un comisario casado que se parecía a mi padre. El derrumbamiento de las Torres Gemelas en aquel ambiente siniestro / Recuerdo esa época complicada, esos hombres tóxicos a los que detestaba. Antes de que comprendiera que hay que quererse un poco para poder querer a los demás...

Tomo el puente de los Invalides, sigo por la avenue Franklin-Roosevelt y me meto en el aparcamiento subterráneo. Desde allí voy a pie a reunirme con las chicas en el Motor Village del Rond-Point de los Campos Elíseos.

—¡Hola, Alice!

Están sentadas en la terraza del Fiat Caffè picoteando. Me siento con ellas y pido un spritz de champán, que me tomo casi de un trago. Arreglamos el mundo, bromeamos, comentamos los últimos cotilleos, hablamos de nuestros problemas con los hombres, de trapitos, de trabajo. Pedimos una ronda de Pink Martini y brindamos por nuestra amistad. Después nos vamos, entramos en varios locales: el Moonlight, el Treizième Étage, el Londonderry. Bailo, dejo que los hombres se me acerquen, se interesen por mí, me toquen. No estoy enferma. Soy sexy.

No voy a morir. No voy a apagarme. No quiero ser una mujer rota. No voy a marchitarme como una flor cortada demasiado pronto. Bebo: mojito de Bacardi, champán violeta, gin-tonic de Bombay... No voy a acabar con el cerebro hecho fosfatina, insultando a los cuidadores y comiendo compota con la mirada perdida.

Todo da vueltas a mi alrededor. Estoy un poco colocada, alegre. Ebria de libertad. El tiempo pasa. Son más de las doce. Me despido de las chicas y me dirijo al aparcamiento subterráneo. Tercer sótano. Iluminación de depósito de cadáveres. Olor de meados. Oigo mi taconeo sobre el hormigón. Náuseas, mareo. Me tambaleo. En cuestión de segundos, mi ebriedad se ha teñido de tristeza. Me siento oprimida, hecha polvo. Se me ha hecho un nudo en la garganta y todo sube a la superficie: la imagen de mi cerebro atacado por las placas seniles, el miedo al naufragio. Un tubo de neón cansado parpadea y chisporrotea como un grillo. Saco las llaves, acciono la apertura automática del coche y me dejo caer sobre el volante. Se me saltan las lágrimas. Un ruido... ¡Hay alguien en el asiento de al lado! Me incorporo bruscamente. La sombra de un rostro emerge de la penumbra.

—¡Joder, Seymour, me has dado un susto de muerte!

—Hola, Alice.

—¿Qué puñetas haces aquí?

—Esperaba a que estuvieras sola. Me ha llamado Clouseau y estaba preocupado por ti.

—¿Y el secreto médico, qué? ¿Se lo pasa por el forro?

—No ha necesitado decirme nada; hace tres meses que tu padre y yo tememos este momento.

Enciendo la luz del techo para mirarlo mejor. Él también tiene los ojos llenos de lágrimas, pero se las seca con la manga y se aclara la voz.

—La decisión tienes que tomarla tú, Alice, pero yo creo que hay que actuar deprisa. Eso es lo que tú me has enseñado en el trabajo: no dejar nunca las cosas para mañana, coger el toro por los cuernos y no soltarlo. Por eso eres la mejor policía, porque no escatimas esfuerzos, porque eres siempre la primera en salir a luchar y porque vas siempre un paso por delante.

Sorbo por la nariz.

—Nadie puede ir un paso por delante del Alzheimer.

Por el retrovisor lo veo abrir un sobre. Saca un billete de avión y un folleto ilustrado con un gran edificio, alto, construido a orillas de un lago.

—Mi madre me ha hablado de este centro en Maine, el Sebago Cottage Hospital.

—¿Qué pinta tu madre en este asunto?

—Como sabes, tiene Parkinson. No hace ni dos años, temblaba muchísimo y su vida era un infierno. Un día, su médico le propuso un nuevo tratamiento: le implantaron dos finos electrodos en el cerebro, unidos a un dispositivo de estimulación implantado bajo la clavícula. Algo así como un marcapasos.

—Todo eso ya me lo has contado, Seymour, y tú mismo has reconocido que los impulsos eléctricos no impedían que la enfermedad evolucionara.

—Puede, pero han suprimido los síntomas más molestos y ahora está mucho mejor.

—El Alzheimer no tiene nada que ver con el Parkinson.

—Lo sé —dijo, tendiéndome el folleto—, pero mira este centro: utilizan la estimulación cerebral profunda para luchar contra los síntomas del Alzheimer. Los primeros resultados son alentadores. No ha sido fácil, pero te he encontrado una plaza en su programa. Está todo pagado, pero tienes que irte mañana. Te he reservado un billete de avión para Boston.

Niego con la cabeza.

—Guárdate el dinero, Seymour. Todo eso son pamplinas. Voy a palmarla y punto.

—Tienes esta noche para pensarlo —insiste él—. Ahora te llevaré a casa, no estás en condiciones de conducir.

Demasiado agotada para contradecirlo, paso al asiento de al lado y lo dejo ponerse al volante.

Son las doce y diecisiete minutos cuando la cámara de vigilancia del aparcamiento nos graba saliendo de allí.

24

EL CAPÍTULO CERO

Pero donde hay peligro, crece también lo salvador.

FRIEDRICH HÖLDERLIN

TriBeCa
4.50 horas
Tres horas antes del primer encuentro entre Alice y Gabriel

El timbre del teléfono de la habitación 308 del Greenwich Hotel sonó seis veces antes de que descolgaran el aparato.

—Diga... —respondió una voz pastosa que emergía de un sueño profundo.

—Recepción, señor Keyne. Lamento mucho molestarlo, pero hay una llamada para usted: un tal Thomas Krieg, que quiere hablar con...

—¿En plena noche? Pero ¿se puede saber qué hora es?

—Casi las cinco, señor Keyne. Me ha dicho que es muy urgente.

—De acuerdo, pásemelo.

Gabriel se incorporó apoyándose en la almohada y se sentó en el borde de la cama. La habitación estaba sumergida en la oscuridad, pero la luz que despedía el radiodespertador permitía adivinar el desorden reinante. La moqueta estaba sembrada de minibotellas de licor y prendas de vestir tiradas de cualquier manera. La mujer que dormía a su lado no se había despertado. Necesitó unos segundos para acordarse de su nombre: Elena Sabatini, una de sus colegas de Florida, a la que había conocido la noche anterior en el *lounge* del hotel. Después de unos martinis, la había convencido de que subiera a su habitación y se habían conocido más en profundidad vaciando el minibar.

Gabriel se frotó los ojos y suspiró. Desde que su esposa lo había dejado, odiaba en lo que se había convertido: un alma errante, un fantasma a la deriva al que nada frenaba en su caída. «No hay nada más trágico que encontrarse a un hombre sin aliento, perdido en el laberinto de la vida»: la frase de Martin Luther King le vino de inmediato a la mente. Encajaba con él como un guante.

—¿Gabriel? ¿Estás ahí, Gabriel? —gritaba la voz en el otro extremo de la línea.

Con el auricular pegado a la oreja, Keyne bajó de la cama y cerró la puerta corredera que separaba el dormitorio de la salita contigua.

—Hola, Thomas.

—He estado llamándote al teléfono de Astoria y al móvil, pero no me contestabas.

—Debe de haberse quedado sin batería. ¿Cómo me has encontrado?

—Me he acordado de que era la semana del congreso anual de la Asociación Estadounidense de Psiquiatría. He llamado a la secretaría y me han dicho que te habían reservado una habitación en el Greenwich.

—¿Qué quieres?

—Parece que fuiste muy aplaudido en la conferencia de ayer sobre la dimensión psiquiátrica de la enfermedad de Alzheimer...

—Déjate de cumplidos, ¿quieres?

—Tienes razón, vayamos al grano: quisiera tu opinión sobre una paciente.

—¿A las cinco de la mañana? ¡Thomas, te recuerdo que ya no somos socios!

—Y es una lástima: formábamos un buen equipo, tú y yo. La complementariedad perfecta del psiquiatra y el neurólogo.

—Sí, pero todo eso se acabó, te vendí mi parte de la clínica.

—La mayor tontería que has hecho en tu vida...

Gabriel perdió los nervios:

—¡No vamos a discutir eso otra vez! ¡Conoces de sobra mis razones!

—Sí, trasladarte a Londres para obtener la custodia compartida de tu hijo. ¿Y qué has conseguido? Una orden judicial de alejamiento que te ha obligado a volver a Estados Unidos.

Gabriel notó que se le empañaban los ojos. Se masajeó las sienes mientras su amigo volvía a la carga.

—¿Te importa echarle un vistazo al historial? Por favor... Un Alzheimer precoz. ¡El caso te va a apasionar! Te lo envío por correo electrónico y te llamo dentro de veinte minutos.

—Ni hablar. Voy a volver a acostarme. Y no me llames más, por favor —dijo con firmeza antes de colgar.

El ventanal, como un espejo, le devolvió la imagen de un hombre cansado, mal afeitado y deprimido. Sobre la moqueta, a los pies del sofá, encontró su smartphone —«nivel de batería cero»— y lo enchufó a la red. Fue al cuarto de baño y estuvo diez minutos bajo la ducha para salir de su letargo. Volvió al salón en albornoz. Gracias a la cafetera de cápsulas que descansaba sobre una cómoda, se preparó un expreso doble y se lo tomó mirando brillar las aguas del Hudson a las primeras luces del día. Enseguida se hizo otro café y encendió el ordenador portátil. Tal como había previsto, un mensaje de Thomas lo esperaba en su cuenta de correo.

«¡Mira que es cabezota este tío!...»

El neurólogo le había enviado el historial de su paciente. Krieg sabía que Gabriel no se resistiría a la curiosidad de mirarlo, y en ese punto tenía razón.

Gabriel abrió el archivo PDF y recorrió las primeras páginas en diagonal. El perfil inusual de la paciente atrajo su atención, en efecto: Alice Schäfer, treinta y ocho años, una atractiva francesa de tez clara y facciones armoniosas, enmarcadas por mechones rubios que escapaban de un moño. Se detuvo unos segundos en la foto y sus ojos se cruzaron. Iris claros, una mirada a la vez intensa y frágil, un aire misterioso, indescifrable. Suspiró. Esa maldita enfermedad causaba estragos en personas cada vez más jóvenes.

Gabriel manipuló el panel táctil para hacer pasar el historial. Primero, decenas de páginas de resultados de pruebas y radiografías cervicales —resonancia magnética, tomografía por emisión de positrones, punción lumbar— que desembocaban en un diagnóstico inapelable realizado por el doctor Évariste Clouseau. Aunque no lo había visto nunca en persona, Gabriel conocía al neurólogo francés por su fama. Una eminencia en su terreno.

La segunda parte del historial empezaba con el formulario de admisión de Alice Schäfer en el Sebago Cottage Hospital, la clínica especializada en trastornos de la memoria que había fundado él con Thomas y otros dos socios. Un centro de investigación puntero en la enfermedad de Alzheimer. La joven había sido admitida seis días antes, el 9 de octubre, para someterse a un tratamiento mediante estimulación cerebral profunda, la «especialidad» de la clínica. El día 11 le habían implantado el dispositivo del neuroestimulador encargado de liberar una estimulación eléctrica constante de unos voltios, que los pacientes llamaban «marcapasos cerebral». Después, nada más.

«Qué raro.»

Según el protocolo, el implante de los tres electrodos debería haber sido efectuado el día siguiente. Sin eso, el marcapasos no tenía ninguna utilidad. Gabriel estaba dando el último sorbo de su segundo café cuando su móvil vibró sobre la mesa.

—¿Has leído el historial? —preguntó Thomas.

—Estoy en ello. ¿Qué esperas de mí exactamente?

—Que me eches una mano, porque estoy metido en un buen lío. Esa chica, Alice Schäfer, se escapó anoche de la clínica.

—¿Se escapó?

—Es policía, tiene recursos. Salió de su habitación sin avisar a nadie. Consiguió engatusar a los enfermeros e incluso hirió a Caleb Dunn cuando intentó detenerla.

—¿A Dunn? ¿El guardia de seguridad?

—Sí. Ese idiota sacó el arma. Forcejeó con la chica para intentar ponerle las esposas, pero fue ella quien acabó reduciéndolo. Al parecer, el arma se disparó sola, pero ella se fue y se llevó la pistola y las esposas.

—¿La herida es grave?

—No, la bala se alojó en el muslo. Está ingresado en nuestro hospital y está dispuesto a no informar a la policía con la condición de que le demos cien mil dólares.

—¿Estás diciéndome que una de tus pacientes se ha largado con un arma después de herir a un guardia de seguridad y que no has avisado a la policía? ¡Eres un irresponsable, chaval, y vas a acabar entre rejas!

—Avisar a la policía es poner a la justicia y a los periodistas al corriente. Nos exponemos a que nos retiren las acreditaciones, lo que supondría tener que cerrar la clínica. No voy a renunciar a la obra de una vida por culpa de ese cernícalo. Por eso te necesito, Gabriel. Quiero que la traigas.

—¿Por qué yo? ¿Y cómo quieres que lo haga?

—He hecho mis indagaciones. Alice Schäfer está en Nueva York y tú también. Fue en taxi a Portland a las nueve de la noche. Desde allí tomó un tren y luego un autobús hasta Manhattan. Ha llegado a la estación de autobuses esta madrugada, para ser exactos, a las cinco y veinte.

—Si sabes dónde está, ¿por qué no vienes tú mismo a buscarla?

—No puedo irme del hospital en plena crisis. Agatha, mi ayudante, ya ha cogido un avión. Estará en Manhattan dentro de dos horas, pero me gustaría que te encargaras tú de esto. Tienes un don para hacer entrar en razón a la gente. Tienes algo, empatía, un poco como un actor que...

—Está bien, no vuelvas a empezar con tus cumplidos. ¿Cómo puedes estar seguro de que sigue en Nueva York?

—Gracias al receptor GSM que ponemos en un tacón de los zapatos de los pacientes. La he localizado con nuestra aplicación. Está justo en medio de Central Park, en una zona arbolada que se llama el Ramble. Aparentemente, no se ha movido desde hace media hora. O sea que, o bien está muerta, o bien dormida, o bien se ha deshecho de los zapatos. ¡Por lo que más quieras, Gabriel, ve aunque solo sea a echar un vistazo, te lo pido como amigo! ¡Tenemos que encontrarla antes que la policía!

Keyne se tomó unos segundos para reflexionar.

—¿Gabriel? ¿Sigues ahí?... —preguntó, preocupado, Thomas.

—Dime algo más de ella. He visto que hace cuatro días le implantaste un generador subcutáneo.

—Sí —confirmó Krieg—. El último modelo existente: completamente miniaturizado, apenas más grande que una tarjeta SIM. Ya lo verás, es impresionante.

—¿Por qué no habéis realizado la segunda parte de la intervención para instalar los electrodos?

—Porque, de la noche a la mañana, se le fue la olla por completo. Negaba totalmente la realidad. Si a eso le añades la amnesia...

—O sea...

—Schäfer sufre una especie de amnesia anterógrada que descansa en la negación de su enfermedad. Su mente permanece cerrada a todos los hechos posteriores al anuncio del Alzheimer.

—¿Ha dejado de almacenar recuerdos nuevos?

—No guarda ninguno desde una noche que salió de copas hace una semana, justo después de que Clouseau le anunciara el diagnóstico. Todas las mañanas, al despertar, su memoria se reinicia. No sabe que está enferma y cree que la noche antes estaba de farra en los Campos Elíseos. También ha olvidado que está de baja por enfermedad desde hace tres meses.

—Se sabe que la negación y la desaparición de la memoria retrospectiva forman parte de las características de la enfermedad... —dijo Gabriel, tratando de relativizar la información que le daba su amigo.

—Pero resulta que esta chica no parece en absoluto enferma. Es intelectualmente ágil, ¡y menudo carácter tiene!

Gabriel dejó escapar un largo suspiro de resignación. Nadie

sabía azuzar su curiosidad mejor que Krieg. Y estaba claro que el caso de esa chica era un enigma.

—Bueno, de acuerdo, voy a ver si la encuentro...

—¡Gracias! ¡Me salvas la vida! —se entusiasmó Thomas.

—Pero ¡no te prometo nada! —precisó Keyne.

—¡Lo conseguirás, estoy seguro! Te envío al móvil el punto exacto donde está. Llámame en cuanto tengas alguna noticia.

Gabriel colgó con la desagradable sensación de que se la habían pegado. Desde su regreso a Nueva York, había montado en Astoria su propia estructura médica especializada en intervenciones psiquiátricas de urgencia a domicilio. Envió un SMS a su secretaria para pedirle que llamara a su sustituto a fin de garantizar las guardias de la mañana.

Luego se puso rápidamente la ropa del día anterior —vaqueros oscuros, camisa azul claro, americana negra, gabardina beis y zapatillas Converse— antes de abrir la puerta del armario donde había dejado el maletín médico. Metió una jeringuilla con un fuerte anestesiante en un estuche de piel. Después de todo, esa chica iba armada y, por lo tanto, era potencialmente peligrosa. Guardó el estuche en su portafolios y salió de la habitación.

Al llegar a recepción, le pidió al portero que le consiguiera un taxi, y entonces se dio cuenta de que se había dejado en la habitación el dispositivo de radiofrecuencia que controlaba la seguridad de su cartera de mano. Si se alejaba más de veinticinco metros del receptor, estaba programado para que una alarma y una descarga eléctrica se activaran automáticamente.

Como el taxi había llegado, decidió no subir a la habitación para no perder tiempo y dejó el portafolios en la consigna del hotel.

El empleado le dio la matriz de un tíquet que llevaba el número 127.

En relieve, las letras G y H engarzadas formaban un discreto logo.

25

JUSTO ANTES

> [...] y al primer parpadeo la reconocí. Era ella, la ines-
> perada y la esperada [...]
>
> ALBERT COHEN

Manhattan
7.15 horas
Tres cuartos de hora antes del primer encuentro entre Alice
y Gabriel

Unas notas de jazz chisporroteaban en el habitáculo del taxi.
Gabriel tardó solo unos segundos en reconocer la mítica
grabación: Bill Evans interpretando *All of You*, de Cole Porter,
en el Village Vanguard en 1961. Aunque era incapaz de tocar
ningún instrumento, al psiquiatra le encantaba el jazz y frecuen-
taba las salas de conciertos, una veces con curiosidad por escuchar un sonido nuevo y otras, por el contrario, para volver a
sentir las emociones que había experimentado cuando, de estudiante, había descubierto esa música en los clubes de Chicago.

Las obras en Harrison obligaron al taxista a hacer un zigzag
para tomar Hudson Street. En el asiento trasero del vehículo,
Gabriel seguía leyendo el historial de Alice Schäfer en la pantalla
de su teléfono móvil. La última parte del documento, redactada
por un psicólogo de la clínica, consistía en un largo texto biográ-

fico, completado con artículos sacados de periódicos y revistas franceses de los que se había hecho una traducción resumida. En todos se hablaba del asesino en serie Erik Vaughn, que había aterrorizado a la capital francesa durante el año 2011. Un caso del que Gabriel nunca había oído hablar. El tamaño de la pantalla del smartphone y los tumbos que daba el coche no facilitaban la lectura. Leyendo por encima los primeros recortes de prensa, Gabriel pensó que se trataba de un caso en el que Alice había trabajado y tuvo la impresión de estar metido en una de esas novelas policíacas que engullía cuando viajaba en tren o en avión.

Luego encontró las cuatro páginas de *Paris Match* donde se contaba el drama de Alice: la joven policía había acorralado al asesino, pero se había convertido también una de sus «víctimas». Lo que leyó hizo que un escalofrío le recorriera la espalda: Vaughn, por decirlo de algún modo, la había destripado; asestándole varias cuchilladas, había atravesado al niño que llevaba en el vientre para acabar abandonándola moribunda en medio de un charco de sangre. Para colmo de males, su marido había tenido un accidente de coche mortal mientras se dirigía al hospital donde ella estaba ingresada.

Conmocionado por la información, Gabriel sintió náuseas. Por un momento creyó que iba a vomitar las dos tazas de café que había tomado. Mientras el coche circulaba por la Octava Avenida, se quedó unos minutos inmóvil, con la nariz pegada a la ventanilla. ¿Cómo podía el destino encarnizarse hasta semejante extremo con esa mujer? Después de lo que ya había sufrido, ¿cómo era posible que padeciera una enfermedad como el Alzheimer cuando solo tenía treinta y ocho años?

Empezaba a amanecer y los primeros rayos del sol traspasaban el bosque de rascacielos. El taxi subió por Central Park West y dejó a Gabriel en el cruce con la calle Setenta y dos, justo a la altura de la entrada oeste del parque.

El psiquiatra le tendió un billete al taxista y cerró la puerta.

El aire era fresco, pero el cielo, puro y sin nubes, hacía presagiar un bonito día de otoño. Miró a su alrededor. El tráfico empezaba a ser denso. En la avenida, los carritos de *pretzels* y perritos calientes ya habían tomado posiciones. Enfrente del Dakota, un vendedor callejero extendía sobre la acera carteles, camisetas y objetos con la efigie de John Lennon.

Gabriel entró en el parque, donde reinaba un ambiente campestre. Dejó atrás el jardín triangular de Strawberry Fields y bajó por el camino que bordeaba la extensión de agua hasta la bóveda de granito de la fuente de Cherry Hill. La luz era bonita; la brisa, viva y seca, y el lugar estaba ya muy animado: gente practicando footing, haciendo acrobacias en monopatín, desplazándose en bicicleta o paseando perros se cruzaba en una especie de ballet improvisado pero armonioso.

Gabriel notó vibrar su teléfono en el bolsillo de la gabardina. Un SMS de Thomas con una captura de pantalla: un plano que indicaba la localización precisa de Alice Schäfer. Según las últimas noticias, la chica seguía al otro lado del puente que cruzaba el lago.

Gabriel se situó fácilmente: a su espalda, las siluetas de las torres gemelas del San Remo; frente a él, algo más allá, Bethesda Terrace y Bethesda Fountain; a su izquierda, la pasarela de hierro del Bow Bridge decorada con delicados arabescos. Echó a andar por el largo puente de color crema que cruzaba uno de los brazos del lago y se adentró en el Ramble.

El psiquiatra no había puesto nunca los pies en la parte más agreste de Central Park. Poco a poco, las arboledas y los arbustos dejaron paso a un auténtico bosque: olmos, robles, una alfombra de musgo y de hojas secas, grandes rocas. Avanzaba sin dejar de mirar el teléfono para no perderse. Le costaba creer que pudiera haber un verdadero bosque a tan solo unos cientos de metros de una zona tan frecuentada. Cuanto más se espesaba la vegetación, más se atenuaba el rumor de la ciudad hasta desaparecer. Muy pronto solo se oyó el piar de los pájaros y el susurro de las hojas.

Gabriel se echó aliento en las manos para calentárselas y miró otra vez la pantalla. Pensaba que se había perdido cuando llegó a un claro.

Era un lugar fuera del tiempo, preservado de todo y protegido por la cúpula dorada que formaban las ramas de un olmo gigantesco. La luz tenía algo de irreal, como si unas mariposas con alas luminosas revolotearan en el cielo. Movidas por un viento ligero, unas hojas rojizas giraban en el aire. Un olor de tierra mojada y hojas en descomposición flotaba en el ambiente.

En el centro del claro, una mujer dormía tumbada en un banco.

Gabriel se acercó con prudencia. Sin duda alguna era Alice Schäfer, acurrucada en posición fetal, protegida con una cazadora de piel y con las piernas enfundadas en unos vaqueros. Manchados de sangre coagulada, los faldones de una blusa sobresalían por debajo de la cazadora. Gabriel se asustó, creyó que se había herido. Pero, tras haber examinado la prenda, dedujo que esa sangre debía de ser de Caleb Dunn, el guardia de seguridad de la clínica. Se inclinó hasta rozar el pelo de la joven francesa, escuchó el ruido de su respiración y se quedó un momento mirando los mil matices de los reflejos dorados de su moño, su rostro frágil y diáfano, sus labios secos, rosa pálido, de los que salía un aliento cálido.

Una turbación inesperada lo invadió y un fuego desestabilizador se encendió en todo su ser. La fragilidad de esa mujer, la soledad que emanaba de ese cuerpo abandonado resonó en él como un doloroso eco. No habían hecho falta más que dos segundos, una simple mirada posada en ella, para que sonaran los tres golpes del destino y, atrapado por una fuerza irracional, supiera que iba a hacer todo lo imaginable para ayudar a Alice Schäfer.

El tiempo apremiaba. Con la mayor delicadeza posible, registró los bolsillos de la cazadora de la chica, encontró su billetero, unas esposas y el arma de Caleb Dunn. Dejó la pistola en su sitio, pero se quedó las esposas y el billetero. Al examinar su contenido, encontró el carnet de policía de Schäfer, una foto de un hombre rubio con el cabello rizado y una ecografía.

«¿Y ahora qué?»

Su cerebro trabajaba deprisa. Las bases de un guión descabellado se organizaban en su mente. Una trama que había empezado a escribirse sola en el taxi, escuchando al pianista de jazz en la radio, leyendo los artículos sobre Vaughn, el asesino en serie, pensando en lo que le había dicho Thomas sobre la amnesia anterógrada de Alice y la negación de su enfermedad.

«Todas las mañanas, al despertar, su memoria se reinicia de un modo extraño. No sabe que está enferma y cree que la noche antes estaba de farra en los Campos Elíseos.»

Vació también sus bolsillos para hacer inventario de sus posesiones: el billetero, el móvil, un bolígrafo lacado, la navaja suiza, el tíquet de consigna del portafolios que le habían dado justo antes de salir del hotel.

Tenía que improvisar con eso. El tiempo se dilató. Los elementos del puzle se unían en su cabeza a una velocidad asombrosa. Como tocado por la gracia, supo en unos segundos el plan que debía seguir.

Comprobó en el teléfono el número del Greenwich Hotel y, con el bolígrafo, lo copió en la palma de una de las manos de Alice rezando para que esta no se despertara.

A continuación salió un momento del claro. Unos cincuenta metros más al norte, descubrió un pequeño lago atravesado por un minúsculo puente rústico de madera y rodeado de arbustos de troncos cortos y sauces llorones.

A juzgar por los numerosos comederos colgados de las ramas de los árboles, el lugar —tranquilo y silencioso a aquella hora— debía de ser una especie de punto de observación creado por los ornitólogos del parque.

Gabriel se quitó la gabardina y rasgó el forro para cortar una tira larga y estrecha que podía pasar por una venda de gasa de color claro. Se quitó la americana, se subió una manga de la camisa y, con la hoja de la navaja suiza, se puso a grabarse en el antebrazo una serie de seis cifras —141197— que correspondía a la combinación de la doble cerradura de su portafolios. Hizo muecas de dolor al notar la hoja clavarse en su piel y cortar la epidermis. Si aparecía un guarda forestal en ese momento, tendría muchas dificultades para explicarle a qué jugaba.

Se enrolló el brazo ensangrentado con el vendaje artesanal. Se bajó la manga de la camisa, se puso la americana y, con la gabardina, hizo un hatillo dentro del cual metió su billetero y el de Alice, la navaja suiza, el reloj y el bolígrafo.

Después se decidió a llamar a Thomas.

—¡Dime que la has encontrado y que está viva! —suplicó su amigo.

—Sí, se ha dormido en un banco, en medio de la zona boscosa.

—¿Has intentado despertarla?

—Todavía no, pero habrá que hacerlo antes de que aparezca alguien.

—¿Has recuperado la pistola de Dunn?

—Por el momento, no.

—¿Y a qué esperas?

—Mira, quiero intentar llevarla a la clínica, pero con calma, a mi manera y siguiendo mis reglas.

—Como quieras —concedió Krieg.

Gabriel frunció los ojos y se rascó la cabeza.

—¿Con quién crees tú que intentará ponerse en contacto cuando se despierte?

—Con su amigo y compañero Seymour Lombart, seguro. Ha sido él quien le ha recomendado nuestra clínica y quien ha pagado el tratamiento.

—Tienes que avisar a ese tipo. Pídele que, le cuente ella lo que le cuente, no le hable de su enfermedad. Dile que gane tiempo y siga las instrucciones que vayamos dándole.

—¿Estás seguro de lo que haces? Porque...

—No estoy seguro de nada, pero, si no te gusta, ven a buscarla tú.

En el otro extremo de la línea, Krieg, por toda respuesta, se limitó a dejar escapar un profundo suspiro.

—Otra cosa: ¿ha llegado Agatha a Nueva York?

—Me ha llamado hace dos minutos. Acaba de aterrizar en el JFK.

—Dile que venga inmediatamente a Central Park. Al norte del Ramble encontrará un pequeño lago rodeado de azaleas. Junto a un puente rústico de leños hay unos árboles con comederos de madera para los pájaros. Voy a dejar en el más grande todas mis cosas, además de los efectos personales de Schäfer. Pídele a Agatha que los recoja antes de que otra persona los encuentre. Dile también que esté preparada para ayudarme si la telefoneo.

—Ahora mismo la aviso —dijo Thomas Krieg—. ¿Cuándo volveremos a llamarte?

—Cuando pueda hablar. No intentes localizarme en mi móvil, voy a tener que deshacerme de él.

—Está bien, buena suerte.

—Una última pregunta: ¿Alice Schäfer tiene novio?

—No que yo sepa.

—¿Y qué hay de ese tipo, Seymour?

—Me ha parecido entender que es gay. ¿Por qué me lo preguntas?

—Por nada.

Gabriel colgó. Después de meter el móvil en el hatillo que había hecho con la gabardina, escondió este en el comedero más grande que pudo encontrar.

Volvió al claro y vio con alivio que Alice no se había movido.

Una vez allí, se ocupó de los últimos detalles. Sacó del bolsillo el tíquet de consigna del portafolios y lo metió en el bolsillo pequeño de los vaqueros de Alice. Después se inclinó sobre el antebrazo de la joven y, con gran delicadeza, movió la corona del reloj de hombre que llevaba en la muñeca para cambiar la fecha a exactamente una semana antes. En la esfera del Patek, el calendario perpetuo indicaba ahora «martes 8 octubre» en lugar de 15.

Por último, puso uno de los brazaletes de las esposas alrededor de la muñeca derecha de Alice y cerró en torno a su propia muñeca izquierda el otro aro de acero.

Ahora eran inseparables. Estaban encadenados para lo bueno y para lo malo.

Arrojó la llave hacia la maleza, lo más lejos posible.

Después se tumbó también en el banco, cerró los ojos y se dejó caer suavemente sobre el costado de la chica.

El peso del cuerpo masculino pareció sacar a Alice del sueño.

Eran las ocho de la mañana.

La aventura podía empezar.

26

LOS ESPEJOS

La gente no debería colgar espejos en las habitaciones por la misma razón que no debería dejar talonarios de cheques abiertos o cartas en las que confiesa algún crimen horrendo.

VIRGINIA WOOLF

Abro los ojos.

Reconozco la habitación: blanca, mineral, atemporal. Suelo de piedra de lava, paredes inmaculadas, un armario y un pequeño escritorio de madera pintada. Contraventanas de tablas anchas que dejan pasar una luz rasante. Una decoración que recuerda más la comodidad de un hotel que el ascetismo de las habitaciones de hospital.

Sé perfectamente dónde estoy: habitación 06, Sebago Cottage Hospital, junto a Portland, en Maine. Y por qué estoy aquí.

Me incorporo apoyándome en la almohada. Tengo la impresión de encontrarme en una tierra de nadie sensorial, como una estrella muerta, apagada desde hace mucho tiempo pero que todavía emite luz. Poco a poco, sin embargo, recupero por completo la conciencia. Mi cuerpo está descansado, mi mente se ha liberado de un peso, como tras una larga inmersión de pesadilla que me hubiera hecho atravesar los palacios de la Noche, de los Sueños y del Sueño, luchar contra Cerbero y derrotar a las Furias antes de volver a subir a la superficie.

Me levanto, doy unos pasos descalza hasta la cristalera y la abro. El soplo de aire helado que se mete en la habitación me regenera. El panorama que se ofrece a mis ojos es para dejar sin respiración. Rodeado de un bosque de altos abetos, el lago Sebago extiende sus aguas azul cobalto a lo largo de kilómetros. Un auténtico trozo de cielo en medio de las coníferas. Una roca inmensa en forma de fortaleza lo culmina todo por encima de las olas, sobre las que sobresale un embarcadero de leños.

—Buenos días, señorita Schäfer.

Sorprendida, me vuelvo bruscamente. Sentada en un rincón de la habitación, una enfermera de origen asiático me observa en silencio desde hace unos minutos sin que yo me haya percatado.

—Espero que se encuentre bien. El doctor Keyne la espera junto al lago.

—¿El doctor Keyne?

—Me ha pedido que le diga en cuanto se despierte que está aquí.

Se acerca a la cristalera y señala un punto en el horizonte. Frunzo los ojos para distinguir a Gabriel con las manos metidas en el capó abierto del Shelby. Desde lejos, me hace una seña con la mano, como una invitación a que me reúna con él. En el armario encuentro la maleta que traje. Me pongo unos vaqueros, un jersey de mezclilla, una cazadora y unos zapatos cerrados, y salgo por la cristalera.

Me dejo llevar, hipnotizada por el azul profundo de la superficie del lago.

Ahora todo está claro en mi cabeza. Los recuerdos están ordenados, colocados en los archivadores de mi memoria. Primero, el diagnóstico alarmante de Clouseau, la mención de Seymour de la existencia del Sebago Cottage Hospital, sus gestiones para conseguir que me admitan en la institución, mi viaje a Estados Unidos, mis primeros días en la clínica, el implante de un marcapasos cerebral seguido de un ataque de pánico, la poderosa negación de mi enfermedad, mi evasión del hospital, mi lucha con el guardia de seguridad, mi huida hacia Nueva York hasta ese banco de Central Park...

Después, el encuentro insólito con ese curioso tipo, Gabriel Keyne, que me ha acompañado por el camino escarpado de ese día demencial. Un juego de pistas en el transcurso del cual mis terrores más profundos han emergido: el espectro de Erik Vaughn, la pérdida de mi hijo, el trauma de la muerte de Paul, mis dudas sobre la lealtad de mi padre y Seymour. Y, en todo momento, la negativa a admitir mi estado de salud, hasta convencerme a mí misma de haberme despertado la mañana del 8 de octubre, cuando en realidad era una semana más tarde.

—Buenos días, Alice, espero que haya dormido bien —me dice Keyne, cerrando el capó del coche.

Lleva unos pantalones cargo con muchos bolsillos, un cinturón ancho y un cárdigan de canalé. Tiene la barba cerrada, el cabello revuelto, los ojos brillantes y con ojeras. Las manchas de grasa que le tiznan la cara como pinturas indias le hacen parecer más un mecánico que un médico.

Mientras yo guardo silencio, él intenta entablar conversación.

—Siento mucho haberle clavado en el cuello la jeringuilla con anestésico. Era la única manera de que cayera en brazos de Morfeo.

Coge el cigarrillo que tiene apoyado detrás de la oreja y lo enciende con un viejo mechero. Ahora sé que ese hombre no es Vaughn. Pero ¿quién es realmente? Como si me leyera el pensamiento, me tiende una mano reluciente de grasa.

—Gabriel Keyne, psiquiatra —se presenta de manera formal.

Yo me niego a saludarlo.

—Músico de jazz, mago, agente especial del FBI, psiquiatra... El rey de los embusteros, eso es lo que es.

Él hace un gesto que es medio sonrisa y medio mueca.

—Comprendo que esté enfadada conmigo, Alice. Perdone por haber abusado de su credulidad, pero esta vez no miento, se lo prometo.

Como sucede con frecuencia, siento que la policía que hay en mí se impone y lo bombardeo a preguntas. Me entero de que fue su ex socio, Thomas Krieg, el director de la clínica, quien le pidió que me buscara en Nueva York y me trajera aquí.

—Pero ¿por qué me dijo que era pianista de jazz? ¿Por qué lo de Dublín? ¿Por qué las esposas, el tíquet de consigna y el número escrito en mi mano? ¿Por qué todo ese lío?

Él exhala una larga voluta de humo.

—Todo eso formaba parte de un guión escrito sobre la marcha.

—¿Un guión?

—La puesta en escena de una especie de juego de rol psicoanalítico, si lo prefiere.

Ante mi mirada de incredulidad, Gabriel comprende que debe decirme algo más.

—Era preciso que dejara de negar su enfermedad. Que se enfrentara a sus quimeras para liberarse. Ese es mi oficio: reconstruir a la personas, intentar volver a poner orden en su mente.

—¿Y se inventó ese «guión» así, sin más?

—Intenté entrar en su lógica, en su forma de pensar. Es el método más eficaz para establecer contacto. Fui improvisando sobre la marcha, en función de lo que usted me contaba y de las decisiones que tomaba.

Niego con la cabeza.

—No, eso no se tiene en pie, es imposible.

Él me dirige una mirada franca.

—¿Por qué?

En mi cabeza, el día anterior desfila a cámara rápida. Unas imágenes que quedan congeladas suscitan más preguntas.

—¿Qué me dice de las cifras ensangrentadas en su brazo?

—Las grabé yo mismo con una navaja suiza.

Me cuesta creer lo que oigo.

—¿Y del recibo de consigna del Greenwich Hotel?

—Es donde pasé la noche después de haber asistido a un congreso.

—¿Y del maletín electrificado?

—Es el mío. La alarma y la descarga eléctrica se accionan automáticamente cuando el maletín se aleja más de veinticinco metros del mando a distancia por radiofrecuencia.

—¿Y del GPS dentro de mi zapato?

—Todos los pacientes de la clínica llevan un GPS en uno de los tacones. Es una precaución cada vez más extendida en los hospitales de Estados Unidos, que se toma con los enfermos que padecen un trastorno relacionado con la memoria.

—Pero usted también llevaba un chivato de esos...

Veo la imagen de la escena con toda claridad: delante de la tienda de ropa usada, Gabriel tira sus zapatillas Converse a una papelera.

—Le dije que había encontrado uno, pero usted no lo vio y me creyó sin comprobarlo.

Gabriel rodea el coche, abre el maletero y saca un gato y una llave de cruceta para cambiar la rueda reventada del Shelby. No salgo de mi asombro por haberme dejado engañar.

—Pero... toda esa historia con Vaughn...

—Buscaba una manera de que saliéramos de Nueva York —explica él, agachándose para quitar el embellecedor de la rueda—. Había leído en su historial lo que Vaughn le había hecho. Sabía que, encaminándola tras su pista, podría hacerla ir a cualquier sitio.

Siento que la cólera me invade. Sería capaz de abalanzarme sobre él para molerlo a golpes, pero antes quiero estar segura de entenderlo todo bien.

—Y las huellas de la jeringuilla eran suyas, claro. Vaughn está muerto...

—Sí. Si su padre le dijo que estaba a dos metros bajo tierra, no hay ninguna razón para poner en entredicho su palabra. Yo guardaré el secreto, por descontado. Normalmente, no soy partidario de la autodefensa, pero, en este caso, ¿quién podría reprochárselo?

—¿Y Seymour?

—Krieg lo llamó para pedirle que colaborara con nosotros.

Después lo llamé yo también para incitarlo a que le diera indicios falsos y la orientara hacia el hospital.

—¿Cuándo? Estuvimos juntos en todo momento.

Él me mira y mueve la cabeza con los labios apretados.

—En todo momento no, Alice. En Chinatown, esperé a que hubiera salido de la tienda para pedirle al prestamista que me dejara hacer una llamada. Luego, frente al jardín comunitario de Hell's Kitchen, usted se quedó en el coche mientras pensaba que yo llamaba a mi amigo Kenny desde una cabina de teléfonos. —Sin interrumpir su letanía, se pone a aflojar con la llave de cruceta las tuercas que sujetan la rueda—. En la estación, mientras compraba los billetes, una encantadora ancianita me prestó su móvil para que hiciera una llamada. En Astoria, mientras usted se daba un baño, dispuse de tiempo para utilizar el teléfono del *shisha bar*. Y para acabar, durante el viaje por carretera la dejé más de diez minutos con Barbie con el pretexto de ir a comprar tabaco.

—Y durante ese tiempo, ¿estuvo hablando con Seymour?

—Fue él quien me ayudó a ser creíble en ese papel de agente especial del FBI. Y tengo que reconocer que lo consiguió muy por encima de mis expectativas. El golpe del cadáver en esa azucarera donde por supuesto no ha puesto nunca los pies fue idea suya.

—¡Será cabrito!...

—La quiere mucho, ¿sabe? No todo el mundo tiene la suerte de tener un amigo como él.

Mete el gato en la muesca y hace girar la manivela para levantar el coche unos centímetros. Al verle hacer una mueca de dolor, me acuerdo de que la noche anterior le di una cuchillada que tuvo que causarle una herida muscular bastante profunda. Pero no estoy de humor para enternecerme.

—¿Y mi padre?

—¡Ah, él sí que me preocupaba! No tenía nada claro que el gran Alain Schäfer aceptara entrar en el juego. Por suerte, Seymour hizo desaparecer oportunamente su teléfono.

Encajo los golpes como un boxeador acorralado en una esquina del ring. Pero quiero saber. Saberlo todo.

—¿Y el apartamento de Astoria? ¿Y su amigo Kenny Forrest?

—Kenny no existe. Me inventé la historia del músico de jazz porque me encanta esa música. En cuanto al apartamento, es donde yo vivo. Por cierto, me debe una botella de La Tâche de 1999. Reservaba ese Romanée-Conti para una gran ocasión.

Como de costumbre, piensa que el humor va a apaciguar mi cólera. Me provoca, intenta sacarme de mis casillas.

—¡Puede usted meterse su botella donde le quepa! ¿Por qué la propietaria del inmueble, la señora Chaouch, no lo reconoció?

—Por la sencilla razón de que la había llamado desde la estación para pedirle que no lo hiciera. —Desenrosca del todo las tuercas y retira la rueda reventada antes de completar su explicación—. Agatha, la ayudante de Krieg, había pasado por allí poco antes para hacer desaparecer todo lo que pudiera identificarme: fotos, historiales, facturas... Me duele mucho el hombro. ¿Puede pasarme la rueda de recambio?

—¡¿Y usted puede irse a tomar por saco?! Hábleme de la cabaña en el bosque.

Gabriel da un paso de lado, comprueba el vendaje bajo el cárdigan y la camisa. El esfuerzo ha debido de hacer sangrar la herida, pero aprieta los dientes y coge la rueda de recambio.

—La cabaña es la del verdadero Caleb Dunn. Y fui yo quien le pidió a Agatha que clavara en la puerta las tres fotos que había visto en su billetero.

—El Shelby también es suyo, supongo.

—Lo gané jugando al póquer cuando vivía en Chicago —dijo el psiquiatra levantándose y limpiándose las manos.

Me resulta insoportable escucharlo. Me siento rebajada, humillada. Embaucándome de este modo, Gabriel me ha quitado lo último que me quedaba: la certeza de seguir siendo una buena policía.

—Reconozco que he tenido suerte —precisa—. Estuvo dos veces a punto de desenmascararme. La primera, cuando insistió en venir conmigo al laboratorio de hematología medicoforense para llevar la muestra de sangre.

No estoy segura de entenderlo bien. Lo dejo seguir.

—Conozco muy bien a Éliane, la clínica trabaja con su laboratorio desde hace mucho. No tuve tiempo de avisarla, pero ¡en ningún momento me llamó «doctor» delante de usted!

A mí no me hace ninguna gracia la ironía de la anécdota.

—¿Y la segunda vez?

—Su colega Maréchal. Con él estuvimos de verdad a dos dedos de la catástrofe. Para empezar, tuve una potra increíble de que no estuviera al corriente de su baja laboral. Y luego, cuando hizo la indagación sobre las cámaras de vigilancia, se limitó a introducir el número de su matrícula. ¡Si hubiera escrito en su mensaje que las fotos eran de hacía una semana, yo habría estado perdido!

Muevo la cabeza. Una furia incontrolable me invade, una rabia imposible de canalizar. Un torrente de rebeldía y de injusticia que toma posesión de mi cuerpo. Me agacho para coger la llave de cruceta. Me levanto, me dirijo hacia Gabriel y, con todas mis fuerzas, le propino un fuerte golpe en el vientre.

27

LAS SOMBRAS BLANCAS

No temamos decir la verdad.

Ovidio

Le propino otro golpe con la llave y Gabriel cae al suelo, doblado por la cintura, sin respiración.

—¡Es usted un malnacido!

Él se lleva las manos al abdomen mientras yo sigo dando rienda suelta a mi cólera.

—¡Todo lo que me contó sobre su hijo!... ¡Y sobre la muerte de la hermana de su mujer! ¡Es repugnante inventarse cosas como esas!

Intenta levantarse, cruza los antebrazos y se protege con ellos para evitar otro golpe.

—¡Eso es verdad, Alice! ¡Esa parte de la historia es verdad! —asegura—. Salvo que yo no era policía, sino psiquiatra voluntario en una asociación que ayudaba a las prostitutas.

Suelto la cruz metálica y le dejo ponerse de pie.

—Mi mujer se fue de verdad a Londres con nuestro hijo —explica, recobrando el aliento—. Dejé la clínica para acercarme a él.

Pese a esa confesión, continúo despotricando:

—Usted se ha divertido mucho con esta mascarada, ¿verdad? Pero ¿qué me aporta a mí? —Me abalanzo sobre él y empiezo a darle puñetazos en el torso—. ¿Qué me aporta a mí, eh? —grito.

Gabriel aprieta mis puños con sus grandes manos.

—¡Cálmese ya! —ordena con firmeza—. Hemos hecho todo esto para ayudarla.

Se levanta viento. Me estremezco. Es verdad: obsesionada por la investigación, casi había relegado la enfermedad a un segundo plano.

No acabo de creer que esté apagándome. Esta mañana tengo la mente clara y despejada. Los cristales del Shelby me devuelven una imagen halagadora: la de una mujer todavía joven y esbelta, de facciones regulares, cuyo pelo ondea al viento. Sin embargo, ahora conozco el carácter engañoso y efímero de la apariencia. Sé que unas placas seniles están esclerotizando mis neuronas y paralizando mi cerebro. Sé qué tengo los días contados.

—Debe aceptar someterse a la segunda parte de la operación —insiste Gabriel.

—Su invento no sirve de nada. Es un artilugio para embaucar a los incautos. Todo el mundo sabe que no hay nada que hacer contra el Alzheimer.

Él adopta un tono más suave:

—Eso es verdadero y falso a la vez. Mire, no sé lo que le han contado sobre esa operación. Lo que sí sé es que nuestra clínica se ha especializado en la estimulación eléctrica de los circuitos de la memoria y que ese procedimiento da excelentes resultados. —Le escucho. Él intenta ser didáctico—. Gracias a finísimos electrodos, se envía una corriente continua de unos voltios a varias zonas estratégicas del cerebro: el fórnix y la corteza entorrinal. Esa estimulación genera unas microsacudidas que producen un efecto en el hipocampo. Todavía no se conocen por completo todos los mecanismos de acción, pero la idea es mejorar la actividad de las neuronas.

—Pero ese tratamiento no cura la enfermedad.

—En muchos enfermos se constata una mejoría discreta pero significativa de la memoria episódica y la memorización espacial.

—¿«Discreta»? Genial...

—Alice, lo que intento decirle es que todavía es muy pronto para valorar los resultados con la perspectiva suficiente. No es una ciencia exacta, es verdad. En algunos pacientes tratados se despiertan recuerdos perdidos, los síntomas disminuyen o se estabilizan, pero en otros no se produce ningún cambio y desgraciadamente siguen hundiéndose en la enfermedad.

—¿Lo ve?

—Lo que veo es que no hay nada escrito y que los síntomas tanto pueden acelerarse y conducir a una muerte fulminante como estancarse. En las personas jóvenes en las que se ha detectado la enfermedad precozmente, hay probabilidades nada desdeñables de contenerla. Ese es su caso, Alice.

—Contener la enfermedad... —repito como para mí misma.

—Frenar el avance de la enfermedad es ganar tiempo —repite—. La investigación avanza de día en día. Es indudable que se descubrirán cosas...

—Sí, dentro de treinta años.

—Puede ser dentro de treinta años o puede ser mañana. Piense en lo que ha pasado con el sida. A principios de los ochenta, ser diagnosticado seropositivo equivalía a una condena a muerte. Después llegó el AZT y las triterapias. Hay personas que llevan treinta años viviendo con la enfermedad...

Bajo la cabeza y digo en un tono cansado:

—No tengo fuerzas. Por eso me entró pánico después de la primera operación. Quería volver a Francia, ver a mi padre por última vez y...

Gabriel se acerca y clava los ojos en los míos.

—¿Y qué? ¿Dispararse una bala en la cabeza?

—Algo así, sí —digo, desafiándolo con la mirada.

—La creía más valiente...

—¿Quién es usted para hablarme de valentía?

Se acerca más. Nuestras frentes casi se tocan, como dos boxeadores antes del primer asalto.

—No es consciente de su suerte dentro de la desgracia. Tiene un amigo que financia este tratamiento y que ha movido hilos para conseguir incluirla en el programa. Quizá no lo sepa, pero hay una lista de espera considerable.

—Pues, en ese caso, si me voy dejo una plaza libre.

—Está claro que no la merece, desde luego.

En el momento en que menos me lo espero, veo sus ojos brillar. Leo en ellos enfado, tristeza y rebeldía.

—Es usted joven, es una luchadora, es la mujer más decidida y obstinada que he conocido en mi vida. ¡Si hay alguien que puede mirar desafiante a esta enfermedad es usted! Usted podría ser un ejemplo para los demás enfermos y...

—¡Me importa un carajo ser un ejemplo, Keyne! Jamás ganaré ese combate, corte el rollo de una vez.

Él se subleva:

—Entonces ¿se rinde? Es mucho más fácil, claro. ¿Quiere acabar ya? ¡Pues adelante! ¡Su bolso está ahí, encima del asiento, y el arma sigue dentro!

Con paso decidido, Gabriel se aleja en dirección al hospital.

Me provoca. Me exaspera. Estoy cansada. Él no sabe que no se me debe arrastrar a ese terreno. Que llevo demasiado tiempo caminando al borde del abismo. Abro la puerta del Mustang y cojo el macuto. Desabrocho las correas. La Glock está ahí, en efecto, y el teléfono, cuya batería está casi a cero. Me guardo maquinalmente el móvil en el bolsillo, compruebo el cargador de la pistola y me la meto bajo el cinturón.

El sol empieza a estar alto en el cielo.

Miro a lo lejos y pestañeo, cegada por los reflejos plateados que danzan sobre el lago. Sin dirigir una sola mirada a Gabriel, me alejo del coche y me adentro en el embarcadero.

Del poder tranquilo del paisaje emana una impresión de serenidad y armonía. De cerca, el agua se ve límpida, casi turquesa.

Acabo por volverme. Gabriel ya no es más que una silueta en la alameda. Está demasiado lejos para intentar hacer algo.

Cojo la Glock de polímero y respiro hondo.

Estoy devastada, laminada, sin aliento. Al final de una caída interminable que empezó hace muchos años.

Cierro los ojos. En mi cabeza destacan los fragmentos de una historia cuyo final ya conocía. En el fondo de mi ser, ¿no he estado siempre convencida de que mi vida terminaría así?

Sola, pero libre.

Como siempre he intentado vivir.

28

CODO CON CODO

Los únicos caminos que vale la pena tomar son los
que conducen al interior.

Charles Juliet

Me meto el cañón frío del arma en la boca.

Conservar el control. No convertirme en una mujer con la
memoria muerta. En una enferma a la que se encierra en la habitación de un hospital.

Decidir, hasta el final, el camino que debe tomar mi existencia.

Con total lucidez.

Nadie me quitará eso.

Mi última libertad.

Con los ojos cerrados, veo desfilar las instantáneas de los
días felices con Paul. Miles de fotografías que el viento barre y se
lleva por los aires, abriendo un paso hacia el cielo.

De pronto lo veo, cogido de la mano de su padre. Ese niño
cuyo nombre aún no habíamos decidido y que nunca tendrá
ninguno. Ese niño al que no conoceré, pero cuyo rostro he imaginado infinidad de veces.

Están ahí, los dos, en esas tinieblas benefactoras. Los dos
hombres de mi vida.

Noto lágrimas rodando por mis mejillas. Mantengo los ojos

cerrados, el cañón dentro de la boca, el dedo en el gatillo, preparada para disparar. Preparada para reunirme con ellos.

El niño suelta entonces la mano de Paul y da unos pasos hacia mí. Es guapísimo... Ya no es un bebé. Ya es un niño hecho y derecho. Con una camisa de cuadros y unos pantalones con los bajos doblados hacia fuera. ¿Qué edad tiene? ¿Tres años? Cuatro quizá. Me quedo fascinada por la pureza de su mirada, la inocencia de su expresión, las promesas y los desafíos que leo en sus ojos.

—Mamá, tengo miedo, ven conmigo, por favor.

Su voz me reclama. Me tiende la mano.

«Yo también tengo miedo.»

La atracción es fortísima. Un sollozo me ahoga. Sé, pese a todo, que ese niño no es real. Que no es más que una simple proyección de mi mente.

—Ven, por favor. Mamá...

«Ya voy...»

Mi dedo se agarrota sobre el gatillo. Un abismo se abre dentro de mí. Siento una tensión en todo mi cuerpo, como si se ensanchara todavía más esa falla abierta que llevo en mi interior desde la infancia.

Es la historia de una chica triste y solitaria que nunca ha encontrado su sitio en ninguna parte. Una bomba humana a punto de explotar. Una olla a presión constantemente sobre el fuego, en la que hierven desde hace demasiado tiempo resentimiento, insatisfacción, ganas de estar en otro lugar.

«Vamos. Aprieta el gatillo. El dolor y el miedo desaparecerán inmediatamente. Hazlo ya. Tienes el valor necesario para hacerlo, la lucidez, la debilidad... Es el momento oportuno.»

Un temblor a lo largo del muslo.

El teléfono móvil vibrando en el bolsillo.

Intento retener a Paul y al niño, pero se esfuman. La cólera sucede a la tristeza. Abro los ojos, me saco la pistola de la boca y descuelgo, furiosa. Oigo la voz de Gabriel en el aparato.

—No lo haga, Alice.

Me vuelvo. Está cincuenta metros detrás de mí, se acerca.

—Ya nos lo hemos dicho todo, Gabriel.

—No lo creo, no.

—¡Déjeme en paz! —grito con desesperación—. Teme por su carrera, ¿verdad? Una paciente que se vuela la tapa de los sesos en el recinto de su bonita clínica armaría un buen revuelo, ¿eh?

—Usted ya no es mi paciente, Alice...

Recobro el dominio de mí misma.

—¿Por qué no?

—Lo sabe perfectamente. Un médico no puede estar enamorado de su paciente.

—¡Este último intento es patético, Keyne!

—¿Por qué cree que he corrido tantos riesgos? —continúa él, dando un paso adelante—. Sentí algo por usted en cuanto la vi tumbada en aquel banco.

—No sea ridículo.

—No estoy jugando, Alice.

—No nos conocemos.

—Pues yo creo que sí. O más bien que nos hemos reconocido.

—¿Usted, el mujeriego sin límites, enamorado de mí? «Una chica en cada puerto.» ¿Cree que no me acuerdo de su divisa?

—Una mentira para dar entidad a mi personaje de músico de jazz.

—¡Usted machaca todo lo que toca!

—La encuentro guapa a rabiar, Alice. Me gusta su mal carácter, su sentido de la réplica. Nunca me he sentido tan bien con nadie.

Lo miro sin poder decir una palabra. La sinceridad que percibo en sus palabras me petrifica. Ha arriesgado el pellejo por mí, eso es verdad. Anoche, yo misma incluso estuve a dos dedos de dispararle.

—Tengo ganas de hacer miles de cosas contigo —insiste—: hablarte de los libros que me gustan, enseñarte el barrio donde me crié, prepararte mi receta de *mac and cheese* con trufas...

Las lágrimas me nublan de nuevo la vista. Las palabras de

Gabriel me envuelven en su dulzura y me entran ganas de abandonarme a esa sensación. Recuerdo la primera vez que vi su cara en ese dichoso banco de Central Park. Hubo complicidad entre nosotros inmediatamente. Me acuerdo de él en la juguetería, envuelto en la capa, haciendo trucos de magia para entretener a los niños.

Pese a todo, lo interrumpo:

—Esa mujer de la que afirma estar enamorado, Gabriel... Sabe de sobra que dentro de unos meses habrá desaparecido. No lo reconocerá. Le llamará «señor Keyne» y habrá que meterla en un hospital.

—Es posible, pero no seguro. Y estoy dispuesto a correr el riesgo.

Suelto el teléfono en el momento en que la batería exhala el último suspiro.

Gabriel está frente a mí, a menos de diez metros.

—Si hay alguien que puede entablar este combate eres tú.

Ahora está a unos centímetros.

—Pero eso no depende de mí.

—Lucharemos los dos, Alice. Creo que formamos un buen equipo, ¿no?

—¡Tengo miedo! Tengo mucho miedo...

Una ráfaga de viento levanta polvo y hace temblar las agujas doradas de los alerces. El frío me quema los dedos.

—Sé lo difícil que será, pero habrá...

Habrá...

Habrá mañanas claras y otras oscurecidas por las nubes.

Habrá días de duda, días de miedo, horas vanas y grises en salas de espera con olor de hospital.

Habrá paréntesis ligeros, primaverales, adolescentes, en los que la propia enfermedad caerá en el olvido.

Como si no hubiera existido nunca.

Luego la vida continuará.

Y tú te agarrarás a ella.

Habrá cosas como la voz de Ella Fitzgerald, la guitarra de Jim Hall, una melodía de Nick Drake surgida del pasado.

Habrá paseos a orillas del mar, el olor de la hierba cortada, el color del cielo después de una tormenta.

Habrá días de pesca con marea baja.

Bufandas alrededor del cuello para protegerse del viento.

Castillos de arena que plantarán cara a las olas saladas.

Y *cannoli* de limón comidos paseando por el North End.

Habrá una casa en una calle sombreada. Farolas de hierro con un halo luminoso. Un gato de pelaje rojo, saltarín, un perro grande y bonachón.

Habrá una mañana de invierno en la que se me hará tarde para ir a trabajar.

Bajaré de tres en tres los peldaños de la escalera. Te daré un beso apresurado, cogeré las llaves.

La puerta, el camino embaldosado en el jardín, el motor en marcha.

Y en el primer semáforo me fijaré en que el llavero es un chupete pequeñito.

Habrá...

Sudor, sangre, el primer grito de un bebé.

Un cruce de miradas.

Un pacto por la eternidad.

Biberones cada cuatro horas, bolsas de pañales apiladas, lluvia en los cristales, sol en tu corazón.

Habrá...

Un cambiador, una bañera con forma de concha, otitis recurrentes, un zoológico de peluches, nanas tarareadas.

Sonrisas, salidas al parque, primeros pasos, un triciclo en el camino del jardín.

Antes de dormir, cuentos de príncipes que derrotan a dragones.

Cumpleaños y vueltas al cole. Disfraces de vaquero, dibujos de animales sujetos con imanes en la puerta de la nevera.

Batallas de bolas de nieve, trucos de magia, tostadas con mermelada a la hora de merendar.

Y el tiempo pasará.

Habrá otras temporadas en el hospital, otras pruebas, otras señales de alarma, otros tratamientos.

En cada una de esas ocasiones, irás al frente con el miedo

metido en el cuerpo, el corazón encogido, sin mejor arma que tus ganas de seguir viviendo.

En cada una de esas ocasiones te dirás que, te pase lo que te pase ahora, todos esos momentos arrebatados a la fatalidad valía la pena vivirlos.

Y que jamás podrá quitártelos nadie.

AGRADECIMIENTOS

A Ingrid.

A Édith Leblond, Bernard Fixot y Catherine de Larouzière.

A Sylvie Angel, Alexandre Labrosse, Jacques Bartoletti y Pierre Collange.

A Valérie Taillefer, Jean-Paul Campos, Bruno Barbette, Virginie Plantard, Caroline Sers, Stéphanie Le Foll e Isabelle de Charon.

REFERENCIAS

Capítulo 1: Stephen King, *Full Dark, No Stars* [ed. en español: *Todo oscuro, sin estrellas*, trad. de José Óscar Hernández Sendín, Plaza y Janés, 2011]; capítulo 2: los hermanos Grimm; capítulo 3: Blaise Pascal, *Les Pensées*, XXI [ed. en español: *Pensamientos*, trad. de Xavier Zubiri, Alianza, 2004]; capítulo 4: Albert Einstein; capítulo 5: Willa Cather, *The Song of the Lark* [ed. en español: *El canto de la alondra*, trad. de Eva Rodríguez-Halffter, Pre-Textos, 2001]; capítulo 6: Stefan Zweig, *Vierundzwanzig Stunden aus dem Leben einer Frau* [ed. en español: *Veinticuatro horas en la vida de una mujer*, trad. de María Daniela Landa, Acantilado, 2000]; capítulo 7: Joseph Kessel, frase reproducida por Jean-Michel Genassia en *Le Club des incorrigibles optimistes* [ed. en español: *El club de los optimistas incorregibles*, trad. de María Teresa Gallego Urrutia, RBA Libros, 2010]; capítulo 8: William Wordsworth; capítulo 9: Emily Dickinson, *The Poems of Emily Dickinson*, Belknap Press, Harvard University Press, 1999 [ed. en español: *Poesías completas*, trad. de José Luis Rey, Visor, 2013]; capítulo 10: Lao-Tse; capítulo 11: Didier van Cauwelaert, *Poisson d'amour*, Seuil, 1984; capítulo 12: Séneca, *Cartas a Lucilio*, XVI, 96, 5; capítulo 13: James Salter, *Light Years* [ed. en español: *Años luz*, trad. de Jaime Zulaika, Ediciones Salamandra, 2013]; capítulo 14: introducción de Stephen King a *The Shining*, Simon and Schuster, 2002; capítulo 15: locución latina tradicionalmente atribuida a Vegecio; capítulo 16:

Donna Tartt, *The Secret History* [ed. en español: *El secreto*, trad. de Gemma Rovira, Plaza y Janés, 1994]; capítulo 17: Andréi Tarkovski; capítulo 18: locución latina; capítulo 19: Emily Dickinson, «Unto a Broken Heart» [ed. en español: «Hacia un corazón roto», *Poesías completas*, trad. de José Luis Rey, Visor, 2013]; capítulo 20: Jean Tardieu, *Monsieur monsieur*; capítulo 21: Eclesiastés; capítulo 22: Guillaume Apollinaire: «Le pont Mirabeu», *Alcools* [ed. en español: «El puente Mirabeu», *Alcoholes*, *Obras esenciales I*, trad. de Rubén Silva Pretel, Pontificia Universidad Católica del Perú, 2006]; capítulo 23: Lewis Carroll, *Alice's Adventures in Wonderland*, cap. 6 [varias ediciones en español]; capítulo 24: Friedrich Hölderlin, «Patmos» [ed. en español: «Patmos», *Cánticos*, versión de Jesús Munárriz, Hiperión, 2013]; capítulo 25: Albert Cohen, *Belle du Seigneur* [ed. en español: *Bella del Señor*, trad. de Javier Albiñana, Anagrama]; capítulo 26: Virginia Woolf, «The Lady in the Looking-Glass», *A Haunted House and Other Short Stories* [ed. en español: «La señora en el espejo», *La casa encantada*, trad. de Andrés Bosch, Lumen]; capítulo 27: Ovidio, *Heroidas*, epístola 5; Capítulo 28: Charles Juliet, *Dans la lumière des saisons: lettres à une amie lointaine*, POL, 1991.

Cita p. 105: Charles Baudelaire, «Le Spleen de Paris», *Petits Poèmes en prose* [varias ediciones en español].

ÍNDICE

HABRÁ...